Editora
Charme

Nunca diga
não a um
Duque

DECADENT DUKES SOCIETY - 3

MADELINE
HUNT

AUTORA BESTSELLER DO NY TIMES

CB006519

Copyright © 2019. Never Deny a Duke by Madeline Hunter.
Direitos autorais de tradução© 2019 Editora Charme.

Todos os direitos reservados.

Nenhuma parte desta publicação pode ser reproduzida, distribuída ou transmitida sob qualquer forma ou por qualquer meio, incluindo fotocópias, gravação ou outros métodos mecânicos ou eletrônicos, sem a permissão prévia por escrito da editora, exceto no caso de breves citações consubstanciadas em resenhas críticas e outros usos não comerciais permitido pela lei de direitos autorais.

Este livro é um trabalho de ficção.
Todos os nomes, personagens, locais e incidentes são produtos da imaginação da autora. Qualquer semelhança com pessoas reais, coisas, vivas ou mortas, locais ou eventos é mera coincidência.

1ª Impressão 2021

Produção Editorial - Editora Charme
Imagem - Period Images, Pi Creative Lab
Criação e Produção Gráfica - Verônica Góes
Tradução - Monique D´Orazio
Revisão - Editora Charme

Esta obra foi negociada por Bookcase Literary Agency e Kensington Publishing.

FICHA CATALOGRÁFICA ELABORADA POR
Bibliotecária: Priscila Gomes Cruz CRB-8/8207

H945n   Hunter, Madeline

Nunca diga não a um Duque/ Madeline Hunter;
Tradução: Monique D´Orazio; Criação e Produção gráfica: Verônica Góes; Produção Editorial: Editora Charme – Campinas, SP: Editora Charme, 2021.
320 p. il. -(Série Decadent Dukes Society; 3)

Título original: Never Deny a Duke

ISBN: 978-65-5933-012-6

1. Ficção norte-americana | 2. Romance Estrangeiro -
I. Hunter, Madeline. II. D´Orazio, Monique III. Góes, Verônica. IV. Equipe Charme. V. Título.

CDD - 813

www.editoracharme.com.br

Nunca diga não a um Duque

DECADENT DUKES SOCIETY - 3

TRADUÇÃO: MONIQUE D´ORAZIO

MADELINE HUNTER
AUTORA BESTSELLER DO NY TIMES

Um Impulso Imprudente

A luz fraca conferia um brilho líquido às lágrimas em seus olhos. Ela se apressou a enxugá-las.

Ele pegou suas mãos para que ela não se esforçasse tanto em ser corajosa.

— Chore se precisar. Ninguém pensará menos de você.

Ela o deixou apoiá-la enquanto cedia e as lágrimas escorriam.

Foi a compaixão que o levou a dar um beijo suave no topo de sua cabeça, porém, mais do que isso se agitou nele quando fez o gesto. Ela não pareceu notar.

As lágrimas diminuíram, mas ela permaneceu encostada nele, suspirando o que restava do pranto. Ele deveria soltá-la agora, afastá-la. Porém, não o fez; em vez disso, submeteu-se ao impulso imprudente de abraçá-la por mais tempo.

Ela se mexeu, como se acordasse de um sonho ou torpor. Ergueu os olhos para ele. Ainda brilhavam e seu rosto parecia luminoso no crepúsculo. Sem pensar ou se importar com as consequências, ele fez o que não deveria fazer. Ele a beijou.

Elogios para O duque mais perigoso de Londres

"A escrita é viva e os personagens são divertidos. Os camaradas do duque prometem ser bons heróis em livros futuros. Uma leitura totalmente agradável."

— Kirkus Reviews

"Madeline Hunter criou um romance inteligente e veloz, repleto de sensualidade e temperado com mistério."

— Publishers Weekly

"Este é um romance histórico para saborear, e os leitores torcerão pelo casal principal e pela justiça que procuram."

— BookPage Book Reviews

Elogios para O duque devasso

"Rico em escândalo e sensualidade, o segundo livro da trilogia Decadent Dukes Society, de Madeline Hunter (depois de O duque mais perigoso de Londres), apresenta uma fabulosa heroína, uma secretária com um segredo criminoso que se apaixona por um homem muito acima de sua posição... Incandescentes cenas de amor são abundantes nesta história que você não vai conseguir parar de ler, enriquecida por um elenco de personagens memoráveis e protagonistas inteligentes e espirituosos."

— Publishers Weekly

"Com uma mistura deliciosa de réplicas inteligentes, sensualidade ardente e trama magistral, o lançamento mais recente de Hunter vê o mais infame dos Duques Decadentes perder a cabeça."

— Library Journal

*Este livro é dedicado à memória amorosa de
Warren Archer (1946–2018),
meu marido,
meu melhor amigo,
e meu herói*

Davina tocou o topo de seu chapéu para se certificar de que ainda estava no ângulo correto. Então, alisou o couro de suas luvas. A antessala em que estava sentada continha duas outras pessoas, ambos cavalheiros, a contar por seus trajes e porte. Ela presumiu que teria de esperar que eles fossem recebidos primeiro.

A intimação chegara três dias antes, impressionante em seu papel creme, caligrafia requintada e selo trabalhado de cera. O convite a instruía a chegar ao Palácio de St. James à uma hora daquela tarde e entregá-lo a um pajem na porta da sala da Tapeçaria. O jovem a havia trazido àquela antessala para aguardar.

Que comoção a carta havia causado. O sr. Hume, seu empregador, havia insistido em ler a correspondência, depois exigido sua atenção por quase uma hora, durante a qual a ensinara como se comportar, o que dizer, o que não dizer e como fazer ameaças sutilmente e não de forma tão direta. Ela esperava que fosse poupada da necessidade de fazer ameaças. No colo, tinha a carta que seu avô recebera da Corte. Decerto, assim que fosse vista, tudo seria corrigido.

Ela tocou o outro papel que carregava, com a caligrafia de seu pai, onde ele explicava tudo o que sabia sobre o legado. Ele havia lhe entregue a carta quando caíra doente com a enfermidade que o mataria. *Estou confiando tudo isso a você, mesmo que não tenha utilidade alguma. Ainda assim, você tem o direito de saber.* Ela desejou tê-lo ao seu lado naquele momento. O jeito calmo e firme de seu pai sempre lhe trouxera confiança.

Um pajem diferente apareceu na sala. Ele se aproximou, e os dois cavalheiros não aceitaram aquilo muito bem. Seus olhares a acompanharam enquanto o pajem a escoltava para fora dali.

Ela quase nunca ficava nervosa, mas, naquele momento, seu estômago embrulhou. Ainda assim, precisava conservar todo o seu autocontrole se ia falar com o rei.

O pajem a levou a um escritório não muito longe da antessala. Um homem a cumprimentou e pediu que ela se sentasse na cadeira estofada de seda azul ao pé da grande janela. Ele então se sentou perto, em uma cadeira de madeira que fazia sua postura ficar muito ereta.

— É um prazer conhecê-la, srta. MacCallum. Sou Jonathan Haversham. Trabalho na Casa Real.

Ele se referia à casa do rei, é claro. Talvez fosse um funcionário importante dentro da Casa. Talvez não. Até onde ela sabia, o sr. Haversham não era nada mais do que um pajem muito velho. Bem, certamente não era jovem. Parecia ter cerca de cinquenta anos; seus cabelos grisalhos estavam ralos nas laterais e ausentes na parte superior da cabeça. Esguio e anguloso, seus olhos escuros de pálpebras pesadas e sua boca larga e flácida davam a impressão de que ele se ressentia de ter que lidar com ela.

— Sua petição de audiência foi recebida — disse ele.

— Enviei outras.

— Estou ciente disso. Tenho certeza de que a senhorita pode imaginar como Sua Majestade é ocupado. Ele não é indiferente às preocupações de seus súditos; entretanto, me pediu para falar com a senhorita.

Então ela não veria o rei. Bem, apesar disso, pelo menos estava sendo recebida por alguém.

— Como expliquei em cada uma de minhas cartas, tenho evidências de que a propriedade de meu bisavô foi tomada pela Coroa depois que ele morreu. Sei que, em muitos casos, a propriedade era devolvida à família. Tenho uma carta do pai do rei dizendo que ele faria o mesmo por nós. — Ela entregou um velho pergaminho dobrado. — Quando esteve em Edimburgo, o próprio rei me disse que trataria do assunto.

O sr. Haversham leu atentamente a carta.

— O que faz a senhorita pensar que seu avô era herdeiro dessas propriedades?

— Ele disse ao meu pai que era, antes de morrer.

O sr. Haversham deu um leve sorriso.

— Já houve erros nessas questões.

— O último rei não pensava assim. — Ela apontou para a carta que ele ainda segurava.

— O último rei às vezes ficava confuso. — O pajem baixou os olhos para a carta. Ela se perguntou se ele desejava alegar que era uma falsificação. Seria difícil forjá-la, porque trazia um selo. — A senhorita tem alguma prova enviada ao palácio para convencer o último rei da alegação de seu avô?

Madeline Hunter

— Presumo que tenha sido guardada pelo rei.

— Não encontramos evidências disso.

O coração dela afundou no peito. Não podia garantir que em algum momento houvera provas, então dificilmente poderia exigir que as encontrassem.

— O rei, *este* rei, o rei vivo, disse-me pessoalmente que investigaria e lidaria com o caso. Ele estava em Edimburgo, e eu tive uma audiência. O senhor não estava lá, mas tenho certeza de que ele se lembra e, se não se lembrar, havia outros como o senhor presentes lá e que certamente se lembrarão. O homem que conseguiu a audiência para mim se lembra.

Disso pelo menos eu tenho prova, então não tente me dissuadir.

Os lábios do sr. Haversham se estreitaram e se dobraram como os de um sapo.

— Ninguém questiona esta reunião, srta. MacCallum. Iremos realmente investigar. Nós já começamos, é disso que decorre meu comentário sobre as evidências. Isto é, será necessário ter uma prova. Reis não entregam terras aos que reivindicam posse meramente diante de uma palavra. Quanto a isto... — Ele acenou com a carta que ainda segurava. — Figurará na determinação final do que faremos uma vez que essa prova seja encontrada.

Ela aproveitou a oportunidade em um gesto dele para arrebatar a correspondência.

— Ficarei com isso, se não se importa. Não gostaria que se perdesse e tenho certeza de que o senhor tem milhares de cartas aqui.

— Claro. Como quiser. — Ele olhou para a carta avidamente.

— Também vou me esforçar para fornecer mais provas, para embasar a que foi enviada há tantos anos — disse ela. — Estou determinada a resolver essa questão.

— Assim como nós, eu garanto. — Ele se levantou e ofereceu a mão para ajudá-la a se levantar também. — Leve os cumprimentos de Sua Majestade à duquesa, por gentileza. Ele ficou encantado ao receber a carta dela.

Davina duvidava disso. No entanto, provavelmente a carta era o motivo pelo qual ela fora recebida por quem quer que fosse. Se não tivesse a ajuda da duquesa de Stratton, toda a viagem a Londres teria sido uma perda de tempo.

Mais uma vez, um pajem a acompanhou pelos corredores e aposentos até deixá-la na sala de visitas.

Ninguém reparou nela. Alguns olhares vieram em sua direção, mas imediatamente se desviaram. Fora de moda demais para ser importante, diziam aquelas pálpebras tremulantes. Ela não se importava. Não tinha vindo ali para impressionar ninguém com seu estilo e inteligência. Viera por justiça, por si mesma, por seu pai e pelo avô que nunca conhecera.

Sua mente voltou para a reunião. Ela vasculhou a memória, buscando evidências de que tinha transcorrido melhor do que seu humor abatido acreditava. Enquanto fazia isso, a porta para qual ela caminhava se abriu e um homem entrou.

Parou de repente. Considerando o que acabara de acontecer com o sr. Haversham, a presença daquele homem só aumentava sua consternação.

Ele entrou como se já tivesse estado ali centenas de vezes, o que provavelmente era verdade. Não havia necessidade de ficar boquiaberto com os demais visitantes presentes, que tinham hora marcada para serem atendidos e aguardavam na grande sala da forma como ela aguardara.

O homem dava a conhecer de sua presença sem nenhum esforço ou intenção. Todos notaram sua chegada. Algumas damas se reposicionaram para que pudessem lhe chamar a atenção.

Ele era mais alto do que qualquer outra pessoa, e sua postura insinuava um homem que não se curvava com facilidade. Seu sorriso vago implicava mais tolerância do que amizade. Seu rosto bonito e esculpido, com nariz reto e queixo quadrado, refletia o sangue germânico trazido para a linhagem familiar por uma bisavó. Seus olhos, mais de um cinza-escuro do que azuis, criavam um olhar de aço que percorria tudo o que ele via.

Eric Marshall, o duque de Brentworth. O mais ducal dos duques, ele era chamado.

Davina fora apresentada a ele há vários dias, em uma festa para homenagear a duquesa de Stratton finalmente recebendo crédito como a patrona do *Parnassus*, um jornal feminino de crescente renome. Davina fora convidada porque contribuía com ensaios para o periódico. Essa era a única razão pela qual ela conhecia a duquesa, ou qualquer uma das outras damas presentes. Quase todos ali a ultrapassavam — e muito — em termos de posição social.

O duque condescendeu em ter alguma conversa com ela na festa. Ela se segurou, usando a oportunidade para avaliá-lo. Era necessário fazer esse tipo de coisa com uma pessoa que poderia ser uma inimiga. Claro, ela sabia quando se encontraram que ela teria a reunião naquele dia, e havia previsto um resultado muito mais favorável, então. A intimação de um rei dava muita confiança quando se encontrava um duque.

Ela não tinha interesse em conversar com o duque naquele momento. Desviou o olhar e voltou-o para o outro lado da sala, concentrando seus pensamentos no problema potencialmente intransponível de encontrar mais evidências para apoiar sua petição quanto à herança.

⁂

Era raro Brentworth receber uma intimação para ir à Corte. Tudo bem que não era, de fato, uma intimação — mais como um convite, na medida em que os reis sempre convidam em vez de intimar. *Sua Majestade ficará feliz em recebê-lo amanhã às duas horas.*

Ele entrou no palácio de St. James às quinze para as duas, perguntando-se por que o rei iria querer vê-lo. Ele e o monarca não se davam bem. O rei era um tolo, e Brentworth, não; portanto, tinham pouco em comum.

Considerou que poderia ter a ver com a reunião a que ele comparecera no início do dia. O rei poderia ter ficado sabendo sobre os esforços renovados para retomar o tema da abolição da escravidão nas colônias. Ele poderia querer expressar suas opiniões sobre o assunto e pensar que uma conversa informal com um duque seria a melhor maneira de fazê-lo.

Brentworth não tinha ideia de como seria essa visão. Esse rei não era conhecido por seu envolvimento em questões políticas, ou em muita coisa, para falar a verdade, exceto seu próprio prazer. No entanto, provavelmente tinha suas opiniões. A maioria dos homens tinha, não importava o quanto tais homens pudessem ser mal informados.

Não era um dia de recepções na sala de visitas — havia pouquíssimas pessoas por ali. Não havia aglomeração na antessala daqueles que esperavam obter um passe para assistir ao desfile da nobreza. Ele caminhou por aquele recinto e pelo próximo e entrou na sala de visitas. No máximo vinte pessoas caminhavam ali, conversando.

Brentworth não se anunciou a nenhum dos pajens. Eles o conheciam e, quando ele chegou, um deles atravessou apressado a sala e desapareceu pela porta que dava para alguns escritórios.

Perambulou na sala de visitas, aguardando o próprio rei ou alguém que o acompanhasse para onde quer que o rei estivesse. Enquanto fazia isso, viu uma moça em vestimentas práticas azuis e chapéu caminhar a passos largos pela sala. Ele a reconheceu como a srta. MacCallum. Tinha sido apresentado a ela em uma festa no início daquela semana. Era uma escritora com um interesse incomum pela medicina.

Ela o havia impressionado com sua habilidade de se portar em uma sala cheia de nobres e membros da alta sociedade. Brentworth não podia ignorar que, durante a breve conversa, a mulher sinceramente não se mostrara nem um pouco impressionada com seu título ou status. Isso quase nunca acontecia, especialmente com as mulheres. A maioria dos nobres ficaria irritada; ele, por sua vez, ficara intrigado.

O chapéu da mulher obscurecia a maior parte de seu cabelo loiro, escondendo seu comprimento curto. O corte ficara evidente na festa, apesar de uma tentativa heroica de disfarçá-lo. Ele havia concluído que o interesse dela pela medicina derivava de uma doença grave dela mesma, uma doença recente que exigira o corte do cabelo para ajudar com a febre.

Agora, ela parecia tanto fora de lugar quanto perturbada. Ele a interceptou antes que ela pudesse sair.

— Srta. MacCallum, que surpresa agradável.

Ela parou abruptamente e piscou para dissipar o que quer que a estivesse distraindo. Em seguida, fez uma reverência elegante.

— Vossa Graça.

— Não está se sentindo bem? Parece assombrada por algo.

Ela olhou para trás, na direção da porta que dava para a longa ala com escritórios.

— Não tanto assombrada quanto angustiada, pois meu assunto aqui está sendo tratado de forma leviana.

— A senhorita tem assuntos a tratar na corte?

— Tenho. No entanto, acho improvável que algum dia seja tratado como deveria. Isso foi o que aprendi hoje. — Suas feições, fortes demais para serem bonitas, moviam-se com facilidade para expressar seus pensamentos e humores. Naquele exato momento, ela parecia estar lutando contra o desespero e a fúria.

— Não é nada sério, espero.

A raiva venceu.

— Eu pareço uma mulher que desperdiçaria o tempo de um monarca com questões frívolas?

— Claro que não — ele tentou apaziguar, puxando-a de lado. — Se a senhorita sentiu que foi insultada de alguma forma, deve me avisar. Vou garantir que não aconteça novamente.

— Não de fato insultada. Apenas rejeitada como se não fosse digna da justiça. — Ela olhou para si mesma, para o vestido de musselina azul elegante mas simples, e para o *spencer* em tom profundo de azul. — Talvez, se eu tivesse me vestido como... — Ela gesticulou para as damas que estavam conversando por perto. — Como elas, teria ajudado.

Provavelmente.

— De forma alguma. A senhorita está muito bem. — *Sólida, honesta e com um caráter independente de vestimentas e moda.* Um autocontrole que ele notara quando se conheceram na festa da duquesa de Stratton ainda a governava, mas sua angústia a suavizava o suficiente para que a natureza protetora de Brentworth emergisse. — Posso ajudar de alguma forma?

A oferta a alarmou. Ela olhou para ele, inclinando a cabeça, como se pensasse em maneiras pelas quais poderia realmente ajudar antes de pensar melhor.

— É um assunto particular, obrigada. Só o rei pode me ajudar, e temo que ele não ajudará. Devo decidir se aceito ou se continuo nessa batalha.

— Se a senhorita está certa, não deponha as armas agora. A Casa Real se esforça para proteger o rei e remover os problemas antes mesmo de saber se eles realmente existem. Se perseverar, ainda poderá ter sucesso. — Oh, como tudo isso tinha soado bem. Ele realmente não acreditava em uma palavra do que acabara de dizer. Aqueles homens lá enterrariam para sempre tudo o que ela alegasse precisar resolver se achassem que era melhor para seu monarca.

Ela assentiu com firmeza.

— O senhor está correto. Seu lembrete foi bem oportuno. Ainda posso reunir as evidências de que preciso para chamar a atenção do rei.

A porta do outro lado da sala se abriu e uma cabeça careca emergiu. A srta. MacCallum percebeu.

— Devo ir agora, Sua Graça. Não quero ver aquele homem de novo até estar pronta para isso.

Ela fez uma rápida reverência e desapareceu enquanto a cabeça calva avançava pela grande câmara, finalmente parando bem na frente de Brentworth.

— Vossa Graça, obrigado por ter vindo.

Ele conhecia Haversham. O homem estava a tiracolo do rei há décadas. Não conseguia vê-lo sem pensar no Júlio César, de Shakespeare. *Cassius tem uma aparência esguia e faminta. Permita-me ter ao meu redor homens gordos.*

— Meu soberano me convocou. Ou assim eu pensei.

Haversham enrubesceu.

— Escrevi por instrução dele, mas hoje Sua Majestade me pediu para falar em seu nome.

— Não estou acostumado a ter ninguém, nem mesmo um rei, me ludibriando com um recepcionista.

— Ludibriando? Céus, não. De modo nenhum. O senhor vai economizar muito tempo se eu fizer as preliminares, por assim dizer, explicar algumas coisas. Então, se o senhor se encontrar com Sua Majestade, não terá que esperar pela explicação dele, que pode ser menos direta. — Haversham tossiu em seu punho. — Se é que me entende.

Ele entendia. O rei poderia levar uma hora para dizer o que Haversham completaria em dez minutos.

— Ao menos não foi tão estúpido a ponto de fazer um lacaio me levar até você.

— É claro que não! Na verdade, é melhor falarmos em particular antes; isto é, o assunto é um tanto constrangedor para Sua Majestade e ele preferiria que eu... Se fizer a gentileza de sentar comigo aqui, tentarei explicar.

Aqui eram duas cadeiras atrás de uma estátua em uma tentativa de criar um pouco de privacidade. Brentworth se jogou em uma delas e esperou que Haversham continuasse.

— Como sabe, após a rebelião jacobita, vários títulos escoceses foram desacreditados. No caso de alguns plebeus, terras foram tomadas — Haversham começou. — Em alguns casos, as terras de barões feudais falecidos foram revertidas para a Coroa devido a não haver herdeiros ou descendentes. Nesses casos, não se alegou a perda da sucessão de propriedade.

— Tudo isso foi arranjado há uma geração.

— É verdade, mas... ocasionalmente, ainda recebemos uma petição para reabrir o assunto com relação a essa ou aquela propriedade. Alguém afirma ser descendente de um desses homens e deseja a terra de volta. Charlatães, normalmente. Aventureiros. — Haversham descartou os fraudadores com um sorriso de escárnio. — Isso acontece com mais frequência do que o senhor imagina. Alguns peticionam à Coroa depois que o Colégio de Armas rejeita a reclamação. Temos uma carta que enviamos a todos eles advertindo-os sob pena de prisão. Isso normalmente funciona.

— E quando não funciona?

— Eu lido com eles. É mais demorado, mas chega uma hora que esses reclamantes vão embora.

— Que bom. Por que isso me trouxe aqui hoje?

Haversham pareceu surpreso.

— Oh! Pensei que soubesse. Bem, isso é, *de fato*, constrangedor. — Ele se inclinou para a frente. — Recentemente, uma descendente dessas se manifestou. Só que esta tem uma carta do último rei que reconhece a reivindicação.

— Que incômodo para vocês.

— Muito incômodo. Não é uma falsificação. É uma carta assinada e selada que admite que a descendente é de fato uma descendente e, para todos os efeitos, promete que a herança será devolvida. Bem, é claro que o rei estava louco na época. Quem sabe o que ele seria capaz de escrever. No entanto, aí está.

— Querem meu aconselhamento? Foi por isso que me chamaram aqui? Acho que deveria...

— Com todo o respeito, Vossa Graça, não foi por isso que o senhor foi convocado. Quando saí e o vi, presumi que o senhor sabia. Estava falando com Davina MacCallum. Ela é a reclamante em questão e está insistindo em outra audiência com o rei para discutir o assunto. Fui encarregado de garantir que isso nunca aconteça.

— *Outra* audiência?

— Lamento dizer que eles se encontraram em Edimburgo.

— Se uma audiência de cinco minutos vai acalmá-la, não vejo por que...

— Além da carta do falecido rei, lamento dizer que ela tem uma promessa do rei atual também, obtida em Edimburgo. Todo o assunto promete ser um constrangimento potencial para Sua Majestade. Um constrangimento muito grande. É vital que a história toda não seja discutida.

Eric queria dar risada. Davina MacCallum tinha o rei da Grã-Bretanha praticamente se escondendo dentro do armário para evitá-la. A estima de Eric por ela aumentou imediatamente.

— Haversham, tudo isso é interessante, até mesmo divertido. Lamento não conhecer a dama bem o suficiente para influenciá-la, no entanto. — Ele se levantou. — Meu conselho é que o rei apenas dê a ela as terras. Suspeito que ele não seja páreo para essa dama.

Haversham se levantou de um salto.

— Exatamente o meu raciocínio. Não a parte sobre se ele ser páreo ou não, pois eu nunca seria tão desleal a ponto de concordar com isso, mas sobre devolver as terras. Muito mais limpo. Sem constrangimentos. Só existe um problema: alguém agora possui essa propriedade. Não é provável que ele considere nossa solução tão inteligente.

Finalmente eles chegaram ao ponto.

— Vou falar com ele em nome do rei, se é isso que se deseja de mim. Quem é ele?

Haversham lambeu os lábios e ofereceu um sorriso trêmulo.

— O senhor.

Dois

No final da tarde, Davina entrou na casa em Bedford Square que servia como sede do Clube Parnassus. Fundado pela duquesa de Stratton há um ano, o clube só admitia mulheres. Davina fora empossada ao chegar a Londres, fazia um mês, no dia em que fora se encontrar com a sra. Galbreath, a editora do jornal, que havia comprado dois de seus ensaios.

Tão exclusivo quanto qualquer clube, este exigia uma votação para admissão e cobrava taxas de suas integrantes. No entanto, a inclusão de Davina era um ato de caridade — a sra. Galbreath não colocara os termos dessa maneira, é claro — e o título do clube, na verdade, era oferecido de forma bem democrática. Embora houvesse muitas damas que passavam para relaxar no salão ou para jogar jogos de azar na sala reservada para isso, algumas mulheres não eram damas de forma alguma.

E algumas, como a tesoureira do clube, eram damas bem importantes agora, mas não provinham de um bom berço. Davina presumia que todas reconheciam essa última qualidade exatamente da forma como ela havia reconhecido, mas, ao contrário de muitas outras, isso a aliviara. Como resultado, ela e a mulher nascida Amanda Waverly, agora a duquesa de Langford, haviam formado uma rápida amizade.

Amanda estava sentada a uma escrivaninha na biblioteca quando Davina chegou, sua coroa de cabelos escuros curvada sobre uma pena de escrita. Ela usava um avental de linho simples sobre um vestido exuberante cor de amarílis.

— Você está trabalhando na contabilidade? — Davina perguntou. — Ou escrevendo uma carta?

Amanda ergueu os olhos e a cumprimentou.

— Na contabilidade.

— Não gosta de usar o escritório?

— O escritório normalmente serve muito bem para mim. — Amanda olhou de soslaio para onde três mulheres estavam sentadas perto da lareira. — Mas a fofoca da sra. Bacon me cai melhor. Posso escutar a conversa daqui.

— Espertinha. Não vou interferir em nenhuma das atividades. No entanto, eu mesma ouvi algo na festa. A duquesa falou em fazer uma visita hoje para se encontrar com a sra. Galbreath. Ela já o fez?

— Elas estão na sala da sra. Galbreath.

— A duquesa costuma sair imediatamente após a conversa? Ou será que ela aproveitaria as amenidades do clube?

Amanda colocou a pena no suporte.

— Por que você pergunta? Quer falar com ela?

— Pensei que, se nos cumprimentássemos de passagem, talvez pudéssemos trocar mais algumas palavras.

O sorriso de Amanda se alargou mais com cada palavra que ela ouvia.

— Tenho uma ideia melhor. Quando ela descer, direi que você deseja falar com ela.

— Não quero incomodá-la. — *De novo*, ela quase acrescentou. Já a havia incomodado em excesso quando, durante uma conversa casual, pedira aquela carta ao rei.

— Não acredito que ela verá da mesma forma. Eu não enxerguei assim quando você se dirigiu a mim.

Aquilo foi diferente. Davina captou as palavras. Essa nova duquesa poderia se sentir insultada com a insinuação de que ela não era tão ducal quanto a outra.

O humor iluminou os olhos de Amanda.

— Ela não vai devorar você, Davina. Tenho certeza de que ficará interessada em tudo o que você quiser dizer a ela. — Ela inclinou a cabeça e olhou para a porta. — Na verdade, eu as ouço vindo agora.

Conversa feminina precedeu as duas mulheres que vinham descendo as escadas e logo entraram na biblioteca.

— Depois da reunião de terça-feira, nós votaremos — disse a duquesa à sua acompanhante. Ela então notou a presença de Davina. — Estou muito feliz que esteja aproveitando o clube, srta. MacCallum. Gosto de pensar que encontrou um santuário aqui.

— Encontrei sim, Vossa Graça. Não fica longe de minha residência, então posso me beneficiar da paz que há aqui a qualquer dia que quiser, depois do cumprimento de meus deveres.

— Eu disse a ela que deveria visitar os livreiros e escolher alguns livros e folhetos de medicina para a biblioteca — informou a sra. Galbreath, uma mulher loira, elegante e de belas feições, que morava ali e servia não apenas como editora do *Parnassus*, mas também como administradora do clube.

— Clara, ela veio hoje porque quer conversar com você sobre uma coisa — informou Amanda.

— Pois sim? Bem, vamos encontrar um lugar tranquilo para que a senhorita possa me falar. — Ela olhou ao redor de si pela biblioteca e franziu a boca ao ver as três mulheres acomodadas perto da lareira. — Vamos para a sala de jantar, para que ninguém nos escute por acaso.

Amanda enrubesceu com a insinuação de que poderia haver bisbilhoteiras por perto. Ela se curvou sobre suas contas novamente. Davina acompanhou a duquesa para fora da biblioteca e até a sala de jantar.

Chamar o local assim tinha se tornado uma incongruência, já que a sala raramente servia para jantares atualmente. Em vez disso, tinha sido configurada para os jogos de azar, com pequenas mesas e um livro de apostas. Em geral, Davina tinha visto mulheres jogando uíste por dinheiro, mas uma vez uma integrante serviu como crupiê para *vingt-et-un*.

A duquesa se sentou à mesa mais distante perto das portas que levavam a um pequeno jardim. Ela convidou Davina para se sentar com ela.

— Como lhe disse na semana passada, vim a Londres por um motivo — começou Davina. — Não foi para ser tutora. Essa foi apenas uma maneira de chegar aqui.

— A senhorita quer falar com o rei sobre um assunto importante para sua família sobre o qual o rei fez promessas. Isso finalmente aconteceu?

— Fui convocada ao palácio hoje, devido à sua carta redigida em meu nome. Sem a sua influência, duvido que jamais teria acontecido.

— Não foi minha influência, mas de meu pai, cuja sombra está sempre ao meu lado. O rei não tem amor nenhum por *mim*. No entanto, é bom saber que ainda tenho alguma influência, por menor que seja. E estou feliz que tenha conseguido sua audiência.

— Eu consegui, mas não com o rei. Fui recebida por um homem chamado sr. Haversham.

A duquesa mostrou-lhe um sorriso amável e pesaroso.

— Não é fácil ver um rei, especialmente esse. A senhorita está sendo repelida porque ele não quer ser lembrado da promessa que fez.

— Imagino que sim.

— Disse que o conheceu em um jantar durante as festividades em Edimburgo, certo? Ele já começara a beber? Pergunta estúpida. Claro que sim. E lá estava você, uma linda jovem, e ele concordou em ajudá-la para ser gentil e talvez mais do que isso. Oh, não sinta que deva me dizer. Os hábitos dele são bem conhecidos, assim como seu olho para as mulheres. — Ela deu batidinhas com os dedos no queixo. — Posso perguntar do que se trata? A senhorita não ofereceu a informação na semana passada, e eu não a pressionei, mas...

— Envolve um legado. Uma herança que foi ignorada por muito tempo. O pai dele também concordou em corrigir a situação, entende? Só que então ele ficou louco e...

— Então dois reis prometeram ajudar e nenhum o fez? Isso não é aceitável. O rei atual tem medo de que a senhorita alegue que ele não mantém a palavra, ou mesmo a honra do pai.

Isso era o que seu empregador, o sr. Hume, tinha dito. *Sua maior arma são as fofocas que darão a ele uma imagem negativa.*

A duquesa refletiu sobre o assunto por alguns instantes.

— Acho que vai acabar ouvindo mais notícias a esse respeito do palácio. Acho que eles resolverão as questões como a senhorita quiser ou tentarão comprá-la de alguma forma. Você é que deve decidir se está disposta a permitir ser comprada e, em caso afirmativo, quanto esse legado vale para você.

— Por que acha que isso vai acontecer?

— Suponho que seja porque é o que eu faria se fosse confrontada com a sua determinação.

Davina esperava que fosse um elogio. Ela se perguntou se Haversham tinha enxergado o que a duquesa parecia enxergar nela.

— Espero que esteja certa. — Davina se levantou para se despedir. — Agradeço sua ajuda em abrir a porta do palácio para mim. Espero não ter sido muito ousada ao solicitar seu auxílio.

A duquesa riu.

— A senhorita foi muito ousada. Na verdade, admiro isso em uma mulher.

— Fico feliz em saber e, além disso, muito grata.

A duquesa também se levantou.

— Mantenha-me informada sobre o desenrolar do caso. Algum dia, talvez, você me conte tudo sobre esse legado. Acho que há uma história interessante aí.

Eric esticou as pernas e olhou para o líquido vermelho-escuro no copo que segurava. Seus dois amigos, o duque de Stratton e o duque de Langford, já haviam terminado o deles. Em dez minutos mais ou menos, seria hora de se juntar às mulheres.

— Foi uma gentileza ter vindo — Langford agradeceu a ninguém em particular e a todos em geral.

— Claro que viríamos. Um pequeno jantar é uma excelente maneira de sua esposa testar suas novas asas — respondeu Stratton.

— Você pode convidar mais algumas pessoas para o próximo — opinou Eric. Ele tomou um gole do vinho do Porto. — Correu tudo bem, e os jantares são basicamente todos iguais, exceto pelo número de assentos.

Tinha sido o menor dos jantares, com apenas três casais presentes. Como uma primeira tentativa da ex-Amanda Waverly em entreter convidados, tudo tinha saído como os conformes. Ela poderia precisar de um pouco de ajuda para o menu, mas o cozinheiro cuidaria dessa parte. Ou então uma das mulheres o faria. A esposa de Stratton, Clara, não hesitaria em instruir a nova duquesa se ela decidisse que era necessário.

— Eu disse que eram muito poucos, mas ela estava nervosa demais... Bem, ela não nasceu nesse ambiente, claro. — Langford correu os dedos pelos cachos escuros, como sempre fazia quando estava preocupado. Eric sabia que seu amigo não se importava se o jantar corresse bem ou não. Sua esposa, entretanto, sim, e a preocupação era toda para seu próprio contentamento.

— Talvez a próxima tentativa dela deva ser uma reunião vespertina. Um salão — ponderou Brentworth. — Outro para aquele jornal, por exemplo. — Assim, sua boca expressou o que havia em sua mente; mente que, aliás, nos últimos dias, estivera ocupada com uma certa ensaísta daquele periódico. Davina MacCallum achava por bem conspirar para conseguir uma das propriedades dele, não achava? Encontraria um triste resultado com aquele estratagema todo.

— Foi bom você ter chegado a essa conclusão também — falou Stratton com um olhar significativo para ele.

Bom, não. Necessário. Duquesa ou não, aquele jornal era controverso, e Clara, reclamando a propriedade, certamente atrairia críticas. Não que ela ou Stratton se importassem. Ambos estavam acostumados à polêmica, até mesmo ao escândalo. Era o papel de um amigo facilitar tudo isso, se pudesse, no entanto, e Brentworth sabia que sua presença silenciaria pelo menos alguns dos gracejos.

— Gostei — disse ele, embora fosse um exagero. — Eu até levei um dos jornais para casa e li. Lady Farnsworth não sustenta seu fogo nos ensaios, mas eu nunca esperaria que ela o fizesse. O ensaio histórico foi bem-feito, embora eu nunca tenha ouvido falar do autor. E a contribuição da srta. MacCallum foi... interessante. — *Muito* interessante. Ele admitia com relutância que ela possuía talento para uma prosa envolvente.

— Amanda diz que a mulher é interessante, então sua escrita também seria, imagino — contou Langford.

— Você a conhece? — perguntou Eric.

Langford balançou a cabeça enquanto servia mais vinho do Porto e passava a garrafa para Stratton.

— Falei com ela brevemente na festa. Troquei algumas palavras. Amanda fez amizade com ela, no entanto. Achei estranho ela ser de Edimburgo, mas não ter um sotaque especialmente escocês. Amanda disse que ela viveu em Northumberland na infância.

— Seu ensaio combinava a descrição de uma viajante com o aconselhamento de um médico. Exceto, é claro, que ela não é médica.

— O pai dela era médico, Amanda me disse. Ela viajava com ele no verão, para cuidar das pessoas nas áreas rurais.

— Uma aprendiz, então — concluiu Stratton, em um tom casual que desmentia o quanto a observação era extraordinária.

— Parece que sim — concordou Langford. — Acho que ela pode continuar o trabalho do pai agora que ele se foi.

— Exceto que *ela não é médica* — Brentworth repetiu.

— Melhor alguém que saiba alguma coisa sobre medicina do que ninguém que saiba, assim é como provavelmente ela é vista por aqueles que atende — emendou Stratton.

— E ela também não pode continuar o trabalho dele. Disseram-me que ela é tutora — acrescentou Brentworth, mencionando um ponto oferecido a ele por Haversham.

— Ela começou nessa função muito recentemente, pouco antes de vir para a capital. Assinou contrato com Hume há cerca de um mês.

— Hume? Aquele radical?

— O próprio. Em sua mente, ele contratou uma tutora para sua filha, não uma governanta — Langford continuou. — A srta. MacCallum é responsável por ensinar uma série de matérias acadêmicas para a filha dele. Foi assim que ela se ocupou em Edimburgo. Não como governanta.

Brentworth pensou sobre o ensaio na revista.

— Creio que Davina MacCallum pode ser uma radical também.

Se ela tivesse a política como motivação, e não a ganância, isso explicaria muito. Por um lado, ela não lhe parecia o tipo que trapacearia para enriquecer, mas sim para trazer as terras escocesas de volta à propriedade de escoceses. Percebia, do seu ponto de vista, que o objetivo permitia uma racionalização distorcida que classificava trapacear como não trapacear.

— Por que você diria isso? Minha tutora não adotou a política de meu pai, então por que ela adotaria a de Hume?

— Acho que ela não adotou nada. Acho que ela o conhece porque eles já simpatizaram com a mesma causa.

— Causa? No singular? — indagou Stratton. — Presumo que se refira à causa escocesa. Acho que é seguro dizer que, após as execuções em 1720, os remanescentes dessa causa foram finalmente colocados a sete palmos para sempre.

— Amanda não relatou nenhuma opinião política sobre sua nova amiga, muito menos esse tema em específico — opinou Langford.

— O ensaio dela descrevia uma viagem a leste de Glasgow, onde estava localizado o epicentro do tumulto. Sua paciente era esposa de um tecelão. Ela fez referência à lamentável ausência dele em casa nos últimos anos e às provações que isso criara. Ele provavelmente foi um dos degredados.

— Isso importa? Duvido que ela tenha vindo a Londres para assassinar alguém — falou Stratton.

Brentworth deixou essa passar. *Não, ela veio a Londres para roubar centenas de acres do meu legado.*

Langford olhou atentamente para Brentworth, que sofreu o olhar. Com a maioria dos homens, ele teria certeza de que absolutamente nada seria percebido, mas era Langford, que o conhecia muito bem e possuía uma habilidade irritante de perfurar sua armadura.

Langford sorriu como um demônio, e luzes maliciosas tomaram seus olhos azuis.

— Você realmente não dá a mínima para a política dela. Está apenas procurando uma desculpa para se interessar por ela por qualquer motivo, e esse vai servir ao seu propósito.

As sobrancelhas de Stratton se ergueram. Ele também examinou Brentworth.

— Bobagem — desfez Brentworth. — Você não faz ideia do quanto está errado. Sua paixonite corrente por sua esposa o faz supor que todos os homens são idiotas como você, Langford. Não tenho interesse em mulheres escocesas excessivamente autoconfiantes e de educação e modos peculiares. Bem, não é hora de nos juntarmos às mulheres? Vocês dois estão me entediando.

— *Excessivamente autoconfiante*, não é? Você já passou mais tempo considerando a personalidade dela do que a maioria das mulheres passa. — Com um sorriso arrogante de vitória, Langford levantou-se para conduzir os homens até a sala.

De fato, sim, mas não pelos motivos que Langford presumia.

NUNCA DIGA NÃO A UM DUQUE

$\mathcal{A}$ casa em Saint Anne's Lane, Cheapside, não parecia grande, mas as casas de Londres poderiam surpreender. Algumas delas, embora estreitas, ocupavam quase um quarteirão inteiro. Eric presumiu que não era o caso daquela. Havia sido alugada por um membro do parlamento, afinal, e não um dos ricos dentre eles.

No entanto, provavelmente mostrava-se ser conveniente o bastante para Angus Hume comparecer às sessões. Também àquelas reuniões de radicais a que, sem dúvida, ele comparecia. Esperava-se, aliás, que era onde Hume estaria naquele momento. Eric subiu alguns degraus para descobrir.

Ele apresentou seu cartão à criada que abriu a porta.

— Vim visitar a srta. MacCallum.

Ela fez uma pausa sobre o cartão, seu rosto sardento enrubescendo sob a aba da touca branca. Perturbada, ela o convidou a se sentar em uma salinha ao lado da entrada antes de sair às pressas.

A câmara servia como uma pequena biblioteca. Belas janelas davam para a rua e bons móveis ofereciam conforto. Ele examinou os livros, perguntando-se se pertenciam a Hume ou se tinham vindo com a casa.

— Vossa Graça, estamos honrados.

Não era a voz de uma mulher. Maldição.

Ele se virou para ver Hume bem na porta. O homem exibia uma aparência artística com seu bigode e cabelo na altura dos ombros, o que tornava-se mais dramático devido à sua acentuada cor de cobre. Por outro lado, ele preferia roupas da moda, então Eric pelo menos não se viu presenteado com algum turbante e túnica exóticos.

Ele não gostava de Hume, e não porque o homem fosse um jacobita que flertasse com a sedição ao condenar a União da Escócia e da Inglaterra. Havia radicais e radicais. Esse radical era do tipo que queria virar tudo de cabeça para baixo. Certa vez, ele sugeriu que a única maneira de fazer a mudança necessária era exilar todos os nobres. Em particular, ele era conhecido por ter falado afetuosamente sobre como a guilhotina lidara com o problema na França.

— Hume. É bom vê-lo. Você parece saudável e em forma. — E feliz. Presunçosamente feliz.

Como a maioria dos homens magros, Hume sempre dava a impressão de ter uma energia crescente. Agora ele parecia pronto para explodir com essa energia.

Ele sabia. O maldito jacobita estava ciente da alegação da srta. MacCallum. Haversham teria uma apoplexia se descobrisse.

— Estou saudável como um boi, fico feliz em dizer. A governanta disse que o senhor gostaria de ver Davin... a srta. MacCallum.

O uso da familiaridade não tinha sido realmente um deslize, mas uma declaração deliberada de... o quê?

— Isso mesmo. Ela está em casa?

— Está na sala de aula com minha filha. Normalmente leciona até as duas horas.

— É uma e meia. Talvez desta vez permita que ela termine mais cedo. Se bem que, se assim exigir, eu espero.

— Não, não, não podemos aceitar isso. Quando um duque digna-se a fazer uma visita, ele deve ser atendido. Já disse à governanta para informar a srta. MacCallum de sua chegada.

— Quanta gentileza de sua parte.

Hume andava de um lado para o outro sem rumo, olhando para os móveis como se ele fosse o visitante.

— Posso perguntar por que a visita?

Como se você não soubesse, seu malandro irritante.

— Não.

— Sou, é claro, o responsável pela srta. MacCallum. Posso pelo menos perguntar se esta é uma visita social?

— É um assunto particular.

— Ah.

Exatamente, "ah".

— O senhor a conheceu, creio eu — Hume disse. — Sem dúvida, sua percepção dela corresponde à minha. Ela é uma mulher muito determinada. De temperamento forte também e não se intimida facilmente.

— Que pena para o senhor ter uma criada com essas qualidades.

— Oh, ela é mais do que uma criada. Nós a recebemos em nossa família.

MADELINE HUNTER

Ela é uma de nós. — Ele lançou um olhar direto com esse comentário, para ter certeza de que a última frase carregasse todo tipo de significado, o que deixou Eric se perguntando qual deles se aplicava à realidade.

— Tenho certeza de que ela aprecia sua boa sorte.

— Bem, existe boa sorte, e então existe uma sorte excelente, não é?

Eric esperava que a srta. MacCallum chegasse antes que ele tivesse que ouvir Hume explicar de que forma sua futura boa sorte serviria ao duque de Brentworth. O homem estava ansioso para fazer exatamente isso.

— Tenho sido negligente — falou Hume. — Permita-me chamar a sra. Moffet para trazer algo para o senhor. — Ele se encaminhou para a porta a fim de chamar a governanta. — Vou chamar minha mãe também, para que ela possa cumprimentá-lo.

Eric não queria comer nem beber nada. Ele nem queria ficar naquela casa, onde tinha certeza de que os ouvidos estariam atentos.

— Por favor, não o faça. Esta é uma visita para tratar de negócios e não gostaria de perturbar a casa. Vou esperar no jardim. O dia está bonito.

— Certamente. Vou lhe mostrar o caminho.

Davina olhou fixamente no espelho e depois gemeu. Irremediável.

Tinha se trocado às pressas para pôr um vestido decente, embora dificilmente adequado para receber um duque. Isso não a incomodava tanto quanto o cabelo. Ele pendia em ondas soltas de cada lado de seu rosto, roçando a linha da mandíbula. Quase parecia elegante. Infelizmente, ele caía no mesmo comprimento ao redor de toda a cabeça. As longas madeixas não haviam sido presas em um coque alto como qualquer um teria esperado.

Ela fez uma careta para seu reflexo, mas não em desgosto com a aparência. Em vez disso, ela se irritou com a idiotice de ter cortado o cabelo. Se Sir Cornelius tivesse chegado até ela a tempo, o charlatão que a dona da casa onde ela morava em Edimburgo havia trazido não teria tido a chance. Sir Cornelius era um cientista e sabia que a antiga prática de cortar o cabelo durante as febres ruins não fazia nada que uma compressa fria não conseguisse.

Você está viva, não está?, o charlatão dissera com rispidez quando ela reclamou depois de que a febre já havia passado. Sim, viva, mas aquela doença tinha afetado seu rosto, seu peso, seu cabelo, até mesmo sua aparência geral. Davina entrara naquela febre como uma menina e saído como uma mulher.

Isto era o que ela via no espelho: uma mulher com traços muito fortes, cabelos muito curtos e objetivos muito ambiciosos. Uma mulher com algo a fazer — algo que já estava atrasado por tempo demais.

Ela se levantou e alisou a musselina ocre-clara de sua saia, e deixou o quarto para descer até a biblioteca. Não esperava que fosse um encontro agradável. Havia apenas uma razão para o duque de Brentworth ter vindo naquele dia.

Encontrou o sr. Hume vagando do lado de fora da porta da biblioteca.

— Ele foi para o jardim — informou, acompanhando o passo dela e guiando-a em direção aos fundos da casa. — Eu pretendia que minha mãe ficasse sentada com vocês como acompanhante, mas no jardim não adianta porque ele só vai pedir que você caminhe com ele.

— Não preciso de uma acompanhante, muito menos com este homem. Nem o senhor pensa assim; só queria que sua mãe ouvisse.

— Isso não é verdade. Você ainda não é casada. Não deveria...

— Sr. Hume, nós dois sabemos por que ele veio aqui. Corro um risco muito maior de ser intimidada do que de ser importunada. — Ela parou na porta da sala matinal, que dava para o jardim. — Agradeço sua preocupação e interesse no meu bem-estar, mas, por favor, permita-me um momento para me recompor. Um dragão aguarda ali, e minha espada é muito curta.

Ele deu tapinhas no ombro dela para encorajá-la.

— Encontre-me na biblioteca quando ele sair. — Hume foi embora.

Davina olhou para a porta, fechou os olhos, encontrou o âmago de sua força e saiu para o jardim.

O duque estava a seis metros de distância. Não caminhava por entre os canteiros plantados, nem mesmo olhava para eles. Em vez disso, se impunha ali, alto e ereto, seu perfil esculpindo a paisagem, sua testa ligeiramente franzida.

Ele parecia vivo, preciso e severo, de uma beleza impressionante. E descontente.

Ele deve ter ouvido a porta, porque virou a cabeça para vê-la se aproximar. Ah, sim. Muito, *muito* descontente.

Amanda dissera que as mães com filhas casadouras nem mesmo tentavam chamar a atenção dele, porque o consideravam formidável demais. Davina agora entendia o que queriam dizer. Ali estava ele com todos os seus privilégios, sua forma forte e magra contendo uma energia que contradizia sua postura casual.

Ela fez uma reverência e ele se curvou.

— Que generoso de sua parte visitar — disse ela. — Temo que a casa não será a mesma por dias.

— Não vou demorar. Peço desculpas por afastá-la de suas funções.

— Nora, minha pupila, está encantada, e não me importo de ter uma desculpa para aproveitar o jardim no meio do dia.

Ele olhou para a casa.

— Gostaria de caminhar um pouco comigo? Preciso discutir algo com a senhorita com privacidade.

— Claro.

Ele colocou o chapéu e o chicote em um banco próximo e então começaram a caminhar pelo jardim. Ela ignorou como sua proximidade o tornava muito grande e um pouco opressor. Davina não permitiria que ele a intimidasse. Não que ele tivesse feito qualquer coisa para sugerir que esse era seu propósito. Apesar disso, ela se perguntou se esse era o objetivo de como ele se apresentava ao mundo.

— Estive no palácio — iniciou ele. — Fui informado sobre por que a senhorita estava lá quando eu a vi. Sei sobre sua reclamação e sua petição.

Ela ergueu a cabeça para encará-lo, assim como ele virou a cabeça para olhar para baixo.

— Poderia ter me contado — continuou. — Se não no salão quando fomos apresentados, então no palácio de St. James quando nos encontramos lá.

— Achei melhor não, até ter uma resposta do rei.

— O mais provável era que a senhorita esperasse que eu não ficasse sabendo sobre esse absurdo até que já tivesse causado todos os problemas que pudesse.

— O senhor veio aqui para me insultar? Não nos conhecemos bem, e esta não parece uma amizade promissora.

Ele flexionou a mandíbula.

— O rei não está mais satisfeito com a sua persistência do que eu.

— Então ele não deveria ter me prometido cuidar do assunto.

— Como isso aconteceu? O que exatamente ele lhe disse?

— Ele estava em Edimburgo para as festividades escocesas. Meu pai era associado à universidade e tinha muitos amigos lá que me ajudaram depois que ele faleceu. Um é Sir Cornelius Ingram. Ele foi nomeado cavaleiro por seu trabalho científico.

— Eu o conheço.

— Ele concordou em tentar providenciar para que eu visse o rei e me convidou para um banquete como sua acompanhante. Após a refeição, ele nos apresentou.

— Uma refeição em que Sua Majestade bebeu à vontade, sem dúvida.

— Eu não saberia dizer. Não contei as taças de vinho que ele consumiu.

— Acredite em mim, ele já estava bem embriagado.

— Ele não foi enganado, se o senhor está tentando sugerir que ele não era dono de seu juízo perfeito.

Brentworth parou e a encarou.

— O juízo que ele possui se perde facilmente para a bebida. Então, a refeição foi concluída, Sir Cornelius empurrou você e fez uma apresentação, e não houve interrupção do rei. — Ele estreitou os olhos no rosto dela. — Seu cabelo estava mais comprido na ocasião. Foi cortado mais recentemente. O rei viu diante dele uma bela jovem com um sorriso radiante, e se comportou como todos os homens se comportam.

— Nem todos os homens. O senhor, por exemplo, está se comportando de modo grosseiro, quer eu seja bonita ou não. Quanto ao rei, ele foi educado e cortês, o que eu esperaria de um rei. — Ela ergueu o queixo e o olhou nos olhos. — Conversamos alguns minutos, então expliquei minha situação. Ele foi simpático à minha causa.

— Tenho certeza de que sim.

— Ele disse que, quando voltasse a Londres, direcionaria seus homens para examinar o assunto e ver quais informações poderiam ser obtidas, e que apoiaria um projeto de lei no Parlamento para retificar qualquer descuido e esclarecer as questões, para que ninguém alegasse que a sucessão da propriedade devesse ser cessada, mesmo que não houvesse motivos para isso.

Ele pareceu surpreso ao ouvir a última parte. Davina suspeitava de que a mente dele houvesse seguido nessa direção. *Seu bisavô morreu em Culloden lutando contra a Grã-Bretanha, e, se houvesse um herdeiro, teria havido uma proibição de sucessão do título devido ao ato criminoso que ele cometeu.*

— Ele provavelmente investigou o assunto e descobriu que você não tem direito a nada e que não houve vistas grossas. Por isso a está evitando.

— Se tivesse investigado, teria descoberto que estou completamente certa e no meu direito.

Brentworth inalou com força. Parecia um homem controlando sua exaltação. Só que ela não vira nada que indicasse que ele tivesse ficado com raiva.

— Talvez possa fazer a gentileza de explicar sua "situação", como a senhorita coloca. — Ele apontou para um banco de pedra, convidando-a a se sentar.

Ela se acomodou no banco. Ele não o fez. Ficou ali alto, parado na frente dela. Agora gigante. Uma torre de vestes pretas e rosto esculpido observando-a.

— Antes de meu pai morrer, ele compartilhou um segredo de família comigo — ela começou. — Ele também confiou uma carta aos meus cuidados. Uma carta do último rei. Tudo dizia respeito à história de minha família e à identidade de meu avô como o herdeiro legítimo do barão de Teyhill.

— O barão morreu em Culloden. Ele não tinha herdeiros. Seu único filho, um homem, morreu na mesma época.

— Assim se acreditou. Esse filho, porém, não morreu. Ele foi levado para Northumberland e entregue aos cuidados de uma família de agricultores de lá.

— Por quê?

— Para a segurança dele. O povo do barão não confiava no exército britânico. Eles acreditavam que, após a derrota e a morte de seu pai, ele seria prejudicado.

— Nossos exércitos não matam crianças inocentes.

— Que absurdo. É claro que matam. Claro que eles *matavam*. — Ela o encarou, desafiando-o a discordar.

Ele não repetiu a alegação.

— E assim ele foi criado lá — continuou ela. — Meu avô tornou-se escrivão, casou-se e meu pai nasceu. Ele, por sua vez, voltou para a Escócia e estudou para se tornar um médico em Edimburgo. Antes de meu avô morrer, entretanto, ele revelou sua verdadeira identidade ao filho.

— Soaria mais verdadeiro se ele o tivesse revelado a Lorde Lyon muito antes.

Ele se referia à autoridade na Escócia que servia de forma muito semelhante ao Colégio de Armas na Inglaterra, como árbitro de títulos e heráldica.

— Ele não tinha certeza disso antes. Também não possuía mais as terras vinculadas ao título como é exigido daqueles baronatos feudais. Ele buscou provas para que as terras fossem devolvidas a ele, e consequentemente, o título. Procurou provas.

— Que ele não encontrou antes de morrer, correto? Se tivesse encontrado, essa reivindicação não teria atrasado mais de uma geração.

— Na própria mente, ele tinha tanta certeza, que escreveu ao rei e se apresentou como filho de MacCallum de Teyhill. O que quer que aquela carta tivesse dito, resultou na resposta do rei com grande encorajamento. Se meu avô tivesse vivido mais, tudo teria sido resolvido naquela época. Só que ele não viveu muito mais. Antes de morrer, porém, ele deu a carta ao meu pai e contou-lhe a história.

Brentworth se afastou lentamente, pensando.

— Você não tem prova disso, exceto uma história de família, ao que parece.

— Meu avô tinha mais, tenho certeza. Estava na carta ao último rei. Só que agora eu soube que a carta se perdeu. Ou pelo menos é o que o sr. Haversham afirma.

— Ele não tem motivo para mentir.

Ela se levantou.

— Não tem? Como deve ter sido incômodo quando os homens do rei se deram conta de quem é que agora tinha a posse da terra. Não algum outro escocês, ou mesmo um lorde inglês das terras fronteiriças. Não algum visconde ou barão de patente recente. Não, era um duque. Não qualquer duque. Brentworth. Um duque poderoso que faz tremer os homens inferiores. O rei deve ter pensado que seria o pior dos azares que fosse *o senhor*.

— Se está acusando o rei de mentir para você para evitar uma discussão comigo, superestima minha influência. Ele e eu discutimos muito no passado sobre assuntos mais importantes, mas, como rei, ele vence. É assim que funciona, srta. MacCallum. Ele e eu não somos amigos, e ele não se importa se eu for o objeto da reclamação de uma mulher escocesa com provas inexistentes.

— Se o senhor e ele não fossem amigos, ele adoraria ter me dado as terras. Em vez disso, eles afirmam que todas as provas desapareceram.

— Isso é porque elas, *de fato, desapareceram*, se é que algum dia existiram. Você deveria desistir dessa busca. Não dará em nada.

— Eu não posso fazer isso.

Ele suspirou profundamente exasperado.

— Você não tem outra prova além do sobrenome que é tão comum que não faz sentido para sua reivindicação.

— Vou encontrar outras.

— Como? Tudo aconteceu há quase cem anos.

— Eu vou encontrar. Meu avô não era tolo nem desonesto. Se ele escreveu ao rei, sabia que era o herdeiro. Vou localizar tudo o que ele havia encontrado e que o convencia da propriedade. — Ela se sentou novamente, com firmeza. — O senhor é quem deveria desistir.

Ele caminhou para a frente e olhou para ela.

— Não há a menor possibilidade de isso acontecer. Eu sou um Brentworth. Não entregamos partes de nossos bens facilmente, muito menos para mulheres com histórias duvidosas sobre heranças infundadas. — Ele fez uma vaga reverência. — Vou me despedir agora, para que não tenhamos uma briga. Um bom dia para a senhorita.

— Achei que já estávamos brigando.

Com um olhar sufocante na direção dela, Brentworth começou a subir o caminho do jardim.

— O senhor não tem medo de ser conhecido como um trapaceiro? — ela chamou atrás dele.

Ele fez uma pausa longa o suficiente para encará-la.

— A senhorita não tem medo de ser conhecida como uma fraude?

40

A mulher era impossível. Irritante para diabos.

Eric enfurecia-se com a conversa que tivera com Davina MacCallum no caminho de volta para Mayfair. Ela tinha certeza absoluta de sua história, considerando que não tinha nenhuma prova. Qualquer outra pessoa teria pelo menos hesitado antes de declarar guerra. Mas não a srta. MacCallum.

Será que era uma fraude? Eric conhecera algumas em sua época, e elas geralmente demonstravam a mesma confiança. Elas precisavam demonstrar. Questões suficientes seriam levantadas a ponto de que não ajudaria em nada ser ele a levantá-las primeiro.

A ideia de que ela poderia estar perpetuando uma fraude ousada e audaciosa provocara uma reação estranha enquanto ele estava no jardim. Raiva, principalmente, e decepção. A combinação acabou resultando em uma sensação que o desconcertara. E o que lhe importava se ela fosse desonesta? No entanto, algo nele se rebelava contra a ideia.

Ele nunca sentia raiva. Bem, raramente. No entanto, ali estava ele cavalgando por Londres com uma mandíbula tão contrita que seus dentes estavam rangendo. Continuava a vê-la sentada ali, a luz do sol fazendo desenhos em seus cachos curtos, explicando calmamente como sua família deveria receber aquelas terras.

O exército inglês não matava crianças. Mas ele não podia afirmar isso com confiança, e ela sabia. Ele não tinha estado lá, e quem sabia o que acontecera em cada caso de herdeiros de rebeldes? E quer tenha acontecido ou não, o que importava era o que os outros acreditavam que poderia ter acontecido.

Northumberland naquela época estava cheia de jacobitas que apoiavam a revolta escocesa. Católicos, principalmente. A região havia sido um centro de rebelião significativa por seus próprios méritos naqueles anos, e muitos de seus filhos haviam tombado em Culloden. Se alguém quisesse enviar uma criança para o santuário, esse seria um lugar a escolher.

Maldição, a história dela pelo menos tinha uma certa consistência lógica. Mas era só isso, uma história. Uma história e uma carta de um rei meio louco e a caminho do delírio.

Ele praguejou baixinho. A mulher seria um problema, talvez por anos.

Só de olhar para ela, Eric podia afirmar que ela nunca desistiria. Por que faria isso? *Ela* não tinha nada a perder e muito a ganhar.

Também teriam que ser justo *aquelas* terras. Eric nunca pensava sobre aquela propriedade escocesa se pudesse evitar. Mesmo agora, enquanto caminhava com o cavalo pela cidade, as memórias queriam assumir o controle de sua mente e jogá-lo de volta no tempo para chafurdar novamente em culpa e remorso.

Eric escapou daquela nuvem negra ruminando o que sabia e o que ela não sabia, mas afirmava saber. Ruminou sobre aquela conversa com Haversham. Quando chegou a Mayfair, concluiu que o perigo real não vinha da srta. MacCallum, mas do próprio rei, que estaria ansioso para proteger seu nome e honra. Isso o levou a cavalgar para uma casa diferente da sua.

O mordomo pegou seu cartão, embora se conhecessem bem.

— O duque não está em casa, Vossa Graça.

— Vim visitar a duquesa, não Stratton.

— Vou ver se Sua Graça, a duquesa, está em casa então.

Ele esperou na sala de visitas. Presumiu que Clara decidiria que estava em casa, apenas por curiosidade.

Pelos cálculos de qualquer pessoa, Clara seria a última mulher com que Stratton teria se casado. Suas famílias eram velhas inimigas, e acontecia que Stratton poderia colocar a culpa por pecados imperdoáveis na porta delas. No entanto, ele e Clara haviam se apaixonado, contra todas as probabilidades.

Sua união representara o triunfo do otimismo e do prazer sobre as obrigações de sangue e dever. Sendo realista, Eric não tivera muita esperança para a longevidade de seu grande amor, mas ali estavam eles, ainda apaixonados como novos amantes. Provavelmente era por isso que Stratton permitia a sua esposa um nível de independência incomum até para duquesas. Não que Clara fosse aceitar de outra forma.

Ela realmente estava curiosa para recebê-lo, embora ele tenha tido que esperar quase meia hora para que ela entrasse na sala de visitas.

— Você me pegou de surpresa, Brentworth, e este não é um dia em que eu recebo. Tive que correr para me vestir para você, e demorou uma eternidade para que meu cabelo ficasse bem.

Seu cabelo castanho estava torcido e enrolado habilmente.

— Talvez você devesse cortá-lo. Imagino que os cachos curtos sejam fáceis de arrumar.

— Perdão? — Ela lançou-lhe um olhar desconfiado, como se ele estivesse zombando.

— Deixe para lá. Você poderia ter descido com o que quer que estivesse vestindo. Sou um amigo e não precisamos fazer cerimônias.

Outro olhar suspeito; este fez os olhos dela parecerem um tanto encobertos.

— Que generoso da sua parte. Como se você fosse me receber de roupão de ficar em casa.

Ele teve que sorrir diante disso, junto com ela.

Ela foi até um divã e o convidou a se sentar.

— Duvido que seja uma visita social típica, então me perdoe se eu perguntar o que você deseja.

— Estou ofendido. Por que acha que eu quero algo?

— Porque você nunca visitou apenas a mim em todo o tempo que nos conhecemos. Se meu marido não está aqui, você também não está.

Ele gostaria de ter sido mais cuidadoso com isso. Tinha sido uma negligência estúpida.

— Meu Deus, Brentworth, você quase parece desconfortável agora. Sua necessidade deve ser mesmo muito grande. Ande, fale logo, e eu vou contar a seu favor que você veio falar comigo diretamente e não fez meu marido interceder e perguntar por você.

— Serei franco. Tenho motivos para pensar que você escreveu ao rei sobre a srta. MacCallum.

— Como você sabe?

— Haversham.

Ela ergueu as sobrancelhas.

— Claro que foi entregue a ele... Ele devia favor ao meu pai por interceder em uma questão quando era jovem, então fará o que é certo se puder.

— Certo para quem?

— Ora, para a srta. MacCallum, é claro.

— Então você sabe sobre a reclamação dela?

— Não os detalhes. Só sei que prometeram a ela dar atenção a um problema com o legado e que essa promessa não foi mantida. Isso é vergonhoso. Reis não podem mentir sobre essas coisas.

Ela não conhecia os fatos da questão. Eric debateu sobre o que contar.

Clara, infelizmente, era muito perspicaz e sua mente entrava em consonância com a dele nesse ponto.

— Como Haversham veio a lhe contar sobre isso?

— Ele buscou meu conselho para uma parte desse assunto. — Não era mentira.

— Pelo menos eles estão finalmente fazendo o que foi prometido e investigando a alegação dela. Eu espero que você possa ajudar. Ela está sozinha no mundo agora, desde que o pai morreu. Ela consegue sustento digno e respeitável sendo tutora de meninas, mas quem sabe por quanto tempo encontrará tais empregos? Chegará um momento em que ela terá de aceitar o serviço como governanta, eu suspeito, e isso seria um desperdício. — A duquesa encerrou sua digressão sobre a srta. MacCallum com um sorriso que então se firmou. — E como posso ajudá-lo a ajudar Haversham?

— Tenho um favor a pedir.

— Você quase engasgou dizendo isso. Imagino que seja raro você pedir um favor a alguém. Bem, vamos ouvir.

— Seria melhor para a senhorita MacCallum se seu assunto fosse tratado discretamente.

— Melhor para o rei, você quer dizer.

— Nada de bom sairá disso se virar uma fofoca de sala de visitas.

— Brentworth, você veio aqui para pedir, *como um favor*, que eu me cale a respeito disso?

— Eu nunca a insultaria ao implicar que você faz mexericos. Estou mais preocupado com aquele seu jornal.

Dizer que ela se fincou lá e ganhou notoriedade seria um eufemismo.

— O jornal? Não escrevemos sobre disputas por heranças. A menos que... *ooooooh*. Há uma história aqui, você quer dizer. Um escândalo ou algo que pudesse alimentar as fofocas por um ano.

— Não é tão interessante assim. No entanto, estou lhe pedindo *como um favor* que desista de quaisquer inclinações que possa desenvolver em relação a todo o caso.

A animação da duquesa se dissolveu em um beicinho.

— É cruel da sua parte balançar isso na minha frente e então arrebatar assim. Imagino que, se eu não concordar com esse favor, você pedirá o favor a meu marido e eu, por minha vez, terei de ouvir a petição dele.

— Prefiro não fazê-lo.

— O que significa que você ainda pode. — Os olhos dela se estreitaram. — Por que eu acho que você não está fazendo isso para ajudar Haversham e o rei, mas a si mesmo de alguma forma?

Ele olhou para trás passivamente. Inocentemente.

— Você terá o seu favor. Com uma condição. Se em algum momento isso estiver maduro para publicação, o *Parnassus* publicará a história primeiro. Há momentos em que nada além de todos os fatos é capaz de limpar o ar e silenciar as mentiras.

— Condição aceita. — Ele se levantou. — Obrigado.

Ela também se levantou e foi com ele até a porta.

— Foi um favor fácil de conceder. Agora, é claro, você me deve uma. Isso deve ser divertido.

Davina não se juntou ao sr. Hume na biblioteca depois que Brentworth saiu. Em vez disso, deu uma longa caminhada e liberou sua raiva em passos longos e decididos. Seu caminho a levou muito longe e, como resultado, quando ela voltou para a casa em Saint Anne's Lane, a família já havia se sentado para jantar. Entrou no aposento o mais silenciosamente que pôde e se sentou à mesa.

Durante toda a caminhada, ela pensou em seu encontro com o duque. Tinha de admitir que, embora ele não a assustasse, ela entendia por que algumas mulheres achavam sua atenção desconfortável. A presença e atenção do duque não traziam perigo real, mas sim uma vitalidade atraente, porém sutil, difícil de identificar. Talvez fosse chamado de poder. Ela podia ver algumas pessoas ficando sem palavras quando ele as encarava com aquele olhar.

A sra. Hume tomou uma colherada de sua sopa e Nora apenas olhou na direção de Davina antes de pegar um pãozinho do cesto de pães. Foi o sr. Hume que fez uma demonstração de que notara a chegada. Ele fez uma pausa no meio da descrição de uma reunião política. Suas sobrancelhas grossas, cor de cobre como seu cabelo, subiram uma fração sobre os olhos azuis. O bigode que ele usava como um emblema de suas ideias radicais se movia acima do pequeno franzir de seus lábios.

Esperou que a governanta trouxesse um pouco de sopa antes de falar novamente.

— Demorou muito, srta. MacCallum. — Ele tirou o relógio de bolso para ver as horas, como se já não soubesse. — Umas boas três horas.

— Dei uma volta longa pela cidade. Senti necessidade de exercício.

— Não é adequado — murmurou a sra. Hume. A velha não gostava de Davina e não fingia nada nesse quesito. Ela não aprovara os termos incomuns exigidos por Davina antes de assumir a função de tutora. Como resultado, ela frequentemente repreendia quando Davina exibia a independência que estava no topo de sua lista de comodidades necessárias.

— Como você passou a tarde, Nora? A ausência da srta. MacCallum deixou você sozinha.

— Visitei minha amiga Anna — disse Nora. — Ela ganhou uma boneca nova e a carrega para todos os lugares. Se eu fosse mais nova, ficaria com inveja, porque é francesa. Mas acho bobagem carregar uma boneca quando se tem treze anos.

— Melhor uma boneca do que um livro complexo demais para sua jovem cabeça — rebateu a sra. Hume.

— Sra. Hume, fui trazida para cá para encorajar a complexidade que a senhora critica.

O rosto branco como a neve da sra. Hume ficou rosa.

— Que eu deva sofrer tamanha impertinência de uma governanta...

— Ela foi contratada como tutora, mãe. Não como governanta. Ela não está sendo impertinente ao explicar a verdade.

Davina lançou ao sr. Hume um olhar de gratidão. Não deveria ser fácil para ele discordar da mãe, especialmente sobre como e por que a tutora não se comportava como uma criada normal.

Agora de rosto vermelho, a sra. Hume pediu licença para deixar a mesa. Sua saída teria sido dramática, exceto que sua partida não tinha como ser abrupta. Afligida com ossos doloridos, como muitas mulheres idosas, ela precisava de ajuda para ficar de pé e de uma bengala para andar, os quais Davina saltou para fornecer.

— Posso me retirar também? — perguntou Nora.

— Sim, pode — respondeu o sr. Hume.

— Você pode estudar seus verbos latinos — acrescentou Davina. — Vamos treinar com afinco amanhã.

Nora não gemeu nem se opôs. Uma garota obediente, ela parecia gostar de seus estudos. Davina se perguntou quanto tempo isso duraria. Logo a moda e os rapazes transformariam sua cabeça, e as noções comuns sobre o que uma garota deve saber e o que não precisa saber iriam influenciá-la.

Davina comeu a ave cozida. O sr. Hume bebeu seu vinho. Seus longos dedos seguraram suavemente a haste da taça como se ela fosse feita de cristal em vez de estanho. Davina esperou que o sr. Hume abordasse o assunto que implorava para ser abordado.

— Brentworth realmente veio falar do legado? — ele indagou enfim.

— Veio. — Ela às vezes se arrependia de ter informado ao sr. Hume o motivo que a tinha feito aceitar a oferta dele para trabalhar como tutora da filha. Ela havia debatido se deveria aceitar o emprego. Por um lado, suspeitava de que o sr. Hume, que ela conhecera socialmente em Edimburgo, estava um pouco interessado nela de uma maneira que ela não estava interessada nele.

Na reunião em que aceitara a função, ela havia declarado seus motivos. *Preciso ir a Londres para fazer uma petição à Coroa, e é lá que o senhor mora em grande parte do ano.*

Lamentavelmente, o sr. Hume concluíra que a verdade poderia servir a outras ambições além das que ele nutria em relação a um possível romance com ela. Seu interesse havia se expandido para a história dela, planos e fortuna.

— O que você achou dele? — ele perguntou.

— Orgulhoso. Bem ciente de sua importância e posição. — Ela fez uma pausa. — Inteligente. Eu não estava esperando por isso. Pensei erroneamente que ele seria preguiçoso, rico e mimado, como um personagem de uma gravura satírica.

— A aristocracia inglesa não é inteiramente composta de pessoas de intelecto lento e dados apenas à autoindulgência. Principalmente, mas não em sua totalidade. Eu avisei que Brentworth seria formidável.

O sr. Hume gostava de pensar que era o conselheiro de Davina em sua busca. Ele tinha expectativas de ganhos políticos que não faziam parte dos próprios objetivos de Davina, expectativas essas que mantinham o nariz dele um pouco perto demais dos assuntos dela. Para Davina, essa missão era totalmente pessoal. Tinha planos para aquela propriedade. Queria transformar a casa grande em um lugar onde a ajuda médica pudesse ser dispensada às pessoas do campo de quem seu pai cuidava quando podia. Seria uma forma de dar continuidade ao trabalho e à memória dele, além de dar à própria vida um propósito que ela perdera com a morte dele.

— Qualquer duque é formidável, senhor. No entanto, esse era um tipo diferente de formidável. Ele não revela nada. — *Ele nunca estreitaria os olhos como o senhor faz ao calcular seu próximo movimento. Ele nunca mostraria as cartas que tem na mão.*

O sr. Hume acenou afirmativamente com a cabeça em reconhecimento às percepções de Davina.

— Ele sabe o que você está fazendo?

— Nossa conversa no jardim provou que ele sabe de tudo. Ele acha que sou uma fraude. Que eu inventei tudo. Suponho que eu deveria ter esperado até ter mais provas. Só pensei que as provas que meu avô enviou seriam tudo o que eu precisava. Em vez disso, essa prova nem mesmo pode ser localizada.

— Ou assim eles dizem.

— Se eles dizem, é verdade. — Ela considerou o sr. Hume, que estava sentado ali parecendo lhe dispensar toda a compreensão. — Não acho que irei progredir se esperar o sr. Haversham. Preciso apresentar meu caso a outra pessoa que tenha os ouvidos do rei a seu dispor. O senhor pode me ajudar a conseguir uma audiência com alguém próximo ao rei?

O sr. Hume ponderou sobre o pedido, mas ela sabia que a influência dele provavelmente não chegaria tão longe. Ele não era apenas um representante da Escócia no parlamento, mas também era conhecido como um radical que continuava a se opor à União e que falara em voz alta e por muito tempo sobre o problema que houvera alguns anos antes: a chamada Guerra Radical. A Corte provavelmente não lhe faria nenhum favor.

— Entendo — disse ele. — Você deve saber que farei o que puder para ajudá-la. Vamos encontrar uma maneira. — Seus olhos azuis se aqueceram.

A expressão dele deixou Davina desconfortável. O sr. Hume não tinha feito nada impróprio desde que ela assumira o cargo de tutora, há um mês, embora ele tivesse começado a se dirigir a ela pelo nome de batismo muito cedo, e se magoado quando ela pediu que ele desistisse de tratá-la com informalidade.

Ele não era um homem feio. Seus cachos cortados na moda tinham um tom incomum de acobreado escuro raramente visto fora da Escócia. Seus olhos podiam ser atraentes quando não expressavam o que estavam expressando naquele momento. Ele não era um escocês grande e corpulento, mas esguio e musculoso, então tinha um porte físico que a moda atual favorecia.

Ela gostava dele como pessoa; simplesmente desejava que ele não pensasse nela como estava pensando naquele instante.

Davina pediu licença. Uma vez no quarto, ela se acomodou em sua escrivaninha e escreveu uma lista de todos os tipos de provas e evidências que valeria a pena procurar.

Cinco

Davina foi abrindo caminho pela rua estreita e movimentada. As mercadorias derramavam-se pelas portas das lojas, e os comerciantes podiam ser vistos trabalhando em seus ofícios atrás de algumas das vitrines. As pessoas paravam para olhar ou comprar, e outras andavam apressadas para chegar em casa e jantar.

Ela se mantinha em uma lateral do passeio, olhando as placas dependuradas no alto, em busca de um sapateiro. O sr. Hume a tinha enviado ali para falar com um velho chamado sr. Jacobson, que ocasionalmente comparecia às reuniões políticas que ele frequentava. O sr. Hume achava que aquele homem tinha vivido a juventude em Northumberland, na região onde ela nascera. Possivelmente ele saberia algo de útil.

Que o sr. Hume não a tivesse acompanhado insinuava que provavelmente não seria uma visita bem-sucedida. Ela suspeitava de que ele lhe dera o nome e o endereço daquele homem apenas para parecer útil.

Davina avistou uma placa com uma bota à frente. Talvez aquele tal sr. Jacobson não fosse um sapateiro, mas um fabricante de botas. Ela se encolheu para passar por uma carroça, sentiu o cheiro forte do burro e se abaixou para passar pela porta.

Botas em vários estágios de criação estavam alinhadas em uma parede, e havia couro pendurado na outra. Um velho, grande, de rosto rosado e cabelos grisalhos curtos, estava sentado em um banco com uma perna para cada lado, perto da janela, pregando a sola de uma bota. Ele apertava os olhos como se precisasse de óculos. Não pareceu ouvi-la entrar.

— Boa tarde. É o sr. Jacobson?

Ele olhou para cima, ainda semicerrando os olhos.

— Sim, sou eu. Mas não faço botas femininas.

— Não estou aqui para comprar botas, embora as suas pareçam ótimas. O sr. Hume conhece o senhor e achou que talvez poderia me ajudar.

— Hume? Aquele encrenqueiro? O que ele está pensando para mandar uma mulher para falar comigo? Tudo conversa, aquele ali, e que outra pessoa leve a bala de chumbo, é isso o que ele faz. — Ele voltou ao seu trabalho. — Quase deu em briga toda aquela conversa encrenqueira dele, mas ele nunca é a pessoa que vai e arrisca o pescoço.

— Isso não tem nada a ver com política. Vim perguntar se o senhor conhecia minha família em Northumberland. Ele disse que o senhor veio de lá, perto de Newcastle.

— É um grande condado, moça.

— Sim, muito grande. No entanto, há longas e amplas conexões familiares nele, e sempre é possível que o senhor os conhecesse se morasse perto da vila de Caxledge. É perto de Kenton.

Ele assentiu com relutância.

— É possível, como diz. Eu não morava longe desse vilarejo quando era menino. Qual é o nome?

— MacCallum.

— Escocês. Bem, isso restringe um pouco. Eu conhecia alguns MacCallum. Eu estudava na escola paroquial com um deles. Ele não era católico nem falava muito como um escocês, mas seu pai queria que ele aprendesse um pouco, e essa era uma maneira de estudar.

— Pode ter sido meu pai. Ele foi educado na St. Ambrose School, em Newcastle, mas começou em uma escola paroquial local.

— Então poderia ter sido ele. Era mais jovem do que eu, e eu não fiquei muito, pois consegui uma posição de aprendiz, então não nos conhecíamos bem. Não posso lhe dizer muito sobre ele.

— Era sobre meu avô que eu esperava saber mais. O pai dele, James.

O sr. Jacobson largou a ferramenta. Sua fronte encobriu os olhos apertados.

— Parece-me que meu pai o conhecia, pelo menos de passagem. Era criado como filho adotivo, eu acho. Um velho casal. Esqueço o nome deles.

— Mitchell. Harold e Katherine.

— Eu não saberia. Houve alguns desentendimentos quando ele deixou a igreja, ainda um rapazote. Não penso nisso há anos. Estranho como as antigas memórias vêm mais facilmente hoje em dia do que as novas. Só me lembro porque meu pai achou errado ele mandar o filho para a escola se ele saísse da igreja. Essa é provavelmente a única razão de eu ter alguma lembrança da sua família. — Ele fez uma pausa em suas próprias palavras, então deu de ombros. — Uma razão, pelo menos.

— Existe outra?

Ele ficou sentado pensando, como se remexesse em velhos pergaminhos em sua cabeça, procurando o documento certo.

— Coisa estranha de se dizer, eu achei — falou consigo mesmo.

— Para quem dizer?

Sua profunda distração se dissipou.

— Meu pai. Quando MacCallum morreu, ele contou para minha mãe. Foi estranho o suficiente para ficar marcado na minha cabeça. MacCallum pegou uma febre e morreu, disse ele.

— Não é tão estranho dizer a ela se tinham frequentado a mesma igreja quando eram mais jovens.

— MacCallum pegou uma febre e morreu, disse ele. O barão se foi. — Ele sorriu. — Portava-se como um barão, eu suponho. Faz a gente notar, agora que parei para pensar nele. Era um nome que eles devem ter lhe dado para fazer troça quanto a isso.

— Provavelmente sim. — O espanto criava dificuldades para Davina pronunciar as palavras.

— Orgulhoso, suponho. Um pecado bastante comum. Existem piores. Embora ele também não fosse o melhor homem de família, agora que cutuco mais meu cérebro a respeito dele. Colocar o filho naquela escola, mas ele tinha que deixar a família de quando em quando, e vagar por um tempo. Sempre precisava encontrar novos empregos de escrivão por causa disso. Parece que minha mãe tinha algo a dizer sobre esse assunto. Ela não aprovava, é claro. — Ele riu. — Nunca vi meu pai se atrever a tirar férias de nós ou do trabalho, isso eu posso lhe contar. Ela não aceitava.

— Poucas mulheres aceitariam. — *Para onde ele ia quando sumia por um período? Quanto tempo ficaria fora?* Esse homem não saberia, mas Davina gostaria que ele soubesse.

— Voltei lá, oh, dez anos atrás. Não me lembro de nenhuma palavra deles. Não me lembro nada da senhorita.

— Meu pai foi embora quando eu tinha treze anos. Nós nos mudamos para o norte depois que minha mãe morreu.

— Ah. Isso explicaria tudo, então. Não há mais nada que eu possa lhe dizer. Como eu disse, eu não os conhecia muito bem.

Ela desejava que ele pudesse lhe contar muito mais, pudesse regalá-la por horas com histórias e memórias. Desejava que ele e seu pai tivessem sido bons amigos, para que ele pudesse preencher o vazio dentro dela com detalhes aos quais pudesse se agarrar.

— Agradeço por me contar sobre o que o senhor se lembra. Foi bom ouvir sobre meu avô e sobre meu pai quando ele era jovem.

Ele pegou seu martelo de sapateiro.

— Foi um serviço fácil de prestar. Diga àquele idiota do Hume para vir comprar umas botas. As que ele usa não servem direito nele.

— Farei isso. — Ela se despediu e saiu para a rua, onde liberou seu entusiasmo. Finalmente, Davina tinha algo para indicar que não estava em uma missão tola. Embora fosse possível que seu avô tivesse sido chamado de barão devido à sua postura, também poderia ter sido uma referência à sua história, conhecida por aqueles que estavam vivos quando ele fora trazido para a região. Não era muito, mas era mais do que ela esperava que a visita lhe proporcionasse.

A pequena pista a distraiu até que alguém passou por ela e lhe devolveu o estado de alerta ao lhe dar um esbarrão. Ela prestou mais atenção ao seu caminho a partir daquilo, mas voltou para casa com o coração mais leve do que sentia em meses.

Stratton chamou Eric e galopou com seu cavalo cruzando o parque. Eric parou e esperou por ele, então percebeu que Langford vinha na retaguarda.

— Estranho encontrá-lo aqui tão cedo — disse Stratton, seu cavalo bufando e relinchando no ar fresco de outono. — Achei que você estaria sequestrado em uma de suas reuniões.

— O dia está frio, mas firme, e eu precisava de uma cavalgada para clarear a cabeça. — Ele virou o cavalo e equiparou o passo enquanto esperavam Langford avançar até eles.

Stratton tomou sua direita.

— Se estivermos interferindo no pensamento profundo, seguiremos em frente.

— Clarear a cabeça significa que a pessoa está deixando os pensamentos profundos de lado por um momento. — *Estou cavalgando para não pensar em uma escocesa que está tentando roubar minhas terras.*

Langford assumiu posição à sua esquerda. O vento provou ser muito forte para chapéus, então todo o cabelo deles voava ao redor da cabeça.

— E aqui eu pensando que você tinha pensamentos tão profundos atormentando-o que não podia se dar ao luxo de colocá-los de lado — zombou Stratton.

— Eu estou livre de pensamentos tão profundos.

— Interessante — murmurou Langford.

Eric lançou um olhar para ele, então voltou sua atenção para Stratton. Ambos pareciam muito desinteressados e casuais. Deliberadamente desinteressados e casuais.

De forma alguma ele ofereceria seus pensamentos, profundos ou não. Se esperavam por algo, se decepcionariam.

Todos se voltaram para o reservatório.

— Não o vimos muito nos últimos dias, mas Clara disse que você a visitou, então não deve ter bancado o eremita — disse Stratton.

— Eu nunca banco o eremita. — *Eremita* implicava isolamento total e também abnegação. Ele nunca se perdia em nenhuma das duas coisas, embora houvesse momentos em que pudesse não ser muito sociável.

— Bem, não desde aquela época em que éramos muito mais jovens — relembrou Langford.

Eric não respondeu. Não conseguia acreditar que Langford havia mencionado isso, ou mesmo se lembrado. As lembranças se aglomeraram de novo, sobre como ele não era um eremita na época, de forma alguma, apenas engajado em algo que ninguém sabia. *Fogo. Loucura. Perda inexplicável de controle...* Ele fechou a porta com força contra o devaneio iminente.

— Foi bom de sua parte ter feito a visita, de qualquer maneira — falou Stratton.

— Por que foi bom de minha parte?

— Tem havido conversas sobre ela e aquele jornal desde a festa, então foi muito gentil de sua parte mostrar mais uma vez que a considera em alta estima.

— Ela lhe contou sobre a minha visita?

— Apenas que você visitou.

— E agora você se pergunta por quê.

— De modo algum. Se você decide visitar minha esposa quando eu não estiver em casa, tudo bem para mim.

— Não é como se ele pensasse que você tem intenções com ela — Langford assegurou do outro lado. — Ele nunca suspeitaria disso, não é, Stratton?

— Claro que não.

— Acho que ela lhe contou, sim, o motivo de minha visita. O que ela disse?

Stratton encolheu os ombros.

— Ela só contou que tinha a ver com o jornal. Daí o meu agradecimento por você permitir que a sociedade reconheça sua alta estima novamente.

Eric debateu se deveria deixar o assunto como estava. Mais dia menos dia, entretanto, o problema com a srta. MacCallum acabaria. Se a Casa Real soubesse, logo o mundo saberia. Quem sabia se Hume seria discreto? Provavelmente não, se ele visse algum lucro em falar.

— Dizia respeito ao jornal. No entanto, também dizia respeito à srta. MacCallum.

— Eu lhe disse — afirmou Langford, triunfante, para Stratton. — Assim que você mencionou o jornal, eu pensei: *e quem escreve para aquele jornal?* Hummm? Eu disse que ele tem uma fascinação.

Eric escolheu ignorar Langford. A alternativa era espancá-lo e, por mais tentador que fosse, estavam no meio do parque e ele detestava criar uma cena.

— Não há fascinação. Não há interesse. Há apenas aborrecimento e uma boa dose de ressentimento. Não apenas com ela, mas com sua esposa, Stratton.

— Espero que você não tenha visitado Clara para repreendê-la. Eu não vou permitir.

— Diabos, ninguém repreende Clara. Nem você, nem qualquer homem que queira viver mais cinco minutos. Simplesmente fui vê-la para pedir um favor. E ela generosamente concedeu.

Isso parou os dois de chofre. Ele seguiu em frente. Um bater de cascos trouxe a ambos para seus dois flancos novamente.

— Que favor? — Foi Langford quem teve coragem de perguntar. — Você já nos contou isso, pode muito bem nos contar o resto. Clara pode nunca confiar em Stratton, mas Amanda certamente me dirá se eu trabalhar meus artifícios com ela.

— Não tenho motivos para acreditar que Amanda conheça o assunto.

— É claro que sabe. Ou saberá. Ela disse que tudo o que elas fazem naquele clube é fofoca. São piores do que os homens, de acordo com ela.

Saber como Langford trabalhava com sucesso seus artifícios significava que Amanda iria de fato lhe contar se ele estivesse determinado a descobrir.

— A srta. MacCallum veio a Londres para solicitar a devolução de terras que ela afirma terem sido confiscadas há várias gerações e concedidas a outra pessoa. Essa é a verdadeira razão de ela estar aqui, não para escrever para o *Parnassus* e não para servir como tutora.

Langford franziu as sobrancelhas.

— Quem está com as terras agora? — Ele olhou de soslaio para Eric. — Ohhhh.

— Ela teve uma reunião no palácio de St. James há alguns dias. Assim como eu. O rei a tem evitado, mas isso se tornou impossível porque *a esposa de alguém* interferiu e escreveu ao rei em nome dela. — Ele olhou para Stratton.

— Não foi tanta interferência assim — defendeu-se Stratton. — O rei não gosta de Clara.

— Ele não podia ignorar uma duquesa, não é? Ele fez Haversham falar com a srta. MacCallum. E comigo.

Stratton ruborizou.

— Você teve a ousadia de se encontrar com Clara e pedir que ela parasse de *interferir*?

— Pedi a ela que permitisse que as coisas se resolvessem sozinhas. Pedi que não publicasse nada sobre isso naquele maldito jornal dela. Foi por isso que o rei concordou em fazer com que a srta. MacCallum fosse ouvida. Ele sabe sobre aquele jornal e sobre o patrocínio da sua esposa, e provavelmente se imaginou como um personagem mentiroso nas páginas do periódico.

— Um mentiroso? — Mais uma vez, Langford não podia permitir que nada passasse. Típico dele.

— Houve uma promessa alguns anos atrás. Fiquei muito grato por Clara ter me contado que não publicaria nada.

— Isso não é típico dela — ponderou Stratton. — Ela deve gostar de você mais do que eu imaginava. Sempre achei que ela e você...

— Sim, sim. Bem, eu adociquei um pouco o favor. Ela ganha a história completa se houver alguma a ser contada.

— Acredito que você incluiu a cláusula de que não seria Lady Farnsworth quem escreveria essa história — disse Langford. — Porque, mesmo que você tenha razão, ela pode fazer você parecer um idiota.

— Ainda está amargo em relação a isso, não é, Langford? Já que a dama praticamente adotou sua esposa, você não deveria chorar o leite derramado.

— O que vai fazer sobre isso? — Stratton perguntou. — Você pode refutar a afirmação dela?

— Sou eu quem está de posse das terras. Deixe-a *provar* sua afirmação, não que haja algo a provar.

— Duvido que seja assim que o rei vê as coisas — opinou Langford. — Ele provavelmente quer que você resolva o problema.

Ele provavelmente queria. Haversham quase tinha dito com todas as letras. Maldição.

— Talvez você consiga comprá-la de alguma forma — ponderou Stratton. — Encontre um meio-termo para um acordo.

— Não estou inclinado a ceder. Nenhum de vocês o faria se estivesse na minha posição. Devemos todos dar partes de nossas propriedades a qualquer vigarista com uma história triste? Tenho a intenção de provar que ela é a fraude que é.

— Tem certeza disso?

— Ela não tem nenhuma maldita *prova.*

— Suponho que, se você precisar provar que ela é uma fraude, terá que conhecê-la — falou Langford. — Passe algum tempo com ela para atualizá-la sobre suas inconsistências. Esse tipo de coisas.

— Provavelmente sim, por mais infernal que seja.

Com o canto do olho, ele viu Langford sorrir abertamente para Stratton. Stratton respondeu com um lento sorriso também.

Ele se virou para lançar um olhar furioso a Langford, mas a essa altura Langford parecia tão inocente quanto um bebê.

Seis

Davina precisou fazer os maiores esforços para se concentrar nas aulas. Ela sempre encontrava maneiras de evitar a necessidade desse tipo de esforço, dando a Nora problemas matemáticos para trabalhar em sua lousa e uma passagem em latim para traduzir. Naquele dia, porém, o tempo todo ela ficara sentada com os livros abertos à sua frente, fingindo se preparar para o dia seguinte, enquanto, na realidade, seus pensamentos se concentravam no sr. Jacobson.

Seria útil encontrar outro nativo de Northumberland que tivesse a mesma memória, mas ela duvidava que fosse provável. Teria que ser alguém pelo menos da idade do sr. Jacobson e da região ao redor de Caxledge. Quais eram as chances disso? Nem mesmo o sr. Jacobson teria sido encontrado se ele não tivesse entrado em uma discussão com o sr. Hume em uma reunião recente.

Ela havia ganhado muitas informações durante o jantar da noite anterior, depois de voltar da loja de botas. O sr. Hume era todo curiosidade. Quando ela descreveu a antipatia do sr. Jacobson por ele, o sr. Hume explicou qual tinha sido a discussão. Aquilo havia rendido informações sobre a história do sr. Jacobson, no entanto, então ele considerou uma discussão que valia a pena.

Ele disse que pensaria em seu próximo passo e que discutiriam isso mais tarde. Ela imaginava que significava o presente dia.

Davina já havia decidido sua próxima jogada. Esperava na escrivaninha em seu quarto. Na noite anterior, ela havia escrito uma carta para o sr. Haversham, explicando que conhecera um homem cujo pai conhecia seu avô como barão. Talvez o sr. Haversham a levasse um pouco mais a sério quando soubesse disso.

Como esperado, o sr. Hume queria discutir o problema dela. Ele esperou até que a mãe e a filha fossem embora, mas pediu que ela ficasse na sala de jantar. Para seu desconforto, ele se moveu para se sentar mais perto. Não bem ao lado dela, mas mais perto do que o normal. Ao alcance de um braço.

— Eu ruminei sobre sua descoberta — iniciou ele. — Acho que existem várias opções para ações futuras.

— Eu concordo. Uma é ir para Northumberland.

Ele recuou, horrorizado.

— E quanto a nós... quero dizer, e as aulas da Nora?

— Tenho certeza de que uma boa tutora poderia assumir para concluir.

— Eu não quero que ela apenas conclua. Quero que ela receba uma educação completa.

— Certamente existem mulheres que podem dar uma educação além de mim. Estamos em Londres. E eu apenas disse que é óbvio que esse é um caminho, não que eu vou embora amanhã.

— Eu estava pensando mais em um anúncio de jornal, em procurar outras pessoas dessa região. Deve haver alguma em Londres. Provavelmente muitas. Eu pagaria a taxa de bom grado.

Ela não havia considerado usar os jornais dessa forma. Admitiu para si mesma que o sr. Hume estava se mostrando útil.

— Prefiro pagar eu mesma. Como faço isso? Devo me apresentar no jornal e pedir para colocar um anúncio?

— Vou ajudá-la. Nós só temos que escrever, então eu vou levar para eles.

Eles passaram algum tempo decidindo quais jornais usar. Quinze minutos depois, tinham um plano. O sr. Hume insistiu que o contato fosse por meio de um terceiro e recomendou uma papelaria nas proximidades.

— Agradeço seu conselho, senhor. — Ela escorregou da cadeira e se levantou. — Redigirei a nota e farei várias cópias. Vou deixá-los na biblioteca com algum dinheiro, porque o senhor se ofereceu para trazê-los.

— Não precisa se apressar, srta. MacCallum. Se nos empenharmos nisso, provavelmente poderemos pensar em outras coisas que você pode fazer. Já tenho várias em mente.

Ela se perguntou o que poderia ser. Infelizmente, ele a estava encarando daquela maneira calorosa demais novamente.

— Preciso terminar isso hoje à noite, e então descansar para estar renovada para Nora pela manhã. Talvez amanhã o senhor possa me contar suas outras ideias.

— Como preferir.

Ela subiu correndo as escadas para escrever seus anúncios.

Dois dias depois, no café da manhã, aconteceram duas coisas que garantiram que Eric não aproveitaria o dia.

A primeira aconteceu enquanto ele folheava o *Times*. Normalmente não lia os anúncios, mas, como eles apareciam na primeira página, dificilmente se podia evitá-los. Neste dia, enquanto ele os examinava para ver se alguma de suas sociedades estava pedindo mais recursos, seu olhar pousou em um curto anúncio e parou ali.

Desejo fazer contato com qualquer pessoa que já tenha vivido perto de Caxledge, em Northumberland. As respostas com endereço poderão ser deixadas na Papelaria Montague, em Norwich Street.

A Norwich Street não ficava longe da casa de Hume. Embora muitas pessoas pudessem querer entrar em contato com alguém que já tivesse vivido em Northumberland, ele suspeitava de que sabia quem poderia ser essa pessoa.

A segunda coisa que aconteceu foi muito mais desagradável. Uma mensagem entregue em mãos chegou enquanto ele lia sua correspondência. Era mais um convite para ser recebido por Sua Majestade, desta vez às três horas.

Havia planejado passar a tarde fazendo outras coisas e lutou contra a tentação de responder lamentando a impossibilidade. Nunca daria certo, por mais que ele quisesse que funcionasse perfeitamente. E assim, aos quinze minutos que antecediam a hora em questão, ele entrou no palácio de St. James.

Nenhum Haversham o recebeu. Em vez disso, um dos lacaios imediatamente apareceu para acompanhá-lo. Atravessaram a grande câmara, passaram pela porta e por vários recintos até chegarem a uma sala particular usada pelo rei.

Sua Majestade esperava ali em todo o seu excesso corpulento. Parecia descontente, o que transformava sua boca num beicinho desagradável. Ver Eric não mudou em nada sua atitude. Desde que Eric votara contra o divórcio do rei, o monarca deixava sua antipatia bem à mostra.

Haversham estava em pé ao lado do rei. Ele sorriu como uma saudação, junto com uma reverência.

— Brentworth — cumprimentou o rei. — Que bom que veio. Temos uma situação aqui e precisamos planejar como abordá-la.

— Sua Majestade se refere à alegação da srta. MacCallum — explicou Haversham.

— Ele sabe a que me refiro — exasperou-se o rei. — Não é, Brentworth?

— Eu deduzi que seria isso. Dois convites em uma semana, nada menos. Este assunto não pode ser tão sério assim para exigir duas visitas.

— É sério para os diabos.

— Acho que ele estava fazendo uma piada, Majestade. — Haversham se curvou para falar no ouvido do rei. — Ele não estava menosprezando sua preocupação.

— Eu posso falar em meu nome, Haversham. Sim, é um assunto sério. Sempre que alguém quer roubar terras de minha herdada honra, isso é muito sério.

Não era a resposta que o rei queria. Ele franziu a testa furiosamente.

— Você só as herdou porque meu pai deu as terras para um Brentworth antes de você. É oficialmente nossa para conceder ou confiscar.

— Faz muito tempo que um rei não toma terras de um duque sem que esse duque tivesse perdido os direitos de sucessão — disse Eric. — Muito, muito tempo. — Ele olhou o rei bem nos olhos. — A nobreza não aceitaria tal coisa com tamanha facilidade, como tenho certeza de que seus conselheiros lhe explicaram.

Isso amainou o rei. Ele olhou para Haversham desesperadamente antes de recuperar a severidade.

— Veja bem, pode ser sério para você, para a sua mente, mas é muito mais sério para nós. Não vamos admitir que esse lote de terra sem importância resulte em nosso nome jogado na lama. Ou o do nosso pai! Ela foi até a duquesa de Stratton e contou a ela sobre o assunto, e quem sabe aonde isso vai levar. Essa mulher é dona daquele maldito jornal e não tem senso de decoro. Ela destruiu a própria família em uma história, então esperar que ela respeite a Coroa é inútil. Além disso...

— A duquesa não vai publicar boatos nem insinuações. Isso não é do feitio dela, nem beneficiaria o jornal. Se lhe dá alguma garantia, ela me prometeu como um favor desistir de qualquer interesse no tema até que o assunto seja resolvido.

— Os fofoqueiros vão descobrir de qualquer maneira. Eles sempre descobrem.

— Como Vossa Majestade deve saber, não gosto de ser um objeto tanto quanto o senhor, talvez até menos. Lamentavelmente, não posso silenciar todas as fofocas.

— Há aqueles que não gostam de nós — murmurou o rei com petulância. — Eles vão cochichar por aí que não conseguimos cumprir nossa palavra. Desprezarão nossa honra. Também vilipendiarão o nome de nosso pai. Isto deve ser... deve ser...

— Cortado pela raiz? — Haversham sugeriu.

— Arrancado pelas raízes seria melhor — rebateu o rei. Ele se acomodou e se concentrou em Eric. — Temos um plano.

Diabos.

— Ora, um plano? Espero que não seja apenas entregar as terras a ela. Se for assim, cada charlatão no reino inventará histórias e fará alegações contra as propriedades da aristocracia. Vossa Majestade também não desejaria que eu aceitasse uma fraude, tenho certeza.

— E se ela não for uma fraude? — indagou Haversham.

— Você tem motivos para pensar que não é?

— Ela é uma fraude muito improvável, só isso.

Eric não conseguia acreditar na total falta de raciocínio que estava operando ali.

— Sejamos francos. Se essa afirmação viesse de um homem de história ambígua, com base em alguma história contada por seu pai, ninguém daria o mínimo crédito. Mas basta a mentirosa ser uma mulher bonita, e, de repente, ela é plausível.

Os olhos do rei brilharam.

— Então você a considera bonita? Nós consideramos, mas não de uma forma típica.

— Bonita ou feia, ela ainda não tem provas e não deve ser incentivada.

— Mas você se referiu a ela como bonita.

— Sim, tudo bem, eu a considero bonita. Podemos voltar ao assunto em questão?

O rei olhou para Haversham presunçosamente.

— Ele a considera bonita. Dissemos que nosso plano funcionaria.

Eric não gostou da confiança repentina do rei.

— Que plano é esse?

O rei lançou a Haversham um olhar direto. Haversham fez um ruído na garganta para chamar atenção.

— Sua Majestade acha que há uma maneira de chegar a uma solução de meio-termo para a reivindicação dela, sem custo nenhum para o senhor.

— Que diabos significa chegar a uma solução de meio-termo para a reivindicação dela?

— Dar a ela meio pão, por assim dizer, para que ela fique contente.

— Se quer dizer dar a ela metade das terras, eu me recuso. Ninguém mais enxerga o precedente perigoso que isso poderia criar? — Eric lutava para manter o tom neutro, mas, como tantas vezes acontecia com o rei, seus humores estavam começando a se inflamar.

— Não metade da terra, não — disse Haversham. — Não dar a ela, por assim dizer. O plano é que...

— Pare de falar em círculos. — O rei inclinou-se para a frente e equilibrou o peso nas mãos, que ele posicionou firmemente sobre os joelhos. — Tudo ficará perfeitamente arranjado se você se casar com ela, Brentworth.

Eric apenas os fitou.

— Você já passou da idade. Está na hora. Por que não com essa linda mulher?

Eric continuou fitando-o.

— O pensamento é que, caso a alegação dela seja comprovada, não importa se vocês forem casados — Haversham disse suavemente. — As terras já teriam sido unidas. E se descobrirmos que ela é uma baronesa...

— É uma loucura permitirem que as mulheres herdem títulos lá no norte, mas estamos presos com esse fato — acrescentou o rei. — Mas não vai importar se vocês forem casados, não é? É melhor, na verdade. Sangue bom de ambos os lados, nesse caso.

— E se ela não for uma baronesa, mas uma patife mentirosa? — questionou Eric.

Algo em seu tom fez Haversham suar e o rei se encolher. O rei cutucou Haversham.

— Há motivos para acreditar que ela não seja — revelou Haversham. — Aquela carta do último rei, por exemplo. O nome dela. Há uma boa chance de ela estar correta em sua alegação.

Era hora de acabar com esse plano. Imediatamente. Antes de o rei se entusiasmar ainda mais.

— Não sei nada sobre essa mulher. Também não acho que haja uma chance justa de ela estar correta. De qualquer modo, não tenho intenção de me casar com ela. Encontre outro plano.

O rei franziu a testa sombriamente.

— Não a conhece bem? Diabos, nem sequer conhecíamos nossa esposa quando ela foi escolhida. Não nos preocupamos com essas coisas. Dever, dever. — Ele fez uma cara feia. — Você também não teve nenhuma empatia pela forma como isso nos afetou, então não espere que estejamos totalmente preocupados com a sua felicidade conjugal neste momento. Dizemos que você vai se casar com ela.

— Vossa Majestade não tem esse direito, e sabe disso. Não vou deixar minha vida se tornar uma solução conveniente para um problema que Vossa Majestade mesmo criou.

— Nós somos seu rei, maldição.

— E eu sou Brentworth.

— Como Brentworth, é seu dever...

— Meu dever é para com a Coroa. Não a seus caprichos. — Ele se levantou. — Vou me despedir agora, com sua permissão. Eu repito: encontre outro plano.

— Não o receberemos mais se você não fizer o que mandamos! — exclamou o rei quando Eric chegou à porta. — Você será banido da corte, da nossa presença, e a sociedade saberá do seu desfavor.

— Faça o seu pior, Majestade. Lembre-se apenas de que, se a sociedade souber do desfavor, também saberá o motivo.

Eric se orgulhava de ter um pensamento claro. Lógica e razão marcavam sua consideração de qualquer assunto. Portanto, achou extremamente desconfortável perceber sua mente saltando de uma blasfêmia para outra durante as horas seguintes.

A conversa com o rei teria sido cômica se não fosse tão ultrajante. Onde diabos ele decidiu que tinha o poder de decretar que um duque se casasse? Não viviam na Idade Média. Sem dúvida, todos os bajuladores ao redor dele concordavam com seu mais ínfimo desejo, e ele erroneamente passara a acreditar que alguém o faria.

Eu sou Brentworth. Inferno, sim, ele era Brentworth. Será que acabaria ostracizado da Corte? Que trégua bem-vinda essa seria.

Casar-se com aquela fraude? Não era provável que acontecesse. Nem hoje, nem nunca. Sim, ele precisava se casar, já passava da hora, etc. Ele já havia planejado cuidar desse assunto na próxima temporada social. Escolheria alguma moça obediente e acabaria logo com isso. Mas não sob o comando de outra pessoa. Não na ponta de uma espada.

Por acaso o rei estava ficando louco como o pai dele? Ou isso era apenas um movimento desesperado de um rei prevendo como sua honra poderia ser ridicularizada pelas pessoas com quem ele se sentava em jantares?

À noite, ele ainda andava de um lado para o outro em sua casa com a mandíbula tensa como uma prensa de parafuso. Eric chamou um lacaio e lhe mandou enviar uma mensagem. Meia hora depois, Stratton chegou, adentrando a biblioteca como um homem com pressa.

— Não está bem?

Eric viu a máscara de preocupação no rosto de seu amigo.

— Não, a menos que a febre da fúria conte.

— O recado... era um texto vago. "Venha imediatamente se puder", dizia. — Stratton respirou fundo. — Você nunca fez isso antes. Pensei que talvez tivesse sido acometido de alguma coisa. Diabos, eu nem esperei meu cavalo ser selado. Vim a pé. *Eu corri*, maldição.

— Minhas desculpas. No entanto, de certa forma foi acometido por algo sim. Quando você ouvir a respeito, entenderá.

— Serei levado pela febre da fúria também?

— Espero que você me faça retornar ao meu juízo perfeito para que, talvez, eu dê risada.

Ele apontou para os decantadores. Stratton serviu-se de um pouco de uísque.

— Se também mandou chamar Langford, não espere por ele. Ele ia sair esta noite e não receberá sua mensagem até ser muito tarde.

— Não mandei chamá-lo. Ele gostaria demais disso tudo. Então eu teria que espancá-lo e a noite acabaria de forma deplorável.

— Se ele ia gostar, talvez eu dê risada mesmo que você não veja graça. O que aconteceu?

— Fui ver o rei hoje. A pedido dele. A respeito do pequeno inconveniente da srta. MacCallum.

Stratton franziu os lábios.

— Por que eu acho que a conversa não saiu bem?

— Porque não saiu. O rei elaborou um plano inteligente, entende? Uma forma de fazer com que as obrigações dele desapareçam. A solução foi ordenar que eu me casasse com a mulher. E ele não estava brincando. Falou muito sério, assim como aquele imprestável do Haversham.

A boca de Stratton se contraiu, mas ele evitou rir.

— O que você respondeu?

— O que foi que eu disse? Maldição, eu recusei, é claro. — Eric então repetiu a conversa, para que Stratton ficasse a par de tudo.

Stratton se levantou e serviu mais uísque. Ele sentou-se novamente.

— Então você lembrou ao rei que ele não tinha o poder de ordenar esse tipo de coisas, e quase o desafiou a fazer o seu pior. — Stratton fez uma pausa. — Você perdeu a paciência com ele.

— Não completamente, mas, sim, fui um pouco incisivo. — Mais do que um pouco, agora que pensava a respeito.

— Isso não é do seu feitio. Completamente atípico de você. Não é como eu esperava que respondesse. O Brentworth que eu conheço teria ouvido, prometido considerar, então ido para casa e arquitetado seu próprio plano, que seria muito mais inteligente do que qualquer coisa que o rei e Haversham jamais poderiam inventar. — Ele examinou Eric pensativamente. — Então por que você fez do jeito errado em vez de agir como seria de esperar?

Era uma repreensão suficiente para causar algum pesar.

— Fui pego de surpresa, suponho.

— Isso também não é do seu feitio. Quer o meu conselho? Não me atrevo a concedê-lo a menos que você diga que sim, porque está agindo como um louco nesse assunto.

— Não estou agindo como um louco.

— Você não está agindo como o homem que conheço pela maior parte da minha vida, isso é certo. É bom que não tenha chamado Langford, porque ele tem teorias sobre esse ponto que você não gostaria de ouvir. — Stratton se inclinou. — Mas você já sabe disso, por isso não o convidou.

— Em vez disso, você está aqui porque dá conselhos melhores e, sim, eu quero ouvi-los.

— Primeiro, peça desculpas ao rei. Uma bela carta servirá. Caso contrário, você não terá mais consultas de ministros. Não haverá mais mão invisível nas questões mais profundas de Estado. Não terá apoio do governo para nenhuma lei que lhe agrade especialmente. Ele ainda é o rei, e mesmo fraco e controlado pelos agentes políticos, ele pode fazer seu poder ser sentido se quiser. Ele raramente o faz porque é preguiçoso, mas não significa que não *possa*. Mas é claro que você também sabe disso.

Ele sabia. Maldição.

— Espero que não espere que eu, nesta carta de desculpas, capitule sobre a ideia de me casar com aquela mulher.

— Se você estivesse agindo como o Brentworth que conheço, eu esperaria. Você tem que se casar com alguém, e por que não ela, se isso resolve a questão daquelas terras? Você nunca esperou encontrar amor em um casamento, ou mesmo desejou encontrar, pelo que vi, então pouco importa com quem vai se casar.

— Quero que um raio me...

Stratton levantou a mão, detendo-o.

— Aceito que você recuse a ideia, então não é o que vou aconselhar. No entanto, em sua carta, você pode garantir ao rei que encontrará outra maneira de acalmar a srta. MacCallum. Então você só precisa encontrar uma maneira que o faça.

Eric caminhou até uma janela, puxou a cortina e olhou para a escuridão lá fora. Acalmá-la? Ele provavelmente poderia encontrar maneiras de fazer isso, por mais que o enfurecesse apaziguar uma fraude.

Enquanto estava ali, uma calma renovada desceu sobre ele. Tinha sido bom chamar Stratton. Ele não era o mesmo ultimamente, ainda mais no que se referia à senhorita MacCallum. Havia permitido que seu aborrecimento levasse a melhor. Este era realmente um assunto simples se alguém o abordasse de forma racional. Ele ajudou a conceber as respostas diplomáticas mais complicadas em tempos de crise para o reino. Certamente a srta. MacCallum poderia ser despachada com facilidade.

— Direi que é muito estranho ser aquele que dá conselhos — afirmou Stratton do divã atrás dele. — Normalmente, acontece o contrário.

— No entanto, você tem sido mais útil do que pode imaginar. — Ele observou as luzes da rua e percebeu que uma ficava mudando de posição. Não uma lâmpada de rua, mas uma lâmpada em uma carruagem. Pelo jeito que balançava, ele presumia que estava se movendo rápido.

— Claro, Langford diria que você só está se comportando de forma estranha porque achou essa mulher atraente e está desapontado ao descobrir que ela é uma adversária.

— Langford às vezes é um idiota. — A lâmpada continuava se aproximando, ficando maior a cada instante.

Para sua surpresa, parou na frente de sua casa. Uma porta se abriu e um homem saltou da carruagem.

Dois minutos depois, a porta da biblioteca se abriu e Langford entrou sem aviso ou cerimônia. Ele parou de repente ao ver Stratton, mas então caminhou direto para onde estava Eric.

— Vim o mais rápido que pude para lhe contar.

— Conte-me, o que é?

— Tornou-se público. Em todos os lugares, eu suponho. Estava sendo discutido no jantar. Fiz Amanda fingir estar passando mal para que pudéssemos partir. Eu vim para cá depois de levá-la para casa.

— O que tornou-se público?

— Você. A srta. MacCallum. A reivindicação dela sobre as terras. Estará em toda parte pela manhã, imagino. — Tendo cumprido seu dever, Langford olhou em volta. — O que você está fazendo aqui, Stratton?

— Visitando.

Langford acolheu a informação caminhando a passos largos na direção dos decantadores.

— Bem, ainda bem que você está aqui. Precisamos conspirar um plano.

— Não preciso da sua ajuda para conspirar — rebateu Eric.

— É claro que precisa. — Langford voltou, copo na mão, e se jogou em uma cadeira. — Você terá que encontrar uma maneira de comprá-la se não quiser ser alvo de fofoqueiros e bisbilhoteiros pelo próximo semestre.

Fofoqueiros. Bisbilhoteiros. Ele poderia viver com os primeiros. Ele definitivamente não queria os últimos, especialmente sobre *aquelas* terras.

— Quer meu conselho? — Langford perguntou.

— Não.

— Sim — disse Stratton.

Langford esticou as pernas e tomou um gole de uísque.

— A meu ver, você quer a moça flexível e aberta a entrar em um acordo. Como inimiga, ela nunca será nenhuma das duas coisas. Ela ficará de guarda e desconfiará de que você deseja conseguir uma vantagem. O que dará uma vantagem a ela.

— Você sempre fala tanto assim quando conspira? — Eric indagou.

Langford o ignorou.

— Então, como torná-la amiga em vez de inimiga? Eu lhe pergunto, Stratton, como você fez isso com Clara? — Seus olhos azuis faiscaram como se estrelas tivessem entrado neles. — Não seja tímido. Diga ao Brentworth aqui como se faz.

Stratton olhou para Eric.

— Ele tem razão.

— Quando se trata de mulheres, eu geralmente as transformo de inimigas a amigas — iniciou Langford com supremo contentamento. — Isso é o que você precisa fazer, Brentworth. Faça amizade com ela. Encante-a. Beije-a. Diabos, seduza-a se necessário. Caso contrário, o duque mais discreto do mundo fará com que todos se metam em seus negócios até o inferno congelar.

NUNCA DIGA NÃO A UM DUQUE

Sete

Dois dias depois, com sua carta ao rei redigida e enviada, Eric se apresentou novamente na casa de Hume. Sem confusões, disse a si mesmo ao se postar diante da porta. Mesmo que a mulher o irritasse, mesmo que ela o provocasse, sem discussões.

Mais uma vez, a governanta o colocou na pequena biblioteca. Uma vez mais, Angus Hume encontrou-o primeiro.

Eric havia jurado não arrumar confusões com a srta. MacCallum. Hume era outra questão.

— Estamos honrados novamente — disse Hume.

— Esperei até as duas horas para não a afastar de suas obrigações desta vez.

— Quanta gentileza de sua parte. Ainda assim, espero que leve algum tempo antes de que ela se junte a nós. Mulheres, suas vaidades e tudo mais.

— Ela não me parece vaidosa. No entanto, sua mensagem foi bem compreendida. — Ele voltou-se para a estante e fingiu olhar com atenção para as lombadas encadernadas. — Posso lhe agradecer por contar que ela tem negócios comigo?

— Assuntos um tanto mais significativos do que negócios, não acha?

— Minha pergunta permanece, não importa a palavra que usemos.

Silêncio atrás dele. Então, uma explosão de energia se propagou através do cômodo como uma onda.

— O rei não estava cumprindo o prometido. Agora, com a sociedade ciente, ele será forçado.

— Você complicou as coisas mais do que era sensato. Por um lado, o rei não era o problema. Eu é que era. E eu não fiz promessas, então não tenho obrigações.

— Ele poderia fazer você ceder...

— Eu sou Brentworth, e ele nunca ousaria. — Eric se virou para Hume. — Qual é o seu interesse nisso tudo?

— Ela está em minha casa e é responsabilidade minha.

Como ele fazia parecer nobre. O canalha tinha visto benefício em ajudá-la, de um jeito ou de outro.

— Ela sabe o que você fez? Como a transformou em objeto de cochichos e fofocas? Que muitos a chamarão de fraude e charlatã digna apenas da prisão?

— Isso vai passar. Então ela vai recuperar as terras e todos saberão como é que a família dela as perdeu e por quê — Hume rebateu com um rosnado. — A Escócia vai comemorar quando vencer você.

— Será uma vitória muito pequena.

— Não tão pequena assim. Como bisneta de um herói de 1746, ela será famosa. Ela se casará com alguém de sua própria estirpe e será uma baronesa.

Ele não perguntou quem Hume imaginava como um bom partido escocês para a srta. MacCallum. Hume provavelmente via a si mesmo no topo da lista.

A raiva ameaçou levar a melhor de Eric novamente. Stratton ficaria horrorizado. Ele olhou para a porta, esperando que se abrisse para que fosse poupado da presença daquele canalha.

A porta de fato se abriu, mas não para mostrar a srta. MacCallum. Uma velha um tanto encurvada entrou, suas batidas de bengala no chão pontuando o silêncio enquanto ela caminhava.

— Permita-me lhe apresentar a senhora minha mãe — disse Hume.

Eric se perguntou se era esperado que ele conversasse com a sra. Hume, como se tivesse vindo visitá-la. Felizmente, depois de algumas palavras, ela foi com a bengala até um canto e se sentou em uma cadeira.

— Eu sei que você não se importará se ela permanecer na sala durante sua visita — falou Hume. — Ameaça chover lá fora, então o jardim não servirá desta vez. Não se preocupe se ela acabar ouvindo a conversa. Ela é quase surda de um ouvido.

A presença da mãe garantiria que não haveria brigas, então Eric não se importava de forma alguma.

A srta. MacCallum finalmente chegou, o cabelo curto balançando livremente em volta da cabeça. Ela deu um meio sorriso e depois olhou intencionalmente para o sr. Hume, até que ele pediu licença e partiu.

Ela notou a sra. Hume no canto.

— Minhas desculpas, Vossa Graça. Não pude evitar. — Ela gesticulou para cadeiras colocadas perto do canto oposto. — Vamos nos sentar aqui, se isso lhe convier.

As janelas da frente projetavam uma luz difusa sobre a srta. MacCallum depois que ela ocupou sua cadeira. Fazia seu cabelo reluzir em um ouro-prateado, e seus olhos, em safira de tom profundo. Ela estava com o mesmo vestido ocre-claro da última vez. Um guarda-roupa limitado. Não era de admirar que desejasse aquelas terras.

Por motivos que Davina não conseguia entender, o duque não deu uma explicação sobre sua chegada. Em vez disso, ele ficou ali sentado olhando-a. Medindo-a, ela presumiu. Embora ele tivesse tido tempo suficiente para isso no passado, a menos que fosse realmente lento no intelecto, não deveria precisar fazer isso agora.

— Suponho que o senhor veio tratar da minha herança — disse ela, quebrando o silêncio prolongado.

— Eu vim principalmente para avisá-la de que qualquer esperança de discrição se perdeu. Sua reivindicação está sendo discutida em salas de visitas por toda a cidade hoje. E continuará por mais algum tempo.

Ela engoliu em seco o palavrão que quase escorregou de seus lábios. Davina queria ter evitado que isso acontecesse. Nunca poderia beneficiar a situação toda e poderia tornar mais difícil encontrar uma resolução. Em particular, se a negligência do rei sobre essa promessa fosse bem conhecida, ela não mais teria como arma a ameaça implícita de o mundo descobrir.

— Eu não contei a ninguém.

— Eu não pensei que tivesse contado. Até mesmo a duquesa é vaga nos detalhes. Acho que isso foi obra de alguém que pensava que a notícia fosse colocar os pés do rei na fogueira. Essa era uma crença errada.

— De fato era.

Ele olhou para a sra. Hume.

— Ela parece estar dormindo, mas não está — Davina avisou baixinho. — E, embora meio surda, o ouvido que está voltado para nós é muito bom.

— Não me importo se ela ouvir o que estou prestes a dizer. Deixe que ela repita para o filho. Foi ele quem espalhou a história de sua situação. Ele admitiu antes de você entrar.

Davina já tinha imaginado. Quem mais poderia ter sido?

— Ele pensou em me ajudar, tenho certeza.

— Ele pensou em ajudar a si mesmo. Ele tem planos para tudo isso. — O olhar de Brentworth penetrou no dela. — Mas acho que você sabe.

Ela sentiu o rosto esquentar.

— Meus planos são muito simples e isso é o que importa.

— Não estou em posição de perguntar, é claro, mas... — Ele parecia inseguro de suas palavras. — Espero que ele não... Ele pensa em você como mais do que uma criada ou tutora, eu acho. Uma mulher na sua situação é vulnerável. Espero que ele não tenha...

De repente, ele pareceu um homem desconcertado por um casaco mal ajustado. Ela tinha certeza de que era uma ocorrência rara. Tão rara que o desconforto só gerou mais desconforto.

Davina o deixou ficar assim por dez instantes, perguntando-se se havia alguma maneira de documentar o que estava vendo. Ninguém acreditaria nela se apenas contasse.

— Eu sei do interesse dele — revelou finalmente. — Eu não compartilho desse interesse e ele está ciente. Ele não me insultou de forma alguma da maneira que acho que você teme.

Isso o satisfez, no geral.

— Se isso mudar, se ele... você deve contar a alguém. Conte à duquesa de Langford. Disseram-me que você é amiga dela.

— Com certeza farei isso. Você visitou para me alertar sobre a fofoca e sobre os desejos do meu empregador? Quanta gentileza a sua.

— Vim alertá-la, sim. Quanto ao seu empregador, isso foi um impulso.

— E aqui eu pensava que você nunca tinha nenhum desses.

O sorriso dele quase parecia envergonhado.

— Eles não são frequentes. Mas eu vim por causa do sr. Hume, na verdade. Como você o conhece?

— Fomos apresentados em uma reunião. Reunião histórica, antes que presuma que eu compactuo com a visão política dele.

— Estou surpreso que ele frequente qualquer outro tipo de reuniões.

— Essa sociedade em particular tem um assunto especial. Sua missão é reescrever a história da Escócia, para que não se perca em todas as ideias românticas que estão se tornando tão populares.

— O público gosta dessas ideias. Daí sua popularidade.

— O público pode ter o quanto quiser delas e usar xadrez a contento de seu coração, desde que a verdadeira história não seja eclipsada. A verdade é sempre melhor, não acha?

— É difícil discordar da justeza da verdade, srta. MacCallum. Existem partes da história, por mais que sejam verdadeiras, nas quais não devemos nos ater.

— Eu não me atenho. Eu meramente a honro.

Ele parecia querer dizer mais, mas se recusou a fazê-lo. Talvez tivesse decidido evitar uma discussão naquele dia.

— Estou contente que tenha visitado, Vossa Graça. Isso me dá a oportunidade de dizer que encontrei mais provas.

Qualquer indicação de que ele estivesse experimentando uma falta de confiança incomum desapareceu. Ele não se empertigou ou estufou o peito. Na verdade, relaxou na poltrona, suas mãos fortes repousando sobre os braços e os pés posicionados exatamente para que suas pernas meio esticadas transmitissem sua total falta de preocupação. Sua pose transformou a poltrona em um trono.

— Encontrou mais provas? Devo ficar sabendo quais são?

— Conheci um homem que se lembra do meu avô, e disse que ele era chamado de barão por quem o conhecia desde criança.

— Pode ter sido apenas uma referência aos seus modos.

— Pode ter sido uma referência à história dele.

— Esse homem que se lembrava dele disse alguma coisa sobre essa história, a ponto de lhe dar razão para acreditar?

Ela queria mentir. Queria muito. Queria anunciar presunçosamente que ele a regalara por uma hora com todos os detalhes e apresentara uma carta de seu próprio pai que revelava todo o episódio. Isso deixaria aquele duque orgulhoso em alerta pelo menos por um instante ou dois.

— Para mim, basta para ter ainda mais confiança de que estou buscando uma causa justa — ela disse em vez disso.

— Encontrar esse homem foi conveniente para essa causa.

— O sr. Hume... — Ela tropeçou nas palavras no meio do pensamento. *Conveniente?*

— Eu me perguntei se o sr. Hume não tinha ajudado você a encontrá-lo.

— Espero que não esteja dizendo que, porque o sr. Hume estava envolvido, você não acredita que essa prova seja verdadeira. O sr. Hume não é desonesto, não importa o que mais possa pensar dele.

— Se fosse uma prova real, eu teria me perguntado sobre a repentina descoberta de alguém para fornecê-la. No entanto, por não ser uma prova, não vou insultar Hume com essa suspeita.

Insultá-la também, não que ela tenha dito isso com essas palavras.

— Acho que, exceto ressuscitar de seus túmulos aqueles que trouxeram meu avô para Northumberland, e obter seus testemunhos, o senhor não acreditará em nenhuma prova que eu conseguir.

— Isso não é verdade. No entanto, um homem a quem se referiam de passagem como barão, se de fato essa memória for precisa, depois de todos esses anos, não faz dele o filho de um barão. Se eu chamar um homem de asno devido ao seu comportamento e modos, ele não começará a zurrar. — Seu olhar encontrou o dela e o sustentou. — O sr. Hume está procurando outras pessoas que possam ter provas? Há anúncios nos jornais que me fazem acreditar que sim.

— Aqueles são *meus* anúncios, pagos por *mim*.

— Tenho certeza de que você receberá respostas. Muitas delas.

— Você tem?

— Claro. Como eu disse, a notícia foi divulgada. Os anúncios são claramente seus. Haverá quem espere lucrar com isso, que lhe dirá o que você quiser ouvir. Quando começar, avise-me. Vou ouvir com você e me certificar de que os mentirosos sejam revelados pelo que são.

— Talvez alguns não sejam mentirosos.

Ele sorriu vagamente.

— Talvez. Nesse caso, ouviremos a prova juntos.

Ela não acreditava que ele *jamais* ouviria nenhuma prova correta. No entanto, ela adoraria ver a expressão dele se alguém se apresentasse com conhecimentos precisos e verdadeiros daquela época.

— Caso eu receba respostas que pareçam frutíferas, enviarei ao senhor notícias das minhas reuniões, para que possa estar presente, se assim o desejar.

— Obrigado. Agora, devo me despedir antes que a sra. Hume caia da cadeira. Ela tem se esticado e se inclinado em nossa direção por tanto tempo e de forma tão precária que duvido que consiga ficar sentada por muito mais tempo. — Ele se levantou e se curvou. Então fez uma pausa e olhou para ela. — Amarelo-claro.

— Perdão?

— Sob essa luz, a senhorita deveria usar um vestido amarelo-claro, penso eu.

Ele partiu sem mais delongas.

Naquela tarde, Davina ficou na biblioteca, agora sozinha, lendo. Não muitas páginas de seu livro foram viradas. Sua mente continuava voltando para a visita do duque.

Ele quase fora amigável no início. Gracioso. Encantador. Ele poderia estar tentando deliberadamente não assustá-la como Amanda dizia que assustava a maioria das mulheres. Era difícil pensar nele como um inimigo durante aqueles primeiros minutos.

E sua preocupação com o sr. Hume... aquilo não tinha sido fingido. Tocou-a que ele percebeu que ela poderia ser importunada e sentiu-se comovida ao assegurar ao duque de que nada daquilo estava acontecendo. Nem sua preocupação tinha sido perdida. Sir Cornelius insistira em acompanhá-la quando ela alugou um quarto com uma família em Edimburgo depois que seu pai morrera. Só mais tarde ela compreendeu que não era o quarto que ele queria examinar.

Claro, a suavidade do duque não poderia durar. Quando ele saiu, ela estava quase tão irritada com ele quanto da última vez. Eles não tiveram uma discussão, mas ele ainda a deixara com vontade de gritar.

Ela forçou sua mente de volta ao livro, apenas para ser interrompida uma página depois pela sra. Moffet.

— Chegou algo para a senhorita. — Ela lhe entregou a carta suntuosa.

Era da duquesa de Stratton, convidando-a para o teatro na noite seguinte. Davina olhou para a página com espanto. Claro que ela iria. Não ousaria declinar. Mas o que a duquesa queria com ela?

— Há algo mais. — A sra. Moffet lhe entregou um cartão. — Ele visitou. Agora há pouco.

Ele era o sr. Justinian Greenhouse. Davina fora apresentada a ele no salão da duquesa para o *Parnassus*. Ela se lembrava dele porque ele conhecia o sr. Hume por algum motivo que agora lhe escapava. Assim como o rosto dele. Ela se lembrava vagamente de um homem muito magro, no início da meia-idade, com cabelos escuros ralos. Ele também caminhava como um mestre de dança. Essa memória veio claramente.

— Ele ainda está na porta — disse a sra. Moffet.

— O sr. Hume ficará zangado se a senhora deixar um dos amigos dele na rua.

— Ele não está aqui pelo sr. Hume, está? — A sra. Moffet franziu os lábios. — Ele está procurando a senhorita.

— Não consigo imaginar por quê. Eu mal o conheço. — Ela se sentou e alisou a saia. — Bem, traga-o, suponho.

Enquanto esperava, Davina percebeu que possivelmente o sr. Greenhouse estava respondendo ao anúncio dela nos jornais. Afinal, ele era de Northumberland. Poderia ser que ele tivesse percebido que os anúncios eram dela e tivesse decidido...

— Minha cara srta. MacCallum. — O sr. Greenhouse avançou para ela com passadas largas e um sorriso afetado.

Davina deu uma olhada em seus olhos e soube que isso não tinha nada a ver com algum dos anúncios. Era uma visita social. Um tipo especial de visita social.

Que coisa mais estranha.

NUNCA DIGA NÃO A UM DUQUE

Oito

$\mathcal{E}$ric foi ao teatro sozinho. Não queria nenhum contato com a sociedade naquela noite, mas queria ouvir música, e a primeira parte do programa tinha um pianista tocando Beethoven.

Ele se acomodou em uma cadeira no fundo de seu camarote e mandou o atendente embora quando ele tentou acender uma das lamparinas. Lá, na escuridão, ele esperou a música começar.

Como tinha acontecido com muita frequência ultimamente, seus pensamentos vagaram na direção de Davina MacCallum. Ele não podia mais ignorar a intrusão dela em sua vida. Várias perguntas rudes tinham sido feitas a ele no clube na noite anterior em relação à alegação que ela fazia. O mundo inteiro parecia saber da participação dele na questão.

Pior, algum sujeito de um jornal o emboscara quando ele saía de casa naquela tarde, querendo fazer perguntas. *O senhor não tem que falar comigo, mas é melhor se falar*, dissera o rapazote audacioso ao se colocar no caminho de Eric. *Caso contrário, terei que inventar algo.* Oh, como ele riu de sua própria piada. Eric queria usar o chicote no idiota.

Poderia ter esquecido o incidente se não fosse a última pergunta, lançada atrás dele enquanto ele cavalgava. *Então, onde ficam essas terras?*

Inevitável que as pessoas ficassem curiosas e fizessem perguntas. Era o cerne da história, não era? Só que ele não queria ninguém — nem Davina MacCallum, nem o Parlamento, e certamente não os redatores de jornais — bisbilhotando essa propriedade ou fazendo muitas perguntas a respeito.

Eric forçou seus pensamentos a retornarem para questões mais produtivas, como as negociações em andamento para trazer o projeto de lei sobre a escravidão para a Câmara dos Comuns. Tinha que passar por lá primeiro. Havia lordes demais com propriedades nas colônias que faziam uso de trabalho escravo. Tudo ótimo para a Grã-Bretanha banir seu comércio, mas fazê-lo nessas propriedades distantes teria um custo alto ao extremo.

A única solução era pagá-los. Infelizmente, ele não conseguia fazer a maioria dos outros concordar com isso. A noção de compensar os proprietários de escravos pela perda de seus escravos enojava os homens de pensamento correto. Também o enojava, mas nunca iria progredir, nem agora e nem em cinquenta anos, a menos que fosse feito.

Enquanto a música começava, ele repassava várias estratégias em sua cabeça. Justamente quando estava se formando uma ideia que continha em si alguma promessa de sucesso, ele foi distraído por um amplo gesto de um homem em um camarote em frente ao seu.

Era Langford, e ele estava quase pendurado na balaustrada, exigindo a atenção de Eric. Sua esposa também gesticulava, só que mais discretamente.

Langford percebeu que havia conseguido. Com um amplo movimento do braço, ele apontou para a direita. Ele claramente queria que Eric olhasse para lá. Fazer isso significaria levantar-se, caminhar até a balaustrada e ficar pendurado como Langford. Eric não tinha intenção de fazer nada disso. Ele fechou os olhos e se entregou à música.

Cinco minutos depois, uma mão firme o empurrou. Ele abriu os olhos para ver Langford pairando acima dele, parecendo exasperado.

— Você não viu minha indicação?

— Eu vi. Seja lá o que você tenha achado que me interessaria não é do meu interesse. Não me importo se alguma mulher chegou seminua, ou se algum idiota está caindo de bêbado. Eu só quero paz.

— Você quer ver isso, eu prometo.

— Não, eu não quero.

Uma mão firme agarrou seu ombro.

— Venha comigo.

Ele seguiu. Langford divertia-se facilmente, e era provável que tivesse avistado algum vestido escandaloso. Ele também era um fofoqueiro, então poderia ser uma evidência inesperada de um caso amoroso que colocaria as línguas em ação. Fosse o que fosse, não valeria a pena o aborrecimento.

Ele acompanhou Langford até a porta de outro camarote: o camarote de Stratton.

— A menos que Stratton tenha ganhado uma outra cabeça, não há drama nenhum lá.

— Você pensaria que não, mas espere. — Langford abriu a porta para apresentar o camarote.

O camarote muito cheio. Tão cheio que Stratton parecia irritado. Sua duquesa não parava de sorrir para seus visitantes, mas ela também parecia consternada.

Stratton os viu e abriu caminho até o fundo do camarote. Ele sacudiu os ombros como se precisasse reajustar o casaco.

— Que inferno. Estávamos planejando uma noite tranquila e foi isso que aconteceu.

Eric olhou através da luz fraca para os rostos. Homens, quase todos eles. Ele sabia a maioria dos nomes, mas alguns ele não reconhecia. De olhos brilhantes e graciosos, todos eles mantinham sua atenção voltada para a frente do camarote e para a duquesa.

A duquesa se virou para falar com a acompanhante. Essa outra mulher virou o rosto. Eric entendeu por que Langford o arrastara até ali.

A srta. MacCallum estava sentada ao lado da duquesa. E a srta. MacCallum era o objeto de todas as atenções.

— O que ela está fazendo aqui? — ele perguntou a Stratton.

— Clara a convidou. Ela duvida que a mulher tenha muitas oportunidades de entretenimento e quis lhe fazer um agrado.

— É mais provável que ela tenha ouvido a verdade sobre esse legado e queira a história toda. Todos os cavalheiros já sabem de quase tudo, isso é claro. — Langford gesticulou para os homens que queriam ser apresentados pela duquesa à srta. MacCallum. — Nada como uma mulher de posses para atrair a admiração dos rapazes solteiros mais jovens.

— Ela não é uma mulher de posses — corrigiu Eric.

— Claro que não — Stratton apaziguou.

— Ela, porém, tem expectativas — acrescentou Langford. Ele examinou a pequena cena com o que, suspeitava-se, parecia prazer.

— Expectativas muito pequenas — rebateu Eric. — O valor de um mosquito, no máximo.

— Essa não parece ser a opinião geral, ao que parece.

Não, não era. Os pavões já estavam em ação. A srta. MacCallum nem parecia surpresa. Com seu maldito autodomínio, ela conversava e sorria como se esperasse que isso acontecesse.

Preferia ser atingido por um raio a ficar assistindo àquilo. Ele decidiu ir embora, só que, quando estava prestes a sair, a duquesa o viu. Seu olhar se fixou no dele. O sorriso dela se tornou frágil. Seus olhos se estreitaram e escureceram. Ela acenou para ele com o dedo.

— Parece que Clara quer falar com você — Stratton informou em tom indiferente, como se não soubesse melhor do que ninguém que, quando Clara tinha aquele olhar, até homens valentes procuravam abrigo.

— Serei seu escudo se quiser recuar — ofereceu Langford. — Ou mesmo quando avançar. Sim, acho que seria melhor se eu ficar bem ao seu lado e tentar distraí-la com lisonjas e coisas do gênero.

Sufocando um suspiro sincero, Eric foi até a duquesa e a srta. MacCallum.

Um leque bateu em seu peito assim que ele se aproximou. Langford, bom em seu papel, deu um passo rápido para que ninguém mais visse.

— Você me enganou — acusou a duquesa.

— Eu não menti para você.

— Eu não disse que mentiu. Eu disse que enganou. Você se acha inteligente demais para mim, Brentworth? Você sabia de toda a história, mas escondeu a melhor parte de mim quando pediu aquele favor.

— Não concordo que meu envolvimento seja a melhor parte. Pelo contrário, é a pior. No entanto, minha esperança era de que ninguém mais soubesse disso.

Langford entrou na conversa pelas beiradas.

— Você está encantadora demais para suportarmos esta noite, duquesa. — Ele abriu seu sorriso sedutor. Pela nova posição em que se encontrava, Eric não podia mais ver a srta. MacCallum com o canto do olho.

Clara lançou-lhe um olhar impaciente.

— Vá embora, Langford.

Sim, vá embora. Pelo menos saia do caminho. É a srta. MacCallum que está deslumbrante esta noite e você agora está me impedindo de vê-la. Ela estava de azul naquela noite. Azul-clarinho, como um lago congelado. Não era amarelo-pálido, mas ainda a lisonjeava.

A duquesa voltou seu olhar escuro para Eric.

— Imagine meu espanto, Brentworth, quando uma amiga me confidenciou as mesmas informações que eu havia prometido a você que manteria em silêncio. Só que ela sabia *mais* do que eu.

— Imagino que, na competição por fofoca, tal desenvolvimento seja desanimador.

MADELINE HUNTER

— Você está zombando de mim?

— De jeito nenhum, Clara. — Langford finalmente se mexeu o suficiente para Eric ver além dele. Um jovem que parecia recém-saído da universidade envolvia a srta. MacCallum em uma conversa enquanto habilmente impedia os outros pretendentes de se intrometerem. *Saia daqui também, garoto.* Esperava que Hume tivesse apoplexia quando soubesse como os pretendentes estavam formando fila. Ele bem que merecia, por ter alimentado o monstro da fofoca.

Clara estava dizendo algo. Ele viu a boca dela se mover, mas não ouviu nada além da risada da srta. MacCallum.

— Duquesa, mande me chamar quando quiser e eu prometo ir para que você possa me repreender a seu bel-prazer. Langford, faça o que for preciso para que as mulheres irritadas sorriam. Agora, se me dão licença, por favor. — Ele girou e deu os poucos passos que o levaram até a srta. MacCallum. O jovem o notou primeiro. O rapazote corou, como se tivesse feito algo errado. O que ele tinha. Eric apenas o olhou até que ele se despedisse.

— Foi uma demonstração interessante de poder silencioso, Vossa Graça. — Os lábios da srta. MacCallum franziram. — Na minha idade, não é comum ter homens despachados dessa forma.

— Ele é um caçador de fortunas. Todos eles são.

Ela riu e seus olhos se transformaram em pedras preciosas cintilantes.

— Eu não tenho fortuna.

— Eles esperam o melhor na questão. Mais dia menos dia, alguém vai pedi-la em casamento e fazer a grande aposta. Quando a decepção vier, você pagará um preço maior do que o idiota com quem se casou.

— Não vejo como. Nunca tive uma fortuna e não vou perder a que não tenho.

— Você vai estar casada para sempre com um homem que planejava receber o que nunca recebeu. E estará à mercê dele.

— Desagradável, com certeza. Que bom que cuidou de mim novamente. — Ela se virou e deu alguns sorrisos para os cavalheiros que ficaram para trás, mas parecendo esperançosos. — Se eu prometer não me casar com nenhum deles esta noite, vai permitir que eles me entretenham?

Não.

— Sim, claro.

— Obrigada. É raro eu ser o objeto de toda essa atenção. — Ela olhou para além dele novamente e abriu outro sorriso. Eric quase ouviu a mente dela pensar: *Vá embora, duque.*

Ele se despediu. Langford o interceptou quando ele foi até a porta do camarote.

— Pareceu correr tudo bem — disse Langford, sarcasticamente. — É compreensível que ela não suporte olhar para você. Eu meio que esperava que você recebesse o corte diretamente.

— Ela nunca me daria o corte diretamente.

— Ela não ousaria, você quer dizer. Uma pena, entretanto. Se ela tivesse feito isso hoje, eu poderia ter me esbaldado com a história por um mês.

— Você não deveria cuidar da sua esposa? Você a deixou sozinha por muito tempo.

— Ela não vai se importar, porque terei histórias para contar quando voltar.

— É uma satisfação enorme poder ser seu entretenimento esta noite.

Ele se encaminhou para o próprio camarote, esperando que a música proporcionasse a distração que ele procurava ao ir ao teatro naquela noite. Mas o mais provável era que ele só ouvisse a música da risada de uma mulher.

Por favor, me encontre em Russell Square, às 15h horas.

Receber tal nota era bastante estranho. Ela não era o tipo de mulher que recebia pedidos de encontros.

A assinatura tornava tudo ainda mais estranho. A carta viera do sr. Haversham.

Davina não sabia o que fazer com isso. Se ele quisesse falar com ela, não lhe pediria que fosse ao Palácio St. James? Ela duvidava de que ele apenas quisesse economizar o tempo de cruzar a cidade.

Às três horas, ela entrou na praça. Em vez de procurá-lo, ela decidiu se sentar em um banco e deixar que ele a encontrasse. Ele o fez cinco minutos depois.

— Gostaria de dar uma volta? — perguntou ele depois que se cumprimentaram.

Ela se levantou e caminhou ao lado dele. O sr. Haversham parecia ainda mais magro em plena luz do dia. Sombras se formavam em suas bochechas encovadas e a luz o fazia apertar os olhos. A boca dele ainda a fazia se lembrar de um sapo.

— Achei que fosse mais conveniente para a senhorita — disse ele. — Também menos formal.

— Que atencioso. E aqui eu presumi que o lugar peculiar que o senhor escolheu significava que não falaria em nome do rei.

— A senhorita é perceptiva. E está correta. Não estou falando por Sua Majestade. Estou apenas transmitindo minha própria visão de como as coisas estão.

— E como estão, senhor?

— Nada boas. Absolutamente nada boas. Sua Majestade está muito descontente com o assunto que está sendo discutido à boca pequena. Expliquei que a senhorita não tinha motivos para fazer isso. Na verdade, a senhorita perde uma arma importante com esse acontecimento. Ele insistiu em saber a fonte e ficou ainda mais desagradado ao descobrir que foi o seu empregador, Angus Hume. Agora ele pensa que tudo é um complô jacobita para desacreditá-lo. — Ele riu levemente. — Absurdo, é claro.

— Claro. Absoluto absurdo.

Eles seguiram em frente.

— E ainda — continuou Haversham —, quando ele coloca uma ideia na cabeça, bem...

— Se eu souber alguma forma de acabar com a fofoca ou de reverter essa situação, farei meus maiores esforços. No entanto, não posso silenciar as pessoas se ele e o duque não podem. Sou a parte menos influente.

Ele deu um olhar de soslaio para ela.

— A única forma de silenciá-los é retirando o seu pedido. Isto é, por enquanto. Permita que o assunto morra e, em um ano ou dois...

— Em um ou dois anos, o senhor diz. Então, em mais um ou dois anos. Já se passaram um ano ou dois. Alguns, na verdade. Estou determinada a resolver isso agora, sr. Haversham. Eu nunca teria vindo tão longe de outra forma.

Ele parou de andar. Então, cobriu a boca com as mãos e franziu a testa, pensando.

— Poderia ajudar no seu caso se a senhorita se aliasse com alguém em quem o rei confia. O envolvimento de Hume o deixou agitado, entende? Desconfiado.

— A duquesa de Stratton não é estimada o suficiente para ser alguém em quem ele confia?

— Ele acha que ela publicará um artigo condenatório naquele jornal, se tiver oportunidade. Não, ela não é a aliança a que me refiro. Falo de uma mais permanente. A senhorita ainda está em idade de casar-se. Se tivesse um marido, um homem em quem o rei confiasse, provavelmente ajudaria muito no seu caso.

Ela conseguiu continuar andando, mas a sugestão, feita com a mesma calma que um comentário sobre o tempo, deixou-a atordoada. O que o rei esperava? Que ela ficasse em uma esquina com uma placa no pescoço, oferecendo-se para se casar com qualquer homem aceitável para o rei?

— Seria necessário que o homem fosse inglês, é claro — acrescentou Haversham.

— E por quê?

— Para que a senhorita não receba influências indevidas e, em vez disso, seja influenciada corretamente.

— Entendo.

— Existem alguns filhos de nobres que provavelmente se candidatariam a ocupar esse lugar. Filhos mais jovens, é claro. Os herdeiros precisariam de mais garantia de fortuna do que pode ser dada.

— Claro.

— Eu poderia arranjar algumas apresentações. Seria sutil.

Ela imaginou todos aqueles arranjos e garantias sutis, e as caçadas românticas que seriam tudo, menos sinceras, e os pedidos de casamento. Ela poderia se ver sendo envolvida nisso, tanto quanto no teatro. Que mulher não gostaria de elogios e atenção, especialmente depois de anos sem tê-los?

O que o duque tinha dito? Que, se ela não herdasse nada, ainda estaria presa ao homem em questão para sempre. Não importava o quanto ela fosse honesta, não importava o quanto fosse direta, ele iria culpá-la e sentir que tinha sido aprisionado.

Claro, o duque não tinha colocado dessa forma. Ele dissera *quando* ela não herdasse nada, nem *se*.

— Peço que não arranje nenhuma apresentação — disse ela. — Não estou interessada em me casar nessas condições.

Ele aceitou, mas seus lábios se estreitaram.

— Compreendo. Era meu dever tentar, porque a mim parecia uma solução. Acredito que, se a senhorita tivesse um casamento assim, sua reivindicação seria aceita.

— Porque tal marido controlaria a mim e à terra, o senhor quer dizer.

Ele não respondeu, o que significava que ela estava certa.

— Se reconsiderar, por favor, me avise. É realmente a maneira mais rápida de colocar um ponto final em tudo isso. Você conseguiria o que deseja e Sua Majestade ficaria aliviado desta preocupação que ele tem agora.

— Pode ser o caminho mais rápido, mas não é o único. Quero acreditar que o senhor está analisando minha reivindicação. É provável que encontre algo e isso também encerraria a questão.

— Claro. Claro. — Ele olhou para o sol. — Preciso ir agora. Permita-me acompanhá-la de volta à sua casa.

— Acho que vou ficar mais um pouco aqui, obrigada.

Ele olhou para a praça ao redor, avaliando-a. Ela o imaginou pensando: *Não é Mayfair, mas ela ficaria segura o suficiente aqui à luz do dia.* Depois que ele a deixou, ela percorreu a curta distância até a Bedford Square, encontrou uma cadeira particular na biblioteca do clube e pensou bastante.

Nove

*E*ric orgulhava-se de sua equanimidade e discrição. Era conhecido por ambas, e isso ia longe para lhe dar acesso às confidências dos ministros mais antigos do governo. Em muitos dias, ele se sentou com um deles em seu escritório e eles ponderavam a resposta do reino a uma ameaça ou problema diplomático. Como os Brentworth antes dele, ele nunca servira em um cargo governamental, mas sua influência não era pequena.

Naquela tarde em particular, ele não se sentava com um ministro. E não contemplava um problema diplomático. Em vez disso, seus convidados eram Stratton e Langford, e ele olhava para uma página de fofoca que Langford acabara de colocar cerimoniosamente à sua frente.

— Achei que você deveria ver — disse Stratton.

— *Nós* achamos que você deveria — corrigiu Langford.

Eric pegou o jornal e imediatamente descobriu o motivo.

— O que diabos é isso?

— É um escritor muito curioso que tem faro para escândalos — revelou Langford. — Tive alguns assuntos com ele. Ou melhor, meu nome teve.

Langford não era estranho ao escândalo. Ele quase sempre ignorava quando seu nome se tornava assunto para fofocas. Houve algumas vezes em que Eric invejou o amigo por sua capacidade de nunca dar a mínima. Mas então, assim como os Brentworth eram discretos, os Langford tinham, ao longo dos tempos, sido dados a escândalos. Depois de algumas gerações, essas tradições provavelmente invadiam o sangue dos descendentes. Após algumas gerações de numerosas inoculações, o sangue provavelmente se torna imune.

— Amanda compra algumas daquelas páginas de escândalos — Langford explicou. — Ela chamou minha atenção para esta hoje.

— Se fosse qualquer um que não você, o sujeito provavelmente não cutucaria tão fundo, mas você é uma boa história devido a tão raramente ser assunto de histórias — disse Stratton.

— Está sugerindo que, se eu exibisse todas as amantes e me envolvesse em brigas de bêbados como Langford, agora eu seria poupado?

— Raramente brigo e nunca quando estou bêbado — rebateu Langford, encolhendo os ombros. — Bem, talvez uma ou duas vezes fui confundido.

— Sim, estou dizendo exatamente isso — confirmou Stratton.

O artigo realmente espetava. Como seu escritor não tinha fatos, ele recorria a insinuações. Por que um certo nobre tinha sido tão obstinado na recusa a ouvir a reivindicação contra algumas terras que possuía? Não era como se esse nobre as visitasse com frequência ou precisasse da renda. Na verdade, comentava-se que a mansão estava em ruínas e inabitável, então o referido nobre nem se dera ao trabalho de manter a propriedade bem conservada. Os meios pelos quais sua família adquirira aquelas terras tinham sido de alguma forma irregulares? Havia segredos de família vinculados a tal localidade na Escócia? *Et cetera.*

— Ele afirma que o meu cocheiro disse que nunca me levou lá nos sete anos em que me serviu.

— Ele levou? — Langford perguntou.

— Não, mas eu ficaria desapontado se Napier tivesse falado com este homem. Ele sabe que não vou gostar.

— Não faça nada precipitado em relação a Napier — pediu Langford.
— Napier pode nem saber com quem falou. Ele certamente não entendia a importância disso.

Eric jogou o jornal.

— Que importância isso teria?

Langford escolheu esse momento para remover alguns fiapos da manga do casaco. Eric se voltou para Stratton em vez disso.

— Se esse escritor não recuar, e realmente pressionar, há algo sobre aquela terra que seria melhor permanecer desconhecido? — Stratton perguntou. — Todas as famílias têm seus segredos.

— Absolutamente nenhum. Deixe-o pressionar e bisbilhotar o tanto que ele bem entender. — Ele se levantou e olhou pela janela. — Está um dia lindo demais para passar aqui dentro. Acho que vou cavalgar ao longo do rio por algumas horas. Juntem-se a mim se quiserem.

— Tenho outro compromisso — declinou Langford.

— Eu estou livre, porém — aceitou Stratton.

Eles achavam que ele não tinha visto o olhar significativo que haviam trocado antes de responder. Ele foi na frente até lá fora, supondo que Stratton também faria sua bisbilhotice agora.

Não poderia galopar para sempre, então, em dado momento, ele diminuiu a velocidade do cavalo para uma caminhada. De um lado, o Tâmisa fluía veloz. Do outro, Stratton equiparou o trote com ele enquanto passavam pela série de prédios baixos que flanqueavam o rio nos arredores de Londres.

— Já decidiu o que fazer com a srta. MacCallum? Você parece estar escondendo o jogo. Langford imagina que é por causa do fascínio que ele acha que você está sentindo.

— A cabeça de Langford pode virar rapidamente por qualquer rosto bonito que passe, mas os Brentworth são feitos de um material mais resistente.

— Então você a considera bonita?

Ele lançou um olhar para Stratton a tempo de ver seu sorriso.

— Atraente o bastante.

Outro sorriso.

— Se eu fosse Langford, perguntaria: *o bastante para quê*?

— Graças a Deus você não é ele, então.

Eles seguiram em frente. Stratton examinava a vista. Eric o observou fazer isso.

— Você pode muito bem dizer agora seja lá o que estiver esperando para dizer em algum momento, Stratton.

— Pensei em deixar passar um tempo primeiro, para não parecer que estou...

— Bisbilhotando? Bem, você está, então acabe logo com isso.

— Como eu disse, você parece estar escondendo o jogo. Vou deixar essa observação aqui e sugerir que, se você não quiser se envolver em uma batalha com a mulher, talvez deva buscar uma trégua.

— Uma trégua requer conceções. Mesmo se eu quisesse, ela não quer.

— Você não sabe disso. O pensamento é que talvez meio pão a satisfaça. Metade das terras, por exemplo. Ou um acordo pela metade do valor.

— Pague a ela, você quer dizer, para se livrar do incômodo. Esse é o pensamento. Posso perguntar de quem é esse pensamento?

— De Langford e meu.

— E?

— Está bem. As senhoras também participaram. Não me dirija aquele seu olhar teutônico. Clara pensa com a clareza de qualquer homem e é excelente em estratégia, e Amanda traz habilidades especiais para essas discussões.

— São amigas dela. Suas opiniões não são objetivas.

— E a sua é? Qual é o tamanho dessa propriedade para permitir que seu nome seja arrastado pela fábrica de fofocas, pondo em risco sua influência no governo? Quais são as rendas pagas pelos inquilinos? Você por acaso sabe? Já esteve lá?

— Consiste em cerca de mil hectares. A maioria dos inquilinos cria ovelhas, então o valor das rendas varia, mas são respeitáveis.

Silêncio se seguiu a isso. E se dilatou. Eles se aproximaram de uma taverna e Eric considerou se ele gostaria de uma cerveja.

— Então você sabe algo sobre essa terra — disse Stratton.

— É minha obrigação saber.

— É verdade que a casa está ruínas? Você já a viu?

Eric decidiu que uma cerveja seria uma boa ideia. Ele parou o cavalo, desceu e amarrou-o a um poste. Em seguida, entrou na taverna e ocupou um lugar próximo à janela que dava para o rio.

Stratton o seguiu alguns minutos depois. Ele olhou para Eric com seus olhos escuros e curiosos enquanto esperavam a chegada da cerveja.

— Então? — insistiu ele depois de um bom gole. — Você já esteve lá?

Eric olhou para o rio e para a estrada que o margeava. Stratton apenas esperou. Era por isso que Stratton tinha vindo. Langford nunca seria capaz de esperar.

— Faz muitos anos que não vou para lá, mas estive quando meu pai era vivo.

Houve silêncio da parte de Stratton. Eric por fim voltou sua atenção para o amigo, cuja expressão dizia que não haveria mais perguntas porque Stratton tirara algumas conclusões. Possivelmente conclusões erradas.

— Era minha herança, afinal — Eric acrescentou.

— Claro. Só que você devia ser muito jovem, porque seu atual cocheiro não se lembra. E não pude deixar de me lembrar daquela vez, depois da universidade, quando você se afastou dos amigos por quase um ano. Ficou fora da cidade por parte desse período. Foi quando você foi para o norte?

Stratton era tão amável e suave que os homens frequentemente o subestimavam. Dois tinham feito isso, para seu eterno arrependimento. Eric respeitava esse amigo, em especial sua mente, mas desejou no momento que Stratton não fosse tão afiado em seu juízo.

Ele olhou pela janela novamente. *Ovelhas pontilhando as colinas até o horizonte. Uma loucura fascinante.*

— Sim.

— Mas você não vai me contar sobre isso, vai?

Fogo queimando as nuvens pesadas.

— Não.

Stratton terminou sua cerveja.

— Que assim seja. Acredito que o conselho que lhe dei é ainda melhor do que imaginei. A menos que você queira metade do mundo investigando aquele lugar e aquela época, chegue a um acordo com essa mulher de uma forma ou de outra.

— O rei quer que eu me case com ela. Essa é uma solução infernal.

Stratton não riu.

— Se você está escondendo algo, essa pode ser a melhor solução. Pois bem, vou pegar meu caminho de volta agora. Você vem comigo ou vagará mais longe?

Eric o seguiu para fora da taverna. Stratton estava certo sobre uma coisa: era hora de chegar a um acordo com a srta. MacCallum.

⁂

A poeira na sala estava densa sobre os registros e tomos, e cada movimento a fazia voar como minúsculos flocos de neve. Sempre que Davina virava uma página, uma nuvem fina se formava na frente da janela.

— Deve estar aqui. — O dedo longo e fino do sr. Hume deslizou pela página. — Ah. Aqui está.

Seu dedo parou em um nome em uma lista daqueles que morreram na

Batalha de Culloden. O nome de seu bisavô, Michael MacCallum.

— Não se refere a ele como um barão — disse ela, abafando um espirro.

— Poderia ser qualquer Michael MacCallum.

— Só um morreu lá. Eu verifiquei.

— O senhor já fez isso antes?

— Decidi assumir a incumbência de fazê-lo, para que ninguém diga nem mesmo que a fonte de sua alegação seja falsa. Se outro Michael MacCallum tivesse morrido naquele dia, alguém poderia dizer que você é a bisneta do outro.

— Se tivesse me contado o que encontrou, eu teria confiado no senhor e sido poupada de todo esse ar pesado. — Ela também teria sido poupada da maneira como o sr. Hume se aproximava enquanto examinavam o enorme manuscrito encadernado. Ele ainda estava perto demais, aumentando o desconforto de Davina. Ela considerou permitir que os espirros explodissem bem no rosto dele.

— Vamos, então, para que sua saúde não seja afetada.

Eles deixaram o Departamento de Guerra e começaram a caminhada para casa. O sr. Hume não gostava de alugar carruagens. Ele dizia que existia uma razão para a natureza ter dado duas pernas às pessoas. Davina não podia discordar, mas uma hora de caminhada em cada direção sem propósito não a divertia.

— Fico feliz que estejamos tendo esse momento juntos — disse o sr. Hume. — Isso me dá a oportunidade de falar com você sobre algo que tem estado muito presente na minha mente.

— Essa conversa é o verdadeiro motivo de termos vindo até aqui? Porque, embora a biblioteca de registros fosse fascinante, eu não precisava visitá-la.

— Você deve ver quais evidências existem em qualquer direção, assim poderá dizer que viu quando for questionada.

— Então talvez o senhor possa encontrar uma maneira de eu ver quaisquer registros que o Parlamento também tenha sobre esse título e propriedade. Eu estava pensando que pode haver outras informações, a respeito da família dele e do herdeiro, por exemplo.

— Posso descobrir se esses registros existem no Colégio de Armas.

Agora, com relação ao assunto que desejo lhe falar. — Ele voltou à sua abertura com deliberação. — Chegou ao meu conhecimento que há pretendentes demonstrando interesse. Você quase causou uma cena no teatro, onde eles fizeram fila, e agora alguns estão ficando mais ousados em suas tentativas de encantá-la.

— Apenas dois visitaram, se é isso que quer dizer com mais ousados. Presumi que a sra. Moffet iria informá-lo sobre eles, mas não posso imaginar como o senhor ficou sabendo sobre o teatro. — Nenhum dos visitantes tinha sido o que Davina descreveria como *encantadores*.

— Você aceitou as apresentações no teatro. E recebeu os dois que visitaram.

— Como qualquer mulher, não me oponho à lisonja e à diversão. Não se preocupe. As visitas aconteceram depois das três horas e não interferiam nas minhas obrigações com Nora; e eu também não permitiria que interferissem.

— Você não deve encorajar esses homens. Receba-os uma vez e eles retornarão. Continue recebendo-os e eles alimentarão esperanças e expectativas que nunca serão realizadas. — O sr. Hume falou com surpreendente força.

— Vou levar o seu conselho a sério e dedicar toda a minha consideração a ele.

— Consideração? Tenho certeza de que você não tem a menor intenção de se casar com algum deles.

— Meu caro sr. Hume, se a ideia é tão apavorante quanto parece acreditar, é o que concluirei, sem dúvida. *Quando eu considerá-la.*

Sendo ruivo, ele tinha a pele branca como a neve. Agora reluzia em um tom profundo de rosa.

— Você acha engraçado me constranger? A ideia está além de qualquer consideração. É impossível. Você arrancaria as terras de sua família de Brentworth apenas para entregá-las de bandeja a algum outro inglês? Você faria com que ainda mais inquilinos respondam a um senhorio que se reporta a Londres? Já não é território escocês suficiente anexado à Inglaterra pelos lordes ingleses que o possuem e o absorveram para seu próprio patrimônio? Com essa herança vem um dever, e você deve reconhecer o seu.

Davina olhou de um lado para o outro para ver se alguém estava notando aquele sermão. O sr. Hume havia se tornado a imagem de um homem indignado, e ela, a de uma criança sendo repreendida.

— Acalme-se, senhor, ou o mundo inteiro saberá do que estamos falando — sibilou ela. — Não cabe ao senhor me instruir, muito menos sobre casamento.

Ele se recompôs, olhou em volta e caminhou por cinco minutos sem dizer uma palavra.

— Não procuro instruí-la — falou finalmente. — Procuro apenas lembrá-la de seu dever, para que não vire a cabeça com as *lisonjas*, como você disse.

— Meu primeiro dever é com minha família, passada e futura. Quanto ao casamento, se isso lhe dá algum conforto, nenhum dos homens que me lisonjearam é promissor nessa área. Não sou tão ignorante a ponto de pensar que o interesse deles reside em *mim*.

Ele parecia aliviado. E sorriu.

Caminharam em silêncio durante a maior parte do caminho, mas Davina o sentiu ali. Uma energia emanava dele, uma energia que implorava para ser liberada. Ela temia que ele se declarasse, ou iniciasse outra discussão, desta vez sobre por que o dever de Davina era se casar com *ele*.

— Vou me separar do senhor aqui — avisou ela quando se aproximaram de Bedford Square. — Tenho obrigações a tratar no jornal.

— Vou acompanhá-la e esperar no parque para que não tenha que voltar sozinha.

— Isso não seria sensato. Pode ser que eu leve algum tempo. Estarei de volta em casa antes do anoitecer, para que não precise se preocupar.

Ele procurou no bolso do colete.

— Deixe-me lhe dar...

— Isso não é necessário. Como o senhor disse, a natureza nos deu pernas fortes por um motivo.

104

— Isso tudo é muito astuto — disse Langford. — Eu prometo que você ficará impressionado. Você não poderia ter planejado isso melhor sozinho.

Um grande elogio, de fato. Eric descansava em uma cadeira na biblioteca enquanto Langford praticamente esfregava as mãos. Não havia nada que Langford amasse mais do que uma conspiração em andamento.

A trama ali era bem pequena. Para falar com a srta. MacCallum sozinho, ele precisava vê-la fora da casa de Hume. Ou precisava segui-la quando ela saísse de casa e acidentalmente se deparasse com ela na rua, ou precisava arranjar para encontrá-la acidentalmente em outro lugar. Como na casa de Langford.

— Sua esposa está ciente, eu suponho. — Uma vez casado, a discrição de um homem ia para os diabos, pelo menos quando se tratava de sua esposa, e esse amigo nunca tinha sido discreto para começar. Eric imaginava Langford e sua duquesa conversando sobre os negócios de todos durante o jantar, na cama, na carruagem; o tempo todo, em outras palavras.

— Está. Não se preocupe. Ela sabe desempenhar seu papel. Ela e as damas acreditam que, se você conhecer melhor a srta. MacCallum, será compreensivo, então ela acha que é uma ideia esplêndida.

Eric se perguntou quem eram as damas. As duas duquesas, é claro. Outras que estavam envolvidas com aquele jornal, talvez. Stratton disse que havia um clube de algum tipo na casa de Clara em Bedford Square, no entanto. Pode haver dezenas de damas oferecendo opiniões.

Era exatamente o tipo de divulgação pública de seus assuntos que ele havia evitado durante muitos anos. Agora, graças ao rei, ele não poderia evitar.

Langford foi até as portas do jardim e espiou.

— Elas estão vindo. Hora do plano. — Ele abriu a porta um pouco.

Eric se levantou e seguiu Langford até uma das estantes na parede. Como em muitas bibliotecas municipais, substituía-se parte da largura por altura. Os livros perto do teto podiam ser acessados por uma das escadas que acompanhavam um corrimão de um metro abaixo do topo das estantes.

Langford subiu uma escada. Ele agarrou quatro tomos pesados e os jogou no chão.

— Maldição! — gritou enquanto descia e se jogava no chão em meio aos livros.

Eric olhou para ele. Havia recebido a promessa de um plano inteligente, não daquele histrionismo.

— Ah, não! O que aconteceu querido? — A duquesa entrou correndo, seu rosto uma máscara de preocupação e choque. Ela ficou de joelhos ao lado dele. — Você caiu! Você está bem? Quebrou alguma coisa?

Langford se sentou e esfregou o ombro.

— O peso dos livros me desequilibrou. Estúpido ir pegá-los todos de uma vez. Ajude-me a chegar até aquele divã ali, Brentworth.

— Você deveria tentar se mover sozinho? Talvez eu deva chamar vários lacaios para me ajudar a levantá-lo e carregá-lo — Eric disse de modo irônico.

Langford o fulminou com o olhar.

— Não. Acho que posso lidar com isso apenas com um pouco de ajuda sua.

Com muito barulho por parte da duquesa, e tentativas de movimentos e alguns gemidos de Langford, Eric levou o amigo para o divã. Enquanto fazia isso, notou a srta. MacCallum inclinando a cabeça para ler o título na capa de um dos livros no chão.

— Que bom que você está aqui, Brentworth. Davina e eu estávamos dando uma volta no jardim e, se estivéssemos lá no portal dos fundos, talvez nunca tivéssemos sabido do acidente de Gabriel. — A duquesa se agitou mais, desta vez por cima daquele ombro. Ou talvez fosse o outro.

Eric não conseguia se lembrar de qual deles tinha sido machucado.

— Se me permitir, posso ver se é necessário chamar um médico ou cirurgião — ofereceu Davina.

— Cirurgião! — A duquesa lançou um olhar desesperado para o marido.

— Se quebrar um ombro, é muito sério. Todas as fraturas são — explicou Davina. — O senhor me permite ver se há alguma?

Langford e sua esposa trocaram um olhar insondável. Langford encolheu o ombro. O ombro *machucado*. Sua esposa se afastou. Eric cruzou os braços para assistir ao Segundo Ato.

Davina avançou no divã e colocou as mãos no ombro ferido. Fez uma série de pressionamentos firmes, cada vez esperando por algo. Provavelmente para Langford uivar de dor, o que ele se esqueceu de fazer. Na verdade, sua falta de reação foi tal que, no último toque, a srta. MacCallum franziu a testa.

— Por favor, levante o braço à sua frente.

Langford obedeceu.

— Agora para o lado, e então para cima.

E lá foi o braço. Então para cima.

A srta. MacCallum deu um passo para trás.

— Pelo jeito como o senhor caiu e praguejou, temi que estivesse gravemente ferido. Em vez disso, duvido que haja um hematoma pela manhã.

— Talvez a senhorita esperasse mais danos. Lamento desapontá-la. Essa foi uma queda longa o suficiente para mim.

— Ora, o mero choque já faria um homem praguejar — intercedeu a duquesa. — Não é mesmo, Brentworth?

— Aparentemente, sim.

— Acho que vou desistir de nosso passeio — Langford disse a ele. Ele esfregou o ombro novamente para enfatizar. — Pode não estar quebrado, mas estou bastante dolorido.

A duquesa se sentou ao lado dele e esfregou o ombro também. Ela bagunçou os cachos escuros na cabeça do marido como forma de confortá-lo. De repente, ninguém mais existia para os dois.

— Srta. MacCallum, estou com minha carruagem aqui. Vou levá-la de volta para a City — ofereceu Eric. — Eu mesmo estava indo nessa direção.

A duquesa ouviu.

— Oh, pode fazer isso, por favor? Convidei Davina para ir comigo a alguns armazéns, mas agora, com Gabriel ferido... — Toda a sua atenção se voltou para Langford, que de alguma forma conseguia parecer pálido, mas estoico.

— Acho que posso me beneficiar de sua oferta.

— Vamos, então, para Langford descansar.

Assim que a porta se fechou atrás deles, a srta. MacCallum sorriu para si mesma. No momento em que ele a colocou na carruagem, ela estava sorrindo.

— Vai me contar o motivo dessa farsa? — ela perguntou depois que ele se sentou em frente a ela. — Você estava lá, então deve saber que ele não caiu, muito menos do topo daquela escada. Seria uns bons quatro metros, e eu lhe asseguro: se ele tivesse caído e batido o ombro no chão, não o moveria facilmente, que dirá levantar o braço na lateral do corpo.

— Bem, como você disse, não estava quebrado.

— Mesmo que não estivesse quebrado, ele também não sentia dor. Não de verdade. Ele nem sequer se encolheu quando o examinei.

— Ele está muito em forma. E é extraordinariamente corajoso.

— Os livros no chão tratavam de práticas agrícolas. Pareciam ter pelo menos cem anos de idade, portanto, não eram as práticas agrícolas *modernas*. Você e ele discutiam sobre como a cevada era colhida no século passado e ele precisava consultar as autoridades da época?

— Você é esperta demais para uma trapaceira comum, posso ver.

— Por favor, não se esqueça disso.

— Não fui consultado sobre de que forma, mas o objetivo era providenciar para que eu me encontrasse com você sem ter que visitar a casa de Hume. Parece que a trama, mesmo com sua excessiva esperteza, deu certo, porque aqui estamos.

Ela mal reagiu.

— Por que não simplesmente escrever e pedir para me encontrar em um parque? Foi isso que Haversham fez.

— Você teria vindo?

— Claro. A curiosidade teria superado qualquer juízo que dissesse não.

— O que Haversham queria?

— Apenas me informar sobre os esforços que estão sendo feitos em meu nome.

— Ele precisava encontrar você em um parque para isso? Pelo menos ele não se declarou outro pretendente. Já existem muitos deles.

— Eu poderia me sair pior do que com o sr. Haversham. Afinal, ele tem os ouvidos do rei o dia todo. Com alguma persuasão, posso ter tudo o que procuro.

Ele a avaliou sob essa luz, como se nunca tivesse feito isso antes. Ele a imaginou trabalhando suas artimanhas de mulher com o lacaio do rei.

— Imagino que você possa ser mais persuasiva se quiser. O pobre Haversham não teria chance. Falando em pretendentes, Hume já propôs casamento? — Não era de sua conta, mas ele queria saber.

— É por isso que queria falar comigo? Para descobrir as intenções do sr. Hume e zombar daqueles pretendentes? Nesse caso, estou consternada que um nobre tenha tempo para tamanha infantilidade. Presumi que alguém como você se ocupasse quase todos os dias com importantes questões governamentais.

Ele quase corou, mas conseguiu manter o rosto aceitavelmente frio. Que ele precisasse lutar aquela batalha — pior, que uma mulher ousasse repreendê-lo — era tão incomum que o fascinava.

— Queria falar sobre documentos e provas. Disseram-me que você e Hume visitaram o Departamento de Guerra.

— Você sabe disso? Colocou espiões atrás de mim?

— Srta. MacCallum, quando o mundo conhece o seu assunto, o mundo mete o nariz no seu assunto. Não preciso de espiões porque qualquer pessoa com informações fica contente em me contar tudo. Você e Hume encontraram algo útil?

— Por que eu deveria lhe contar?

— Para aumentar as evidências do seu lado em nossa disputa. Não adianta procurar mais se você mantiver segredo.

Ela chegou o mais perto de fazer beicinho do que ele imaginava, mas logo desistiu. O que era uma pena, pois notava-se que ela tinha a boca perfeita para fazer beicinho e parecia adorável.

— Infelizmente, não encontrei nenhuma prova nova, apenas o nome do meu bisavô nas listas dos falecidos. O sr. Hume disse que também há registros guardados pelo Parlamento sobre os lordes, mas ele não consegue fazer com que eu tenha acesso a esses registros.

— Eu posso.

O olhar dela tornou-se interrogativo.

— Você faria isso?

— Iremos lá agora, se quiser, e examinaremos juntos qualquer registro pertencente a ele. No entanto, não é o Parlamento que devemos visitar, mas sim o Colégio de Armas.

— É muito gentil de sua parte explicar e ajudar. Suspeitosamente gentil.

— De modo algum. Quanto mais cedo eu convencê-la de que não há evidências, melhor.

Era um eufemismo dizer que as portas se abriam para Brentworth. Elas se abriram quando ele se aproximou. Davina procurou por vigias ou janelas que pudessem ser usadas para identificar visitantes de chegada e para que se pudesse demonstrar a deferência apropriada a um duque.

Ninguém questionou por que ele estava acompanhado. Davina presumiu que eles não ousariam. Até o funcionário mais arrogante ficaria intimidado com a arrogância que Brentworth usava ainda mais confortavelmente do que seus casacos, e suas roupas lhe caíam muito bem.

Eles foram até um cavalheiro preparado para ajudá-los. Brentworth explicou que desejavam examinar os registros relativos às heranças.

— Aristocratas escoceses — acrescentou.

— Temos uma cópia dos registros de Lorde Lyon. Vou trazê-los.

Dez minutos depois, Davina estava ao seu lado enquanto ele folheava um grande livro de páginas de pergaminho encadernadas nas quais estava escrita a história de vários títulos ao longo do tempo.

Alguns tinham ao lado do sobrenome listado *Título inativo* ou *Título desonrado* ou *Título extinto*.

— Aqui está.

Davina leu a fileira de nomes. Ela não tinha ideia de que o título tinha quatrocentos anos, ou que o primeiro barão tinha vindo das Highlands. Cerca de duzentos anos atrás, um MacCallum comprara a propriedade e, portanto, o baronato, como era permitido se fazer na Escócia. Os ancestrais do último barão percorriam a página. Abaixo de seu nome, alguém havia escrito *falecido antes de James, seu filho e herdeiro, que morreu em 1745, registrado e enterrado na Igreja de St. Thomas.*

— Essa é a igreja paroquial perto de Teyhill — disse Brentworth.

— Isso deve se referir ao meu avô.

— Diz que sua morte foi registrada pela igreja.

Ela lutou contra a decepção que descia por seu coração.

— Eu não acho que isso significa muito. Foi divulgado que ele morreu. Pode ter sido gravado dessa forma, para que a história fizesse sentido.

— Diz que há um túmulo.

Seu tom, quase gentil, fez com que ela olhasse da página para o rosto dele. Examinar o tomo em conjunto significava que eles estavam muito próximos um do outro, e agora ela percebia como ele era quente ao seu lado. A expressão dele chamava a atenção de Davina. Agora não mais tão dura. Não triunfante. Ele quase parecia desapontado também.

Ela olhou novamente para a página, a fim de quebrar a conexão peculiar que sentia em relação a ele. Que momento estranho para aquela pequena ponte surgir entre eles, naquela sala empoeirada de todos os lugares, enquanto procuravam evidências para contestar um ao outro. No entanto, ela não podia negar que, por alguns momentos, sentia a presença dele como a de um amigo. E também algo mais. O curto espaço de ar que havia entre eles tremia com uma vitalidade rara.

— É estranho que ele tenha sido enterrado na igreja. Há um cemitério de família na propriedade — disse ela.

— Você sabe disso, não é? Já esteve lá?

Fora um deslize infeliz.

— Uma vez. Com meu pai. Estávamos perto e nos aventuramos a ver o que era.

— Quando foi isso? — Já não mais tão amigável. Nem um pouco amigável. No entanto, estranhamente, aquele tremor não cessou tão rapidamente. Se podia dizer alguma coisa, ficara mais forte.

— Eu tinha talvez dezessete anos. Talvez um ano mais jovem.

— Você invadiu, não importa quando tenha sido.

— Porque deveria ser nosso, invasão é a palavra errada. Não perturbamos nada e não nos demoramos lá. Não entramos na casa. — As memórias daquele dia vieram com mais clareza. — Meu pai queria ter entrado, mas percebeu que a casa estava habitada. Visitantes, disse ele, ou membros da sua família.

O silêncio caiu ao lado dela, um vazio absoluto de som, como se ele tivesse desaparecido. Ela olhou e percebeu que de fato ele tinha, mas de uma forma espiritual. A visão dele voltou-se para dentro. A firmeza em seu rosto havia diminuído. Agora não havia mais tremores entre eles. Em vez disso, silêncio total, como se o ar houvesse congelado no lugar.

Ele apareceu... perdido.

— De qualquer forma — continuou ela, fingindo não ter notado —, saímos rápido e nunca entramos no cemitério. No entanto, se o filho e herdeiro morressem, é onde ele deveria estar, creio eu. Não na igreja.

— Eu irei para ver. — Sua voz parecia normal. Ela olhou e viu que ele voltara ao normal.

— Ele não estará em nenhum dos dois lugares, porque ele não morreu.

— É mais provável que seja. É hora de descobrir. Eu partirei no final da semana. Vamos embora deste lugar empoeirado. Você viu tudo o que havia para ver.

Uma vez ao ar livre, ela recusou a oferta de Brentworth para levá-la de volta para junto da duquesa, ou para casa.

— Eu poderia me valer de uma boa caminhada. — Ela se despediu, mas parou após alguns passos. — Se você vai, eu também vou.

Ele estreitou o olhar.

— Está insinuando que não serei confiável para dizer a verdade sobre o que eu encontrar lá?

— De modo algum. No entanto, esta é a minha missão e, se for para terminar em fracasso, quero ver e ouvir as provas que a condenarão. Acho que tenho direito a isso. Além disso, deixar Londres pode ser sábio. O sr. Haversham pretende bancar o casamenteiro.

— Pelo menos ele se sairá melhor do que aqueles caçadores de fortunas do teatro.

— Não importa quem ele encontre, o problema permanece. Alguém que parece conhecer a natureza masculina me alertou para não me amarrar a um homem que mais tarde poderia me culpar por expectativas frustradas. — Ela se virou para iniciar a caminhada até em casa. A cinquenta metros de distância, ela olhou para trás e viu que o duque ainda a observava.

— As senhoras estão irritadíssimas com você — Langford deu a notícia enquanto se jogava em uma cadeira.

Eric o ignorou. Ele pedira para encontrar Langford e Stratton no clube para falar de coisas importantes, não do humor das senhoras, especialmente porque *as senhoras* a que se referiam eram suas esposas. Do ponto de vista de Eric, Clara sempre ficaria irritada com ele, e levaria anos antes que Amanda expressasse qualquer coisa, de acordo com o que ele sabia sobre ela.

— Agora que vocês dois estão aqui, preciso saber se vão apoiar o projeto de abolição da escravidão nas colônias. Pelo que eu sei, nenhum de vocês tem interesses nas ilhas, pelo menos.

— Você está insinuando que, se tivéssemos, não apoiaríamos o projeto por interesse próprio — afirmou Stratton. — Isso é um pouco insultuoso.

— Se tivessem interesses, ou já teriam se despojado deles ou libertado os escravos de sua propriedade, caso em que eu teria ouvido falar. Toda Londres teria ouvido falar — disse Eric. — Não é um insulto atribuir a moral humana básica a um homem. Agora, vão nos apoiar nessa questão? A menos que consigamos um determinado número, não vale a pena tentar este ano.

— Claro — disse Stratton. — Embora eu não ache que você vá conseguir o número que deseja.

— Estou com você — concordou Langford. — Agora que resolvemos isso, repito: as senhoras estão muito irritadas. Estão dando voz a essa irritação, não estão, Stratton?

— De fato, estão — murmurou Stratton com um suspiro lento.

— O tom resignado dele significa que, quando as senhoras ficam irritadas, são os maridos que sofrem suas longas repreensões contra o mundo — explicou Langford.

— Então é bom eu ter chamado vocês aqui, pois agora podem ter um descanso — disse Eric. — Pois bem, já que estão comigo nisso, preciso lhes pedir um favor.

— Ele não se importa, Stratton. Nossa paz doméstica está em frangalhos por causa dele, e ele não dá a mínima. Em vez disso, pede um favor.

— Como posso ser culpado por seus assuntos domésticos? Se suas esposas estão infelizes, descubram o porquê e resolvam, ou partam para o campo até que elas se acalmem, ou façam seja lá o que os maridos fazem com as esposas que não param de tagarelar sobre alguma coisa.

— Um marido sábio culpa alguém — disse Stratton. — Nesse caso, seria você.

Eric olhou de um para o outro, exasperado.

— A srta. MacCallum vai partir de Londres — Stratton acrescentou, a título de explicação.

— As senhoras culpam você — completou Langford.

— Não consigo imaginar por quê — Eric respondeu inocentemente. — Vocês fizeram com que elas me culpassem?

— Elas acham que você a intimidou, que a assustou, e olhou feio para ela. Ou seja, que, no geral, foi um típico Brentworth com ela — esclareceu Langford.

— Pelo contrário, fui gentil e prestativo. Eu mereço uma medalha pela forma como me controlei. Nenhuma vez eu fiz uma acusação cara a cara contra ela, acusando-a de ser uma fraude e de tentar roubar de mim.

— Espero que não — disse Stratton.

— Bem, eu sou um cavalheiro. Se ela fosse um homem, entretanto...

— O que ela não é. Ela é uma mulher, e indefesa, ainda por cima.

Indefesa? *Indefesa?* Será que Stratton via a mesma mulher quando olhava para a Srta. MacCallum? Aquela mulher era tudo, menos desamparada.

— Eu não a intimidei. Ela nunca pareceu ter medo de mim, o que é um tanto revigorante. E eu não olho feio. Vão para casa e tranquilizem suas esposas sobre isso e tudo ficará bem.

— Você sabe por que ela está indo embora? — Langford perguntou.

— Você sabe?

— Não, nem as senhoras. É por isso que perguntei se você sabe.

— Como saberia se as senhoras não sabem? Não sou o confidente especial da srta. MacCallum.

— Achei que talvez, quando você e ela tiveram aquele encontro que ajudei a organizar, ela houvesse lhe contado. Ela tomou a decisão logo depois, ou pelo menos informou Amanda no dia seguinte. As senhoras acham tudo precipitado, como se ela estivesse fugindo de alguma coisa. — Langford olhou para ele. — Você não tentou beijá-la naquele dia, ou fazer outra coisa que...

— Não tentei. Se é isso que *as senhoras* estão evocando em sua ira e ignorância, peço que deixem bem claro para elas que dou minha palavra de cavalheiro que, de forma alguma, eu avancei os limites com a srta. MacCallum nesse sentido. A mera sugestão é risível.

Langford encolheu os ombros.

— Poderia ter sido um impulso.

— Não tenho impulsos assim com mulheres.

Stratton sorriu.

— Ora, vamos, todos nós temos esses impulsos, até você, mesmo que nunca ceda a eles.

Eric lançou um olhar severo a Langford.

— Por favor, certifique-se de que as senhoras não se iludam com tal noção.

— Farei isso, mas acho que elas podem ficar desapontadas. Eu as ouvi conversando e a palavra *castigo merecido* foi mencionada. Acho que traçaram uma trama elaborada com você como o pretendente que sofria de amor e a srta. MacCallum como a mulher que o rejeitara.

— Imagino que vocês não tenham dito nada para encorajar tamanha bobagem. — Castigo merecido, de fato.

— Claro que não.

Claro que não, inferno. Langford falava demais. Eric imaginou ele e Amanda na cama, com Amanda sondando por fofocas e Langford, em sua felicidade saciada, tagarelando sem parar.

— Você diz que não olha feio, mas está olhando feio agora — ralhou Stratton. — Talvez deva nos informar sobre qual é esse favor que deseja.

— As coisas estão avançando sobre a lei. Tenho que deixar a cidade por um período e gostaria que cada um de vocês sondasse esses nobres para saber que posições eles têm. — Eric enfiou a mão no casaco e entregou a cada um deles uma pequena folha de papel.

Stratton estudou a dele.

— Farei isso, mas duvido que receba respostas firmes de metade desses nomes. — Ele guardou o papel. — A única maneira de essa lei, ou algo parecido, ser aprovada era se os donos de escravos fossem indenizados. Talvez quando a economia estiver melhor...

— A economia nunca estará melhor o suficiente. Custará milhões — disse Eric. — Podemos enfrentar os valores agora ou mais tarde.

Langford não tinha olhado para seu papel. Em vez disso, olhava para Eric. Intensamente.

— Você vai sair da cidade?

— Por um breve período. Parto no dia seguinte.

— Sozinho?

— Eu sempre viajo sozinho.

— Nem sempre. Já houve ocasiões de você levar amantes para alguma de suas propriedades.

— O assunto dessa viagem é negócios, e eu viajo sozinho quando trato de motivos financeiros.

Agora os dois estavam olhando para ele.

— Deve ser muito importante para arrastá-lo para longe bem no momento em que você precisa ficar de olho nessa lei — disse Stratton.

Os dois agora estavam tecendo teias de tolices, tudo porque ele pretendia deixar Londres na mesma época em que aquela mulher deixaria. Não que ela precisasse ir a lugar nenhum. Ela só estava sendo obstinada.

— É bastante importante.

Um brilho apareceu nos olhos de Langford.

— Talvez você encontre a srta. MacCallum durante sua viagem. Em uma estalagem ou algum lugar assim.

— Improvável. Se isso acontecer, porém, serei educado e perguntarei se ela está bem. Agora, vocês falarão com aqueles homens ou não? — Ele apontou para a lista de Langford.

— Oh, absolutamente. Todos eles devem se alinhar. Afinal, como é estranho para eles terem menos moralidade do que eu, dentre todos os homens.

— Então, aonde você vai? — Stratton perguntou casualmente.

Eric esperava que a pergunta viesse de Langford, se é que viria de alguém. Amigos às vezes surpreendiam.

— Oeste.

— Oeste — Stratton disse a Langford.

— Eu ouvi. Parece que podemos dizer às senhoras que, embora ele também vá deixar a cidade, seguirá numa direção completamente oposta à da srta. MacCallum.

Eric teria ficado satisfeito com uma mentira bem contada, porém, era óbvio que nenhum dos dois acreditava nele.

Davina ergueu-se da cama. Ela havia chegado à tarde e tirado uma soneca, o que quase nunca fazia. A viagem tinha sido longa e cansativa, porém, mesmo aproveitando a carruagem e a parelha de cavalos que Amanda tinha insistido que ela usasse.

Aquela carruagem já havia partido de volta a Londres, depois de tê-la conduzido até seu lar de infância em Northumberland. Ela estava no centro do quarto, preparando-se para a nostalgia que quase a afogara quando ela cruzou a porta pela primeira vez. Esperava por ela quando deixou aquele quarto, usado pela governanta naquela época.

Sair de Londres não tinha sido fácil. O sr. Hume expressara desagrado por ela ter abandonado seus deveres com Nora. Davina encontrara outra mulher para ocupar seu lugar de tutora por quinze dias, para que a criança não fosse deixada à própria sorte. Ela explicou ao sr. Hume que qualquer evidência seria encontrada na Escócia, não em Londres, então precisava ir em busca dela. Ele finalmente concordara e, exceto por uma infeliz abertura para levá-la ao norte ele mesmo, desejara-lhe boa sorte.

Antes de partir, ela escrevera ao duque, explicando seus planos e exigindo que ele se juntasse a ela em Northumberland, para que qualquer visita à propriedade do barão fosse feita por eles ao mesmo tempo. Se não respondesse imediatamente com sua concordância, ela havia escrito, ela iria por conta própria e não dividiria com ele nenhuma informação que obtivesse no local onde seu avô vivera.

Ela calçou os sapatos e ajeitou os lençóis da cama. Amanda enviara na carruagem o colchão, os lençóis e a colcha, porque, segundo ela, depois de tantos anos, a casa certamente estaria em péssimo estado de conservação. Davina, ao entrar, agradeceu por sua amiga duquesa nem sempre ter sido duquesa e se provasse uma pessoa tão prática. Antes que o cocheiro partisse, ela o fizera pegar os colchões e lençóis velhos e queimá-los.

Ela entrou na cozinha, encontrou um balde e saiu para buscar água. Ao retornar, viu uma grande mancha marrom e um buraco no teto. Foi isso que a mandou para o quarto da governanta, em vez de para o andar de cima, quando ela decidiu tirar o cochilo. O dano indicava que havia entrado água, provavelmente de um vazamento do telhado. Acima daquele, estava um aposento que seus pais usavam quando a mãe de Davina ainda era viva. Se o telhado estivesse estragado, não seria habitável. Talvez nenhum dos aposentos lá em cima estivesse em condições de uso.

Levou duas horas para limpar a cozinha a ponto de que estivesse usável, e outra para lavar os pratos e utensílios. A noite estava caindo quando ela terminou. Ela comeu um pouco da comida que trouxera, foi buscar água fresca, depois levou o pano úmido para a sala de estar e limpou mais poeira. Arriscando que a chaminé ainda funcionasse, ela usou um pouco do carvão que havia na lata para acender uma lareira.

Concordarei com seu plano para que não vagueie pelo campo sozinha, o duque respondera à carta. *Melhor seria se você permanecesse em Londres. Em outras palavras, vou permitir que complique essa situação mais do que o razoável, porque não tenho escolha, mas você é um estorvo.*

Ele então escreveu que se hospedaria em Newcastle e viria a Caxledge na tarde seguinte ao dia em que ela esperava chegar. Suas instruções de como chegar até a casa não tinha sido das melhores. Já fazia tanto tempo que ela morara ali que podia ter passado alguma instrução errada. Ainda assim, esperava que ele chegasse conforme indicado. Uma das vantagens de ser duque era que provavelmente você poderia encontrar qualquer lugar e qualquer pessoa que desejasse.

Depois de uma limpeza final em seu pequeno quarto, ela se deitou. A chuva a acordou no meio da noite, mas o som e os pingos a embalaram de volta ao sono. Felizmente, foi o sol que a cumprimentou pela manhã.

Assim como a larga poça d'água no meio do chão da cozinha. Ela olhou para aquele buraco. Talvez seu pai tivesse pagado um caseiro quando era vivo. Nesse caso, ele havia se esquecido de informá-la, e Davina não havia tomado nenhuma providência após a morte do pai. Culpando apenas a si mesma pelo estado da casa, ela amarrou o vestido acima dos joelhos, pegou o balde e o esfregão e começou a trabalhar.

O duque disse que chegaria à tarde. Depois de terminar a faxina, ela andaria até o vilarejo e investigaria um pouco antes de ele chegar.

***

Eric viu os arredores de Newcastle darem lugar a campos e vilas, e ressentia-se da inconveniência daquele coche. Duvidava de que a srta. MacCallum tivesse um cavalo, no entanto, ou mesmo que cavalgasse, então o coche havia se tornado um inconveniente necessário, como muitas outras coisas naquela viagem.

Seu cocheiro tinha as instruções que ela lhe dera, mas algumas perguntas em uma estalagem no caminho proporcionaram orientações melhores. Eles pararam em frente ao chalé antes do meio-dia, algumas horas mais cedo do que ele dissera que chegaria.

A polidez ditava que ele não anunciasse sua presença ainda. A conveniência dizia o contrário. Ele saltou da carruagem e parou enquanto examinava a casa. Não era grande, mas seria bonita se fosse mais bem conservada. Infelizmente, o gesso precisava ser raspado e pintado, e os pássaros haviam feito uso livre dos beirais para seus ninhos. O jardim mostrava anos de abandono. A natureza estava ocupada reclamando aquele pedaço de terra para si. Se deixado sozinho por mais alguns anos, o chalé estaria a caminho de se tornar uma ruína.

Ele tentou bater na porta sem nenhum propósito específico. Talvez ela ainda não tivesse chegado ou já tivesse partido. Ele deu uma volta pela casa, através de um portão sem dobradiças, e procurou a porta dos fundos. O caminho, há muito muito tempo dominado pelo mato, levou-o além de um poço até uma varanda de pedra.

A porta ali estava aberta, mas nenhum som vinha de dentro. Ele enfiou a cabeça na soleira e entrou.

A srta. MacCallum estava sentada no que era uma cozinha. Ela não o viu nem ouviu. Sua cadeira estava voltada para uma lareira fria. Ela fitava o vão onde deveria haver fogo quase sem ver. Havia um balde ao lado de sua cadeira, e um esfregão apoiado na parede.

Suas pernas estavam esticadas na frente do corpo. Pernas nuas. Pernas bem formadas. Pernas lindas, cor de marfim com um toque de rosa. Ela também não usava sapatos nem chinelos, então seus lindos pés tocavam de leve o chão de tábuas.

Eric percebeu que o vestido estava amarrado entre as pernas no mesmo instante em que ela percebeu que não estava sozinha. Ela olhou abruptamente para ele, as mechas de cabelo loiro na altura dos ombros balançando como uma cortina perturbada por uma brisa. Ela olhou diretamente para ele, depois para o casaco e para as botas.

— Bem-vindo, duque. Eu ficaria mais satisfeita em vê-lo se você não estivesse fazendo um rastro de barro no meu chão limpo.

De fato, ele tinha sujado o chão, mas o dano estava feito.

— Tentei fazer um rastro de barro no chão da frente, mas ninguém respondeu quando bati.

— Eu estava devaneando, suponho. Lembrando dos tempos que passei aqui com meu pai e minha mãe. Entre e sente-se, e vou refazer essa parte da limpeza antes que eu desista.

Ele saiu, raspou a maior parte da lama de suas botas usando a borda da pedra da soleira e então retornou. Ele deu passos largos para chegar à cadeira da mesa de trabalho. Sem fazer nenhum comentário, e com os quadris ainda cingidos e as pernas bem visíveis, a srta. MacCallum agarrou o esfregão e mergulhou-o no balde. Então ela se curvou para torcer.

O que significava que seu traseiro subira até o rosto de Eric. Pernas nuas e bem torneadas e pés finos e delicados. Cintura estreita e quadris largos. Nádegas belamente arredondadas. Eric se orgulhava de não ser impulsivo, mas houve vários impulsos quase avassaladores naquele momento.

O primeiro era desamarrar a saia e levantá-la para ver o quanto eram arredondadas aquelas nádegas. O segundo era insistir que ela não deveria fazer aquele trabalho; ele contrataria alguém para vir e fazer isso por ela. O terceiro era estender a mão e acariciar aquela forma feminina que praticamente estava sendo oferecida a ele. O quarto era fazer muito mais do que acariciar.

Ela se endireitou, como se soubesse o que ele contemplava.

— Você chegou cedo — disse ela, enquanto dava outra passada nas pegadas enlameadas. — Você disse que chegaria à tarde.

— Levantei cedo e não sabia quanto tempo ia demorar, então partimos. — Isso era verdade, mas não toda a verdade. Ele poderia ter esperado uma hora ou mais depois do café da manhã antes de vir, porém não quis.

— *Nós?*

— O cocheiro.

— Você trouxe seu criado pessoal também? Alguns lacaios? — Ela sorriu com travessura.

— Sem pajem ou lacaio.

— O quê? Quem vai fazer as coisas por você?

Ela gostava de provocá-lo. Ele gostava de olhar para ela, parada ali, encostada no cabo do esfregão, alheia a como ainda exibia as pernas. O tecido estava preso mais alto no lado esquerdo, que estava de frente para ele, deixando a parte inferior de sua coxa visível.

— Achei que você faria, é claro — disse ele. Impulsivamente.

O rosto dela entrou em choque antes de rir. No entanto, ele a deixou constrangida porque, de repente, ela se lembrou que estava com as pernas nuas. Ela mexeu com a saia, desamarrando-a até que caiu em uma confusão amarrotada.

— Na verdade, sou capaz de cuidar de mim mesmo e normalmente prefiro assim quando viajo — explicou ele. — É chato ter criados a reboque, e os contratados nas hospedarias raramente são úteis.

— Que estranho e incomum. — Ela caminhou até uma prateleira, abriu uma caixa de madeira e retirou um pedaço de pão. Ela o colocou sobre a mesa, em seguida, trouxe uma cesta de queijo e a colocou ali também. — Como foi que você aprendeu? Eu pensaria que havia alguém fazendo isso por você desde o dia em que nasceu, e você não saberia se vestir, muito menos se barbear e fazer tudo o que os cavalheiros devem fazer.

— Vou lhe dizer, mas você nunca deve contar a ninguém.

Ela deslizou para a cadeira do outro lado da mesa e cortou um pouco do pão e do queijo. Ela pegou uma fatia e passou o resto para ele.

— Eu prometo.

— Quando estava na universidade, um amigo e eu escapulimos e fomos a um lugar onde estávamos proibidos de ir. Nossos planos foram frustrados quando ambos pegamos no sono. A manhã chegou e lá estávamos nós. Sem pajens. Ninguém para fazer nada por nós. Então, descobrimos como nos virar sozinhos, voltamos e ninguém ficou sabendo. Exceto por um corte no queixo, eu estava tão bem-arrumado como se meu pajem tivesse cumprido suas obrigações. — Ele deu de ombros e se serviu de um pouco de pão. — Decerto, eu demorei muito mais. Tanto mais que voltarmos incógnitos foi algo que quase deu errado.

Ela colocou o queijo na boca, seus finos dentes brancos emergindo de seus lábios para dar a mordida. Eric tentou fortemente não imaginar aquela pequena mordida pousando em outro lugar. Vários outros lugares.

— Essa é uma história interessante. Acho que você e seu amigo visitaram um bordel.

— Por que pensaria isso?

— Você precisava se vestir de manhã. Além disso, se tivesse dormido com suas roupas, nunca poderia ter ficado bem depois de se vestir. Você estaria muito amarrotado. Ou seja, você dormiu nu, ou quase nu.

Maldição, ela era inteligente.

— Recuso-me a confirmar suas conclusões escandalosas.

— Também acho que o amigo era Langford.

— Agora você está apenas palpitando.

— Amanda disse que vocês são amigos há anos e anos, e que ele sempre foi indisciplinado e terrível.

— Não mais do que a maioria dos homens. Ele é, entretanto, indiscreto ao extremo, então o mundo inteiro sabe o quanto ele tem sido terrível.

Ela ergueu o balde, saiu e jogou a água fora. Quando voltou, ela o colocou no chão e o esfregão em um armário comprido. Então cruzou os braços e franziu a testa para o teto.

Seu olhar seguiu o dela e viu o buraco entre duas vigas.

— Ah. Choveu ontem à noite. Você estava limpando o resultado disso.

— O telhado está vazando com certeza, e a água está vindo direto para cá. Já tem acontecido há muito tempo. Vê como o piso de madeira aqui está manchado e empenado? Recusei-me a ir ver como os aposentos superiores devem estar ruins. Testemunhar as provas da minha negligência seria muito desanimador.

— Eu vou. — Ele se levantou e saiu, encontrou a escada e subiu.

Ele examinou os quartos e voltou a descer.

— Não é uma boa notícia, mas poderia ser pior. O telhado está ruim em dois lugares, mas pode ser consertado por enquanto.

— Colocarei o balde embaixo deste aqui até terminarmos nossos assuntos, então tratarei de contratar um homem antes de retornar a Londres.

Ele olhou para aquele buraco.

— Só vai aumentar com as chuvas de outono. Nada arruína uma casa mais rápido do que água.

— Exceto fogo.

As palavras fizeram o espírito de Eric parar, o coração batendo forte no peito.

— É verdade.

— Isso terá que esperar.

— Vou levá-la de volta à pousada e arranjar um quarto para você lá. Não pode morar aqui com a casa neste estado.

— A cama que usei ontem à noite fica lá atrás, e está bem seca. Um balde é tudo de que preciso para não ter que enxugar a água da chuva.

Houve uma leve hesitação antes de ela recusar, mas a recusa veio com firmeza.

— É muito mais sensato ficar na pousada.

— Vou ficar aqui, obrigada.

— Então deixe-me ver o que mais pode ser feito. — Ele a deixou e caminhou pela casa, então saiu e foi até a carruagem.

— Você carrega algumas ferramentas consigo, suponho — ele disse a Napier, o cocheiro.

— Claro. Nunca se sabe quando haverá um problema com uma roda ou qualquer outra coisa. — Napier deu a volta para a parte de trás da carruagem e abriu uma caixa para revelar um martelo, alguns pinos e uma barra de ferro. — Posso perguntar por que precisa delas, Vossa Graça?

— O telhado desta casa foi danificado. Eu não preciso consertá-lo. Só preciso fazer um remendo até que alguém que entenda de telhados possa cuidar dele adequadamente.

Napier mordeu o lábio inferior.

— Eu faria isso com prazer, mas minha perna ruim tem me dado problemas ultimamente. Não posso subir em telhados desse jeito, posso?

A perna ruim de Napier sempre dava problemas quando seu dono não queria fazer algo.

— Então eu mesmo subo. Deve haver um celeiro aqui ou um anexo onde as telhas de reserva eram armazenadas. — E então ele foi procurar.

A certa distância da casa, no jardim dos fundos, ele encontrou a estrutura que servia de cocheira e estábulo. Com uma pequena busca, ele descobriu o estoque de telhas de reserva. Com vários em uma das mãos e uma escada no ombro, ele voltou para a frente da casa. Tirou a sobrecasaca e arregaçou as mangas.

— Aproxime a carruagem do pórtico para que eu possa usá-la para chegar lá. Então você terá que me entregar a escada, as ferramentas e esta telha para que eu possa levá-las até o telhado.

Balançando a cabeça, Napier subiu em seu assento e manobrou os cavalos para que o banco da carruagem ficasse logo abaixo do beiral do pórtico.

— Se o senhor quebrar o pescoço, espero que ninguém me culpe.

Eric subiu e ficou em pé no assento. Ele não tinha a menor ideia do que estava fazendo. Podia muito bem acabar quebrando o pescoço. Tinha uma ideia ainda mais remota do *porquê* de estar tomando aquela atitude. No entanto, ali estava ele, içando-se para o telhado do pórtico. Se ele conseguira descobrir como cuidar de si mesmo depois de uma noite no bordel quando tinha dezessete anos, na sua opinião, poderia muito bem descobrir como ajudar a srta. MacCallum naquele dia.

Ele estava apenas sendo prático. O telhado precisava ser remendado ou a casa ficaria inabitável. Nada disso tinha a ver com aquelas pernas nuas.

<hr>

Como o duque não voltou rapidamente, Davina sentou-se e terminou seu desjejum. Ela havia se esquecido de comprar café, então só tinha água de poço para beber, mas, depois de tanto trabalho, a água a refrescou. Ela levou o resto para o quarto, lavou-se e trocou de vestido. Em seguida, levou a bacia para fora para despejar a água.

Fazia mais de um mês desde que ela cuidara de afazeres domésticos, e seu tempo na casa do sr. Hume a havia deixado mal-acostumada. Se um duque podia cuidar de si mesmo, ela certamente também poderia, mas nunca tinha gostado de tais tarefas. Claro, o duque teria alguém para lhe trazer água enquanto estivesse na pousada, e alguém para preparar a comida para ele, e um criado para secar qualquer água espirrada no chão, de modo que, em comparação, cuidar de si mesmo era algo totalmente diferente.

Ela deveria ter aceitado a oferta de ficar na estalagem. Quase tinha aceitado. Era uma solução muito sensata. Apenas um segundo de consideração a fizera recusar. Não queria se afastar daquelas lembranças. Por outro lado, ela admitia para si mesma que a mera noção de dormir sob o mesmo teto de Brentworth evocava uma reação muito estranha nela. Um alerta emocionado pulsava por ela como uma corda de harpa dedilhada, como se a ideia representasse perigo. Estúpido, claro, mas foi o suficiente para que ela se condenasse a viver ali.

Percebendo que uma boa meia hora havia passado, ela se aventurou a sair para ver o que ele estava fazendo. Para sua surpresa, a carruagem quase bloqueou seu caminho para fora do pequeno pórtico. O cocheiro permanecia sentado, olhando para cima, fazendo uma careta.

Ela desceu e se virou para ver o que prendia a atenção dele. No telhado, o duque caminhava, o casaco então descartado, carregando algumas telhas de ardósia. Era admirável que ele não simplesmente escorregasse.

— O que ele está fazendo? — Davina perguntou ao cocheiro.

— Consertando — disse ele, e balançou a cabeça em negativa.

O duque tinha se acomodado no telhado e trabalhava em alguma coisa. Então, jogou pedaços de ardósia no jardim.

— Ele faz isso com frequência?

O cocheiro olhou para ela, horrorizado.

— Por que ele faria isso? Não há sentido em ser um duque se você tem que consertar seu próprio telhado, não é? — Ele olhou para o telhado novamente. — Estará arruinando as mãos dele na tarefa.

Se ele nunca tinha feito isso antes, ela se perguntava o que o levara a fazer naquele momento. Também se perguntava se ele tinha alguma ideia de como consertar um telhado, mas esperava que a maior parte do trabalho fosse óbvia assim que a pessoa subia lá.

De repente, ele escorregou um pouco. Não muito, mas o suficiente para que tivesse que se apoiar com as pernas. O cocheiro ofegou audivelmente. O coração de Davina deu um pulo.

— Não cabe a mim repreender, Vossa Graça, mas eu ficaria muito grato se o senhor não caísse daí! — gritou o cocheiro.

— Não tenha medo, Napier. Estou seguro e quase acabando. Pena que não havia pregos de cobre naquela sua caixa. Eu poderia ter consertado em definitivo se os tivesse. Esses de madeira não duram mais do que um mês e são um pouco pequenos para os furos feitos na ardósia.

Davina decidiu que esperaria lá dentro; assim, se ele caísse, ela não veria. Voltou então para a cozinha e ensaiou tudo que sabia sobre como consertar ossos quebrados.

— Você não tinha que consertar o telhado.

A srta. MacCallum esperou até que eles estivessem na carruagem, indo em direção à aldeia, antes de fazer o comentário.

— Não foi nada.

— Sua censura foi bem compreendida. Eu deveria tê-lo agradecido. Então, obrigada por consertar meu telhado, mesmo que pudesse ter quebrado o pescoço.

— Em vez de *mesmo que*, tente *especialmente porque*. Então, será um agradecimento adequado.

Ela parecia envergonhada, então percebeu que ele estava brincando.

— Se você tivesse quebrado qualquer coisa além do pescoço, talvez eu pudesse ajudá-lo. Um pescoço, no entanto... bem, não há o que se possa fazer quanto a isso.

— Se algum dia eu quebrar o pescoço enquanto conserto seu telhado, por favor, não deixe os jornais saberem como morri. Diga que caí do cavalo.

— Claro. Suponho que mancharia sua reputação morrer enquanto executa tarefas tão servis.

— Não é o *como*, mas sim o *quem* que interessaria aos jornais. Pois bem, para onde vamos hoje?

— Primeiro, vamos visitar o sr. Portman. O sr. Jacobson me escreveu com o nome dele quando eu, antes disso, escrevera para pedir referências a alguém com idade suficiente para ter lembranças que me fossem valiosas. Depois disso, pretendo visitar uma velha amiga minha. Você pode voltar para a pousada assim que terminarmos com o sr. Portman. Vou caminhar até em casa.

A caminhada seria de uns bons cinco quilômetros, ao que parecia. Ele não discordou, mas ela não voltaria a pé para casa.

Caxledge era um vilarejo de bom tamanho com três vias principais e uma variedade de outras. Em seus arredores, algumas casas pareciam mais novas do que as do centro. A indústria de Newcastle havia começado a alterar o vilarejo porque ficava próximo o suficiente para participar da prosperidade da cidade maior.

A srta. MacCallum tinha recebido as instruções para chegar à casa do idoso e eles pararam em frente à pequena residência rapidamente.

— Espero que ele me receba — disse a srta. MacCallum.

— Não se preocupe. Ele vai nos receber.

De fato, ele receberia. O *nós* era a garantia disso. Após dar uma olhada no cartão do duque, a mulher que atendeu à porta os conduziu para dentro.

— Meu avô está no jardim. Basta atravessarem, por gentileza. — Ela apontou para os fundos da casa.

Eles passaram por uma sala de estar e uma sala de jantar, depois por uma cozinha. A abundância de móveis, junto com tetos baixos, limitava o espaço, de modo que o duque parecia muito grande para estar ali. A risada de uma criança ecoou de cima quando eles saíram por uma porta dos fundos.

— Que jardim encantador! — exclamou Davina. Ela fez uma pausa para absorver a visão. Pequeno, como a casa, tinha sido cultivado com o olhar de um artista. Videiras cobriam as paredes, e uma bela árvore frutífera ficava em um canto. O resto mostrava canteiros de flores com algumas últimas flores apoiadas por arbustos de vários tamanhos e formas. Uma passagem de pedra serpenteava por tudo.

O artista, ao que parecia, era o sr. Portman. Ele os ouviu e se levantou de onde trabalhava no solo enquanto estava de joelhos. Veio na direção deles, olhando através dos óculos enquanto tirava as luvas de trabalho.

Um homem baixo e magro, de pelo menos oitenta anos, ele se manteve firme diante do duque muito alto e se apresentou à Davina.

— Um certo sr. Jacobson aconselhou a srta. MacCallum a fazer uma visita — explicou ele.

— O senhor conhece Jacobson, é? Como está o menino? Muito bem, se ele conheceu um duque.

— Ele parece satisfeito. Ainda está fazendo botas — respondeu Davina.

— Faz as melhores. Foi por isso que ele se foi. Não há ninguém aqui disposto a pagar o que vale. — Ele baixou os olhos incisivamente para um par de botas de alguém que poderia pagar por botas boas. — Mas essas não parecem ser as dele.

— Ainda não tive a sorte de conhecê-lo — disse Brentworth.

— Porém, eu tive — revelou Davina. — Ele achou que o senhor poderia me ajudar. Estou buscando informações sobre minha família.

Ela recebeu um sorriso amável e pesaroso. O sr. Portman coçou o queixo.

— Achei que a senhorita parecesse um pouco familiar. Então, é da família MacCallum que vivia no sul da vila, não é? A senhorita se parece com a mulher com quem o filho se casou.

— Sou filha deles. Meu pai e eu partimos há alguns anos.

— Não muito depois da morte do pai dele, pelo que me lembro. Eu o conhecia, no entanto.

— Ele era nascido por essas partes? — perguntou Brentworth.

O sr. Portman balançou a cabeça.

— Ele veio como um menino. Isso era bem conhecido. Ele foi criado como filho adotivo, por um casal que não tinha filhos. Era um tipo inquieto, como se soubesse que estava no lugar errado. Disseram-me que ele era um pouco encrenqueiro quando jovem. Não o que a senhorita quer ouvir, provavelmente.

— Quero ouvir qualquer coisa que o senhor possa me dizer. Ele tinha algum tipo de apelido?

— Não que eu me lembre.

— O sr. Jacobson disse que às vezes ele era chamado de barão.

— Ah, bem, isso não era um apelido. Ninguém se dirigia a ele assim, mas os mais velhos, como meus pais, às vezes se referiam dessa forma quando falavam dele.

— Uma referência à sua postura, talvez — opinou Brentworth. — Uma crítica particular de certos ares que ele tivesse em relação aos demais?

— Também não me lembro de ter sido assim. Sem brincadeira ou crítica, parece-me. Apenas uma palavra que às vezes era usada entre eles. Uma coisa simples, como se talvez, quando ele era jovem, esse rótulo tivesse sido colocado nele e os antigos ainda se lembrassem.

O sr. Portman era tão vago quanto o sr. Jacobson. Davina decidiu cutucar as memórias de forma mais incisiva.

— O senhor já ouviu alguém dizer que ele era *realmente* um barão?

Em vez de zombar da sugestão, o sr. Portman ficou pensativo.

— Não, mas agora que a senhorita mencionou, ele disse isso uma vez. Estava na taverna certa noite. Ele havia partido... apenas se levantado e partido, e todos nós achamos que ele nunca voltaria, que tinha abandonado a família... Há homens que fazem isso quando ficam mais velhos e atingem certa idade. Sair para agarrar um pouco de vida antes que seja tarde demais.

— O que ele disse? O senhor estava lá? — pressionou Brentworth.

— Eu estava lá. Ele chegou tarde, bebeu duas canecas, depois disse aos amigos algo como: *Eu não deveria estar aqui. Eu nasci um barão.* Mais homens além de seus amigos ouviram isso, e todos fizeram troça dele. Até mesmo ele entrou na brincadeira. Bem, um homem com seus copos diz muitas coisas estúpidas.

— Houve mais exemplos de algo semelhante? — perguntou Brentworth.

— Nada. Ele foi para casa e o assunto se encerrou. — Ele olhou para Davina. — Seu pai sofreu muito quando ele morreu. Ele insistiu que, se um médico tivesse vindo, ele poderia ter sobrevivido.

— Nós fomos embora para que ele pudesse estudar para se tornar médico — contou ela. — Fomos para Edimburgo e ele se tornou médico para ajudar os outros.

— Uma nobre vocação. Ainda não temos um aqui, apenas um velho açougueiro, mas ele não serve para o que nos aflige por dentro às vezes. Temos que mandar buscar médico em Newcastle, e não há ninguém que venha até aqui sem que a fatura seja paga. Então, na maioria das vezes, nós nos contentamos com os remédios antigos. — Ele deu um tapa no peito. — Eu nasci com bom sangue, então estou bem. Houve uma febre forte no final do verão que perdurou, mas fui poupado. Alguns ainda estão sendo acometidos por ela, de tão ruim que foi, mas continuo trabalhando com meus amigos. — Ele apontou para o jardim.

— O senhor criou um pequeno paraíso aqui — elogiou Davina.

— Vamos nos despedir agora, para que possa continuar — disse Brentworth. — No entanto, o senhor pode nos ajudar de outra forma.

— Eu ficaria feliz em ser útil, embora seja difícil recusar um duque que tenha o dobro do nosso tamanho. — Ele gargalhou da própria piada. — Do que precisa?

— O nome de um homem que seja muito bom em consertar telhados de ardósia.

— Veremos esse telheiro, o sr. Bates, antes de irmos embora do vilarejo — avisou Brentworth assim que saíram da casa.

— Você pode vê-lo se quiser. Vou visitar minha amiga Louisa. — Ela apontou para a alameda. — A casa da família dela fica logo depois do cemitério. Se ela não morar mais lá, alguém saberá onde ela está.

— Vou acompanhá-la, caso precise da carruagem.

Eles caminharam pela alameda, passando por casas parecidas com a do sr. Portman. Davina não havia percebido como muitas das casas eram tão pequenas. Quando menina, eles eram só o que ela conhecia. Depois de passar vários anos em Edimburgo, as casas e os chalés das aldeias pareciam ter diminuído consideravelmente.

Eles passaram pela igreja de pedra e ela parou na casa de Louisa. Davina ficou sabendo que Louisa se casara com um fazendeiro e morava cerca de um quilômetro e meio a leste do vilarejo.

— Parece que você vai precisar da carruagem — disse Brentworth.

— É apenas um quilômetro e meio.

Tarde demais. A carruagem estava atrás deles e agora se aproximou mais rapidamente quando Brentworth ergueu o braço.

Ela subiu e ficou surpresa quando ele entrou também.

— Você ia visitar um telheiro.

— Primeiro vou levá-la à casa da sua amiga. Depois irei visitar o telheiro e voltaremos para buscá-la.

O duque havia decidido como seria, e ela duvidava de que qualquer razão que pudesse reunir na mente fosse mudar a ideia dele.

— É assim que as damas vivem, com cavalheiros acompanhando-as de um lado para o outro por onde passam?

— Pode ser um lacaio, não um cavalheiro.

— Lamentável.

— É apenas para a proteção delas.

— Isso não é verdade. É também privá-las da liberdade de fazer o que quiserem.

— Que ideia cínica. O que uma dama pode não fazer se tiver a proteção de um acompanhante?

Davina pensou um pouco.

— Visitar uma amiga que não seja aprovada pela família ou pelo marido. Ou uma área da cidade aonde ela normalmente não iria. Ou... um homem. Ela não poderia simplesmente visitar um homem sem que isso fosse conhecido por aqueles que procuram protegê-la.

Ele baixou as pálpebras.

— Isso porque é de tipos como ele que desejam protegê-la.

— Dependendo de quem ele for, isso também pode ser triste.

Ele inclinou a cabeça de lado.

— Você busca se livrar da minha companhia para poder visitar um homem? Talvez um velho namorado de quando você morava aqui?

— Claro que não.

— Então, aceite minhas noções antiquadas sobre meus deveres de cavalheiro.

— Se vamos ser específicos sobre a minha proteção, não deveria haver mais alguém aqui? Uma acompanhante?

Ele apenas olhou para ela.

— Outra mulher — ela continuou, conseguindo não vacilar sob aquele olhar intenso. — Para me proteger de você. Não que eu precise ser protegida de você, é claro, não preciso da proteção de ninguém. Foi apenas seu senso de obrigação e dever. No entanto, é uma linha tênue, não é? — Ela prosseguiu, tentando se afastar das implicações do que estava dizendo, mas descobrindo que só se atolava cada vez mais. — Estou apenas falando sobre onde o estrito decoro leva alguém em tais situações, isso é tudo, não que eu, de alguma forma, esteja correndo perigo por sua causa, meu Deus, não, mas, se alguém seguir sua maneira de pensar, verá que estaria sendo cúmplice dessa situação que não é exatamente aceitável, mesmo que eu não seja criança. Não que eu diria que você faz coisas inaceitáveis... — Suas últimas palavras derivaram para o silêncio que a encarava.

— Seu argumento, perdido em algum lugar do que você falou, foi bem entendido. Não posso discordar de nada do que disse, exceto de uma pequena parte.

— Que parte?

— A parte em que você disse que não precisa de proteção em relação a mim. — Ele olhou pela janela. — Parece que estamos chegamos.

A srta. MacCallum quase saltou da carruagem. Ruborizada, ela não se mexeu nem o olhou. Ele a havia perturbado, por fim, com o último comentário.

Ela deixou o olhar percorrer a casa de fazenda e o jardim.

— Imagino que ela esteja muito mudada. Eu estou. Já se passaram alguns anos.

— Você escreveu?

— Sim, escrevi. Depois de algumas cartas, no entanto, ela parou de me responder. Talvez, depois de casada, estivesse muito ocupada.

Brentworth sentiu que debatia internamente se deveria fazer a visita ou não. Ele a deixou levar o tempo que precisasse para se decidir.

A casa da fazenda parecia ser uma casa de campo de bom tamanho, com um jardim bem cuidado na frente. Passando por ele, nos fundos, avistava-se outro jardim, provavelmente para a cozinha e os anexos. Mais além começavam os campos. No primeiro, um cavalo pastava. O marido de sua amiga devia ser um fazendeiro e não um inquilino nas terras, se ele tinha um cavalo.

A porta se abriu e um homem alto de cabelos cor de areia saiu. Ele olhou para a carruagem, então dirigiu uma expressão curiosa para eles.

A srta. MacCallum deu um passo para trás.

— O senhor deve ser o sr. Bowman. Sou Davina MacCallum. Eu cresci aqui e conheci Louisa quando éramos meninas. Vim na esperança de fazer uma breve visita a ela.

Ele a encontrou no meio do caminho.

— É uma gentileza de sua parte, mas a senhorita não vai poder fazer isso. Também não deveria entrar na casa. Ela pegou aquela febre e está de cama.

A srta. MacCallum franziu as sobrancelhas e olhou para a casa.

— Quem está cuidando dela?

— Eu estou, da forma como ela permite. Ela não me deixou entrar e me disse para manter nosso filho longe, então ele está dormindo na sala de estar. Levo comida e essas coisas, mas ela me manda embora. Ela teme pelo menino.

— E pelo senhor, mas isso nunca funcionará assim. — A srta. MacCallum desviou do sr. Bowman e foi até a casa.

O sr. Bowman observou-a e depois se voltou para Brentworth.

— O que ela está fazendo?

— Indo ver sua esposa, presumo.

O sr. Bowman olhou para a carruagem.

— Não vemos nada como isso por aqui. Quem é o senhor?

— Brentworth.

O sr. Bowman parecia não saber exatamente quem era aquele lorde, mas sabia pela carruagem e pelo título que era um aristocrata de algum tipo.

— A dama pode ficar doente se entrar lá. Talvez o senhor queira detê-la.

— Eu poderia querer, mas duvido que consiga. — Mesmo assim, ele seguiu a srta. MacCallum para dentro da casa, com o sr. Bowman logo atrás, desejando que, ao ouvir que dentro da casa havia doença, ele tivesse pegado a srta. MacCallum e a jogado de volta na carruagem.

O filho estava sentado na sala, batendo um pedaço de pau no chão. Loiro como o pai, ele parecia ter cerca de oito anos.

— Aquela mulher perguntou onde estava a mamãe, depois subiu as escadas — relatou ele.

Eric decidiu que queria muito impedir a srta. MacCallum de ficar com a amiga doente. Ele começou a subir as escadas atrás dela.

— Não suba.

Ele olhou para cima e avistou a cabeça dela despontando por uma porta entreaberta.

— Se você adoecesse, eu provavelmente seria exilada do reino — acrescentou ela.

— E se você adoecer, eu não vou me perdoar.

Ela fez um gesto de enxotar.

— Eu raramente fico doente.

— Não é o que diz o seu cabelo.

Ela sentiu o cabelo balançando perto das bochechas.

— Bem, uma vez, eu adoeci. Estou dizendo que não há razão para mais de uma pessoa correr o risco e eu já corri. Você pode ajudar, entretanto. Percebo que ela precisa de água. Muita. Ela não tem bebido o suficiente. Isso pode fazer toda a diferença. Peça ao marido para tirar um pouco de água fresca do poço e trazer uma jarra para mim. Depois eu poderia usar um pouco mais, aquecida pelo fogo, não muito quente, e alguns trapos.

A cabeça dela desapareceu. Tendo emitido as ordens, ela voltou para sua paciente.

Ele refez seus passos e transmitiu ao sr. Bowman os pedidos que ela fizera. Depois de levar a jarra para cima, ele colocou mais água na pedra da lareira e acendeu um pouco mais o fogo.

Ele olhou para as escadas enquanto esperavam.

— Ela sabe o que está fazendo?

— Disseram-me que sim.

— O senhor não sabe?

A resposta soara desleal. Então ele a corrigiu:

— Acredito que ela saiba sim.

— Estou pensando, com os senhores aqui, devo selar meu cavalo e cavalgar para Kenton. Fica a apenas a oito quilômetros de distância e há um cirurgião lá. Pagarei a ele o que for preciso para trazê-lo.

— Eu perguntaria à srta. MacCallum se ela acha que é necessário. Se ela achar, ficaremos aqui com sua esposa e filho até o senhor voltar.

O sr. Bowman deu alguns passos em direção à escada e parou. Ele olhou para trás por cima do ombro timidamente.

— Ela não parece ser o tipo de mulher que alguém gostaria de contrariar. Pode se sentir insultada se eu sugerir que buscaria um cirurgião.

— Posso fazer isso, se o senhor preferir.

Ele deu um passo para o lado.

A srta. MacCallum abriu a porta após a batida. Pela fresta, ele podia ver uma mulher deitada em uma cama, seminua.

— Ele quer aproveitar a nossa presença para sair a cavalo e buscar um cirurgião.

— Meu Deus, não. Um cirurgião com certeza a sangrará, e nada de bom resultará disso. No estado em que ela se encontra, isso poderia matá-la.

— É tão grave assim?

— Ela está com febre há algum tempo. Dias. Percebo por seus olhos e pela pele que está muito desidratada, e isso piorou as coisas. Estou dando água às colheradas e fazendo compressas pelo corpo para diminuir a temperatura. Sangrar é a última coisa de que ela precisa. Diga a ele que nada de cirurgiões.

— Que tal um clínico?

— Você ouviu o sr. Portman. Não há nenhum médico num raio de muitos quilômetros.

— Mandarei a carruagem para Newcastle e direi a Napier para voltar com um médico.

Ela hesitou.

— Ele não saberá para onde ir.

— Ele encontrará um. Vou garantir que o homem seja bem recompensado por vir.

Ela olhou novamente para o quarto.

— Sim, por favor, faça isso. Eu acho que... — Sua voz falhou, e ela piscou as lágrimas que se formavam. — Acho que pode ser tarde demais, mas vou continuar o que estou fazendo e espero que um médico possa fazer mais.

Ela sentiu um nó no estômago com a tristeza. Brentworth queria confortá-la. E se virou para fazer a única coisa que poderia ajudá-la.

***

Davina sentou-se ao lado da cama e torceu outro pano. Ela o usou para limpar os braços e o peito de Louisa. A pele estava quente sob seu toque.

Ela colocou o pano de volta no balde, pegou o copo d'água e sentou-se ao lado da amiga. Ergueu-a com um braço e usou o outro para levar o copo aos lábios.

— Você deve beber, mesmo que seja apenas um gole. Sim, assim. Um pouco mais agora.

Louisa obedeceu até ingerir dois goles, então afundou de volta no travesseiro. Ela piscou, olhou para Davina, então franziu a testa.

— Eu conheço você.

Foram as primeiras palavras que Louisa dissera. Davina não tinha certeza se ela havia percebido sua presença antes.

— Sou eu, Davina. Éramos amigas quando meninas. Eu estava viajando e decidi visitar você.

— Meu filho...

— Ele está lá embaixo com seu marido, e bastante saudável. — Ela colocou a palma da mão na bochecha de Louisa. Ainda quente. Quente demais. Perigosamente quente. — Foi sensato não o deixar por perto, mas temo que você não tenha comido ou bebido o suficiente sozinha.

— Eu praticamente só dormi, eu acho. — Ela parecia pronta para dormir novamente. Davina aproveitou a oportunidade para fazê-la ingerir mais água e depois pousou o copo.

— Você está bem, Davina? Feliz em Edimburgo?

— Muito feliz. Não tente falar. Não preciso de uma visita social hoje. Em outra ocasião, sentaremos no jardim e contaremos uma à outra sobre os anos que se passaram.

— Eu me casei com o sr. Bowman. Ele é bom para mim e para nosso filho. Não é como papai.

Quando menina, Louisa temia o pai e tentava evitá-lo. Davina sempre suspeitou que ele batia nela.

— Fico feliz em saber. Você merece um bom homem.

Louisa acenou com a cabeça, sonolenta.

— Bom homem.

— Ele tem uma bela fazenda aqui. Suponho que fosse uma propriedade da família dele. Eu não os conhecia, mas me lembro do nome.

— Neil esteve no exército. Voltou para casa depois da guerra e eu comecei a caminhar com ele. — Ela se torceu sob o lençol. — Estou com tanto calor agora. Calor, depois frio, depois calor, então... — Suas palavras sumiam e se arrastavam.

— Durma. Estarei aqui quando você acordar. Quer ver seu marido?

Ela balançou a cabeça.

— Não quero que eles também fiquem doentes. Prometa que não vai deixá-los entrar aqui.

— Prometo.

Ela esperou que Louisa adormecesse e desceu para a sala de estar. O menino fazia vigília com o pai ali. Brentworth não estava em lugar nenhum.

Ela encontrou a cozinha e os restos da comida que o marido de Louisa tentara fazer nos últimos dias. Uma galinha fora seu esforço mais recente. Ela encontrou uma panela grande, jogou a carcaça ali dentro, chamou o menino e pediu-lhe que trouxesse água do poço e algumas raízes da horta.

— Eu posso fazer isso — disse o sr. Bowman, da porta. — Eu fico melhor se me mantiver ocupado.

— Talvez o senhor deva fazer isso cuidando de sua fazenda. Se não for muito longe, acho que isso lhe ajudaria. Seu filho pode me dar o que preciso e isso lhe dará algo para fazer também.

O sr. Bowman mudou o peso do corpo de um pé para o outro.

— Ela está melhor?

— Ela falou comigo, então acho que sim. Ela ainda precisa beber mais líquido. Vou fazer um caldo para dar a ela. Se o senhor tiver cerveja ou algum fermentado parecido, traga, por favor, e eu usarei também.

— A carruagem já partiu há várias horas.

— Apenas três. Tenha fé, senhor. Se o duque disse que um médico viria, logo um médico chegará.

— Vou pagar os honorários, é claro, se me disser qual é o preço.

Ela interrompeu seus preparativos e deu-lhe toda a atenção.

— Não creio que o duque permitirá. Também não acho que o senhor possa pagar. O médico que vier provavelmente terá honorários muito altos. Eu direi a ele em seu nome, mesmo assim, para que não haja risco de que o senhor insulte Sua Graça, o duque, sem ter a intenção.

Ele acenou com a cabeça e percebeu que o filho estava bem ao lado dele, então deu um passo para o lado para que o menino pudesse entrar na cozinha.

— Estarei no celeiro por um momento.

Davina disse ao menino o que ela precisava. Ela tinha apenas seus pensamentos para lhe fazer companhia enquanto esperava que ele voltasse.

Louisa, apesar da enfermidade, parecia-se muito com como Davina se lembrava dela. Seu cabelo castanho e rosto rechonchudo eram os mesmos da garota que rira com ela tantas vezes. Ela lamentou profundamente não ter voltado antes disso, para que pudessem rir novamente.

Davina enfrentava corajosamente o que poderia acontecer nas horas seguintes. Em algum momento em breve, talvez muito em breve, ou a febre iria embora, ou quem iria era Louisa. Duvidava de que o médico fosse fazer muita diferença.

Pelo menos não tinha sido cólera. Já tinha visto seus efeitos nas pessoas. Na verdade, ela mesma os tinha experimentado. Ao entrar pela primeira vez naquele quarto da amiga doente, Davina morrera por dentro, pois os olhos fundos e as mãos enrugadas sugeriam exatamente isso. Mas não houvera nenhum dos graves expurgos causados pelo cólera, a contar pelos indícios no quarto. A falta de fluidos em seu organismo apenas tinha imitado os sintomas da outra doença.

Louisa queria poupar sua família e se trancar, mas poderia era ter condenado a si mesma. Davina já tinha visto pessoas doentes morrerem antes. Quando acompanhava o pai, os resultados nem sempre eram bons naquelas cabanas. Ela cuidara do pai sozinha, mas não tinha sido capaz de salvá-lo. Sempre era muito difícil quando a pessoa era amiga, e ela teria que se preparar para isso.

Davina enxugou os olhos e encontrou um pouco de consolo em saber que sua visita poderia ter feito diferença no conforto de Louisa, se nada mais.

O menino entrou com a água e um punhado de cenouras e pastinacas. Davina usou um pouco da água para limpar as raízes, depois as picou e as colocou na panela. Ela pendurou a panela no gancho da lareira e chamou novamente o menino.

— O que você normalmente faz nessa hora do dia? — ela perguntou a ele.

— Lições. — Ele apontou para a mesa de trabalho. — Enquanto mamãe cozinha.

— Você tem uma lousa? Vá pegá-la e faça a mesma lição que fez pela última vez com ela. Não me olhe assim. Você deve fazer algo além de se preocupar.

Esperou até que ele voltasse com a lousa e se ocupasse, então saiu pela porta do jardim. A noite havia esfriado substancialmente.

Ela caminhou em direção ao jardim que continha a horta para a cozinha. Exuberante agora, quando as plantas davam seu último estirão de crescimento do verão para lançar suas sementes, ostentava repolhos gordos e até mesmo algumas verduras. Ela se permitiu alguns minutos rodeada pela abundância do outono. Permitiu que as memórias das brincadeiras com Louisa entrassem em sua mente. Ela se virou para que ninguém no celeiro ou na casa pudesse vê-la, e lágrimas de tristeza e frustração fluíram por suas bochechas.

NUNCA DIGA NÃO A UM DUQUE

Eric não costumava se sentir inútil, mas naquele momento ele se sentia. Caminhava de um lado para o outro no crepúsculo, olhando para a estrada com frequência, esperando que Napier retornasse logo. Se qualquer outra pessoa, exceto Davina, tivesse dito que uma mulher doente poderia morrer em breve, ele poderia ter ficado cético. Um olhar nos olhos dela, entretanto, e ele acreditava que ela sabia do que estava falando.

Não adiantava dizer a si mesmo que as pessoas morriam de febre o tempo todo, que, como todo mundo, ele aceitava esse fato. É claro, na maioria das vezes, não os conhecia. Mas ele também não conhecia aquela Louisa. Tudo o que sabia era que Davina se importava muito em salvá-la. Elas já haviam se amado no passado, e talvez ainda se amassem, apesar dos anos e da distância.

Começou a percorrer mais um círculo ao redor da casa, mas parou quando se aproximou do jardim dos fundos. Davina estava ali entre as plantas, tomando um pouco de ar, algo de que ela precisava desesperadamente naquele momento. Ela olhou para o céu, depois baixou a cabeça e uma cortina de cabelos curtos obscureceu seu rosto. Em seguida, ela se virou e ficou de frente para uma cerca em frente ao celeiro.

Ele a deixaria em paz. Uma mudança sutil em sua postura o deteve. Os ombros e as costas dela curvaram-se apenas o suficiente para revelar que seu verniz externo de compostura havia se partido. Um pequeno soluço discreto alcançou seus ouvidos.

Eric caminhou na direção dela por impulso. Ela o ouviu e olhou por cima do ombro. A luz fraca conferia um brilho líquido às lágrimas em seus olhos, que ela se apressou a enxugá-las.

Brentworth pegou suas mãos para que ela não se esforçasse tanto em ser corajosa.

— Chore se precisar. Ninguém pensará menos de você.

Ela olhou para cima com espanto. Seus lábios se separaram, como se ela quisesse responder, mas em vez disso seu rosto mostrou uma expressão de tal tristeza que lhe partiu o coração. Então ela desmoronou. Soluços grandes e altos a sacudiram até que seu peito arfasse. Eric a puxou para seus braços e a envolveu enquanto o pranto sacudia o corpo dela.

— Eu não deveria... não sei por quê... — Ela engasgou as palavras quando conseguiu recuperar o fôlego.

— Você deveria. Quanto ao motivo, você está cansada e preocupada e ninguém pode ser forte o tempo todo.

Ela o deixou apoiá-la enquanto cedia e as lágrimas escorriam. Ele lhe acariciou a cabeça, os cachos curtos dando lugar à nuca e aos ombros sob seus dedos.

Foi a compaixão que o levou a dar um beijo suave no topo de sua cabeça, porém mais do que isso se agitou nele quando fez o gesto. Ela não pareceu notar.

As lágrimas diminuíram, mas ela permaneceu encostada nele, suspirando o que restava do pranto. Ele deveria soltá-la agora, afastá-la. Porém, não o fez; em vez disso, submeteu-se ao impulso imprudente de abraçá-la por mais tempo.

Ela se mexeu, como se acordasse de um sonho ou torpor. Ergueu os olhos para ele. Ainda brilhavam e seu rosto parecia luminoso no crepúsculo. Sem pensar ou se importar com as consequências, ele fez o que não deveria fazer. Ele a beijou.

⁂

Lábios quentes pressionaram os dela suavemente. O beijo expressava delicadeza e cuidado, assim como seu abraço, mas... Ela não podia negar que era mais do que isso. Para ela, pelo menos. O gesto a afetara profundamente, banira a preocupação e apagara a tristeza. O calor e a sensualidade dele a inundaram como a água na areia seca.

Durou tempo demais para ser um beijo de reconforto, ou assim lhe pareceu. Talvez não. Talvez tivesse sido muito breve, mas ela o experimentou tão totalmente que o tempo desacelerou em sua consciência.

Só quando o beijo mudou sutilmente, só quando ela sentiu uma paixão crescente nele e em si mesma, a verdade a pressionou. *O duque de Brentworth está me beijando.* Certamente não era uma boa ideia. Ela não deveria ter permitido. O momento tinha tornado a ambos pessoas diferentes do que eram.

Ele interrompeu o beijo. Davina ergueu o olhar. Brentworth parecia diferente. Mais duro e mais suave ao mesmo tempo. O olhar dele prendeu o seu, e Davina não resistiu ao modo como ele exigia uma espécie de submissão para que pudesse enxergar dentro dela. Ela percebeu que estava errada sobre aqueles olhos. Sim, eles absorviam, mas a mulher também não procurava uma forma de escapar deles. Ela pelo menos não procurava. Ela explorou, tanto quanto supunha que ele o fazia. Nem tudo era escuridão nele, porém, mais do que ela esperava, sim.

Um som, distante mas distinto, entrou em sua consciência. Não em casa ou no celeiro, mas na estrada. Ele olhou na direção do ruído.

— Napier voltou.

Eles se soltaram e caminharam em direção à frente da casa, retomando suas características normais ao mesmo tempo em que refaziam seus passos do jardim até a porta. Em cinco passos, aquele beijo poderia nunca ter acontecido.

Mas tinha.

A carruagem parou na frente da casa. O duque chegou à porta antes que o cocheiro pudesse descer. Um homem muito alto e magro com um casaco escuro saiu. Ele deu uma olhada no homem que servia como lacaio e fez uma reverência.

— Vossa Graça, presumo.

Napier intrometeu-se:

— Este é o dr. Chalmers, Vossa Graça.

Enquanto o dr. Chalmers bajulava Brentworth, Davina puxou Napier de lado.

— Onde você o encontrou?

— No clube dele. Disseram-me que ele está entre os melhores.

— Quem disse?

— O melhor hotel. Perguntei quem eles chamam quando há alguém importante que precisa de um médico. Deram-me o nome dele.

— Ele estava bebendo naquele clube? — Ela fez uma inspeção crítica ao dr. Chalmers.

— Talvez estivesse. Mas me disseram que ele meio ébrio era melhor do que todos os que cuidam do rei. Ah, e parece que ele a conhece.

— Tenho certeza de que nunca o vi antes.

— Bem, foi o que ele disse quando mencionei que a senhorita estava cuidando da mulher.

O dr. Chalmers e o duque se aproximaram. Brentworth o apresentou.

— Eu estava dizendo agora mesmo à Sua Graça que conheço Sir Cornelius Ingram, que me falou da senhorita. Ele fala muito bem de seu falecido pai e dos interesses médicos da senhorita. — O sorriso do dr. Chalmers, indulgente, mas nada aprovador, implicava o que ele pensava sobre as mulheres na medicina. — Fico aliviado em saber que, se a senhorita estava aqui, nenhum mal foi feito. Bem, Vossa Graça, se o seu empregado puder trazer minha valise, verei a paciente.

Davina caminhou ao lado dele em direção à casa.

— Não permiti sangramento. Não permiti cirurgião. — Ela esperou para ouvir como ele reagiria a isso. Se ele achasse que a decisão estava errada e quisesse sangrar Louisa, voltaria para Newcastle de imediato.

— Ela teve sorte de a senhorita estar aqui para impedir. Costume bárbaro.

Davina imediatamente sentiu mais confiança no dr. Chalmers, por mais que ele pudesse estar meio ébrio.

— Quando chegamos, pensei que fosse cólera, mas não houve purga excessiva. Ela recusou ajuda e cuidados, então não vinha tomando líquidos suficientes. Eu basicamente me esforcei para que ela bebesse e limpei seu corpo com água para que esfriasse um pouco.

— O que a fez pensar em cólera?

— Olhos fundos. Suores secos. Pele muito seca e enrugada nas mãos.

— Ah. A senhorita então conhece bem a doença.

— Eu já tive.

Ele se virou e olhou para a cabeça dela.

— Mas não teve alguém tão iluminado quanto a senhorita ao seu lado, pelo que vejo.

Ela mexeu no cabelo.

— Ele também não me ouviu quando eu disse que era inútil.

O dr. Chalmers a seguiu para dentro de casa.

— Bem, se raspássemos completamente a cabeça dos pacientes,

poderia esfriá-los um pouco. Mas apenas cortar o cabelo... não faz sentido. Pois bem, onde está a mulher?

O marido de Louisa veio atrás de Brentworth.

— Vou levá-lo até ela.

Davina queria muito subir as escadas com eles. Em vez disso, observou a escuridão no topo da escada engolir os dois homens.

O que a deixou sozinha com Brentworth. Ela se virou para encará-lo e imediatamente as memórias do beijo retornaram. Estava ali entre eles, como um véu que mudava a forma como ela o via. Ela se perguntou se ele iria se desculpar.

— Parece que ele aprovou o seu atendimento — disse ele.

Sem desculpas.

— Fiquei mais segura que ele aprovasse.

— Mais segura na sua confiança no seu atendimento, ou mais segura dele?

Ela teve que rir.

— Dele. Louisa deve receber o melhor atendimento disponível, ao que me parece.

— Isso não é muito encorajador.

Ela se sentou, finalmente. Todo o corpo dela gemeu de alívio.

— Ficamos todos bastante desamparados com doenças como esta. Não sabemos o que as causa e pouco podemos fazer a não ser rezar e tentar não piorar as coisas. Ainda somos quase incivilizados quando se trata de medicina.

Ele sorriu.

— Nós, você fica dizendo. Você se considera uma médica.

— Estou dolorosamente ciente de minhas limitações de treinamento e gênero. O *nós* se refere a mim e ao meu pai. Eu o ajudava quando ele ia para o campo para tentar fazer a diferença lá e aprendi muito acompanhando-o, mas nunca poderei aprender tudo o que ele sabia fazer.

Ele pensou sobre isso.

— Parece um desperdício para mim.

— É notável como esse comentário demonstra uma mente aberta. Eu também acho. Que triste termos de enviar a carruagem de um duque a uma cidade a fim de encontrar um médico para Louisa. — Ela olhou ao redor pela sala. Era bem decorada, mas não generosamente. — O marido dela parece ter uma boa situação de vida, mas não acho que possa pagar os honorários do dr. Chalmers, especialmente porque ele veio de longe para cá.

— Eu mandei chamar Chalmers. Eu sou responsável pelos honorários.

Bem nesse momento, o médico em questão saiu do quarto de Louisa e começou a descer as escadas. Ele olhou para o sr. Bowman, que o seguia.

— A água do seu poço é boa?

— É sim.

— Então me consiga vários baldes limpos cheios de água. Aqueça a água, não quente, apenas morna, e leve-os para cima. Vou precisar que me ajude com sua força, então se recomponha. Ela não está totalmente inconsciente e, se o senhor não estiver calmo, ela perceberá. Não queremos que nada a deixe agitada.

— Eu poderia ajudar — ofereceu Brentworth.

Dr. Chalmers entrou na sala.

— Não, Vossa Graça, não pode. A dama também não. O que estou prestes a fazer é indelicado ao extremo, e ouso dizer que, se algum de vocês estiver lá, só irá piorar uma situação ruim. — Ele se virou para Davina. — Que bom que a senhorita notou a desidratação dela imediatamente. O cocheiro mencionou, então trouxe algo que pode ajudar. Uma seringa clister é normalmente usada para administrar remédios, mas também pode ser uma forma de colocar água em uma pessoa. Muita água, rapidamente. O corpo absorverá muito mais dessa maneira do que colheradas pela boca.

Davina sabia disso. Ela vinha debatendo como criar um clister improvisado, se fosse necessário. Nos tempos antigos, eles usavam bexigas limpas de animais. Ela duvidava de que o sr. Bowman tivesse alguma dessas por perto.

Brentworth parecia impassível. Ele não tinha a menor ideia do que estava fazendo. No entanto, ele não se ofereceu novamente para ajudar o médico.

— Assim que a água estiver pronta, prosseguiremos. — O dr. Chalmers tirou a sobrecasaca enquanto falava. — Vou ficar de vigília ao lado dela esta noite. Espero que a crise aconteça antes do amanhecer e que o resultado final seja aparente, de uma forma ou de outra. — Ele se virou para Davina. — A senhorita provavelmente a manteve viva. Saiba disso, não importa como termine. Agora, eu a aconselho a dormir um pouco. A senhorita não terá utilidade para ninguém se também ficar doente.

— Vou levá-la de volta para casa — disse Brentworth.

— Eu realmente deveria ficar...

— Não. Não há nada para você fazer aqui. Venha comigo.

Ela não queria ir. Parecia um abandono da família. Ainda assim, enquanto se levantava, ela notou que o sr. Bowman estava ocupado na cozinha esquentando a água e conversando com o filho. Havia um ponto em que ajudar tornava-se uma intromissão, e era possível que ela tivesse chegado a esse ponto.

De volta à carruagem, a exaustão recaiu sobre ela como um cobertor úmido. Ela olhou para a última luz e tentou ignorar que estava sentada em frente a um homem que a beijara naquele dia. Um beijo muito agradável. Em outras circunstâncias, se não tivesse sido um beijo de pena, na verdade, ela poderia ter ficada animada como uma mocinha por causa dele.

Davina dormiu imediatamente. Ela cabeceou involuntariamente e estava nos braços do sono. Eric ficou aliviado e desapontado. Principalmente desapontado.

Quando ele a beijou, deu-se conta de que aquele beijo vinha sendo construído há muito tempo. Langford tinha percebido imediatamente, mas tinha um instinto especial quando se tratava de assuntos sensuais.

Ele a observava agora, quase invisível no brilho da lua crescente e na luz vaga do lampião oscilante na frente da carruagem. As qualidades que o haviam impressionado eram invisíveis agora, com seus olhos vibrantes fechados e seu rosto expressivo imóvel. A autoconfiança que havia entrado naquele quarto para ajudar uma mulher que ela não via desde a meninice — qualquer um que visse acreditaria imediatamente que ela faria a diferença. Assim que ela fechara a porta do aposento, pai e filho mostraram melhor ânimo.

Ele se reajustou para esticar as pernas. Também estava cansado, embora não tivesse feito nada o dia todo exceto andar. Deveria ter ido com Napier. Nem mesmo havia considerado ir com ele. Supunha que havia pensado que seria necessário caso Louisa acabasse morrendo. Necessário não pelo sr. Bowman e o menino, mas por Davina. A maneira como ela chorara no jardim, não de tristeza, mas de pesar e frustração, dizia que ele estava certo.

Não que ele tivesse ideia de como poderia ajudá-la. Não beijando-a; isso era certo. O gesto tinha sido um impulso e um erro. Frequentemente, essas duas coisas andavam juntas. No dia seguinte, ou no outro, ou em algum momento no futuro, teria que falar sobre isso com ela. Ele não tinha certeza do que diria.

Surgiu em mim algo enterrado durante anos e eu não era eu mesmo naquele momento. Parecia um idiota se dissesse isso em voz alta, embora a verdade fosse essa. Também não se importava que tivesse sucumbido ao impulso. À paixão. À imprudência. Depois de dez anos controlando essa parte de si mesmo, ele se deleitava da vitória que fora conquistada sobre bom senso. Se ela não estivesse dormindo, ele poderia beijá-la novamente ali, no escuro. Em vez disso, ele ia em silêncio, ouvindo suas respirações calmas e profundas, enquanto o pressionavam as lembranças de como a verdadeira paixão podia ser destrutiva.

Ele fez Napier parar no vilarejo quando passaram de carruagem, e o mandou entrar numa taverna para comprar uma cesta de comida quente e um pouco de vinho. Davina cochilou durante todo o tempo. Quando alcançaram a casa dela, Eric precisou empurrá-la para acordar e apreciou o breve toque mais do que deveria.

Ela piscou e se endireitou, então olhou pela janela.

— Chegamos tão rápido?

— Você estava dormindo pesado.

Ela esfregou os olhos.

— O que é isso? — Ela apontou para a cesta.

— Comida da taverna. Não posso prometer que seja boa, mas ainda deve estar quente o bastante. Você não comeu o dia todo.

— Nem você.

— Vou jantar quando voltar para Newcastle.

— É um longo caminho. Podemos dividir o que há na cesta.

Ele deveria recusar e iniciar o longo caminho até a cidade. No entanto, não o fez.

Ele carregou a cesta para dentro da casa. Ela encontrou uma pederneira e acendeu uma lamparina, depois a levou para a cozinha.

— Espero que isso sirva. A sala de jantar não está limpa. — Ela encontrou outra lamparina e acendeu-a, então se ajoelhou e reavivou um pouco o fogo na lareira.

A cesta continha ensopado de galinha com batatas em uma panela de barro, um pedaço de pão e uma garrafa de vinho tinto decente. Assim que ela viu este, vasculhou uma gaveta até achar um saca-rolhas.

Eles se sentaram para fazer uma refeição com a comida simples e Eric serviu o vinho. O ensopado tinha um sabor maravilhoso. Estava mais faminto do que tinha se dado conta.

— Talvez devêssemos dar um pouco da comida ao seu cocheiro.

— Ele comeu na taberna enquanto preparavam a cesta. Provavelmente está cochilando agora.

Davina comeu com apetite, depois recostou-se e olhou para ele. Um sorriso particular apareceu nos lábios dela.

— O que foi? — ele perguntou.

— Estou percebendo que mesmo depois de um dia em que você subiu em um telhado e passou horas em uma casa de fazenda rústica, ainda parece um duque. O lenço ao redor do seu pescoço está com um nó quase imaculado e eu poderia cortar este pão com o seu colarinho. Tudo isso depois que você cuidou sozinho de si mesmo hoje de manhã. Os duques por acaso recebem dispensa de demonstrar os efeitos da vida? — Ela apoiou o queixo no punho e apoiou o cotovelo na mesa para examiná-lo melhor. — No entanto, talvez não seja sua vestimenta que cause esse efeito. Mesmo amarrotado, você ainda pareceria Brentworth.

Não soou como um elogio.

— Obrigado.

— Está se sentindo insultado?

— Não posso me sentir insultado por parecer comigo mesmo.

Ela começou a responder, mas parou. Olhou para o prato, depois para a taça de vinho e finalmente para ele.

— Você não vai falar nada sobre o jardim?

Mulher corajosa. Indo direto ao cerne da questão, sem titubear com amenidades.

— Vou. Como um cavalheiro, devo me desculpar, o que aproveito para fazer neste momento.

— De alguma forma, isso não parece um pedido de desculpas. Você não parece lamentar nem um pouco.

— Isso é porque eu não lamento. A menos que você tenha se sentido importunada, caso em que eu sentiria muitíssimo, sentiria horrendamente. Você lamenta? — *Qual é o tamanho exato da sua coragem?* Se ela dissesse que lamentava, ele aceitaria e se retiraria totalmente. Ele conhecera muitas mulheres, entretanto, e sua experiência dizia que ela não se importava com aquele beijo e abraço.

Ela pensou na resposta antes de concedê-la.

— Para ser sincera, não me senti importunada. No entanto, considerando quem somos um para o outro, seria melhor esquecermos o que aconteceu.

— Compreendo. Você está correta, é claro. — Ele se levantou. — Agora devo partir. Amanhã, virei vê-la antes do meio-dia, depois de buscar o dr. Chalmers e mandá-lo para casa. Assim que eu vier, veremos sua amiga e continuaremos o caminho para Edimburgo.

— Eu pretendia pegar a diligência do correio.

— Levarei você. Vou para lá com Napier.

Ela se levantou para acompanhá-lo até a porta.

— Todo o caminho até Newcastle, depois de volta até aqui para o dr. Chalmers, depois de volta para Newcastle, depois de volta aqui. Ontem, eu teria dito que você e o sr. Napier poderiam ficar aqui, mas não só não é uma acomodação adequada para você, como provavelmente não deveríamos... isto é, depois do que aconteceu... mas se vamos esquecer...

— Eu não poderia ficar. — Ele arriscou uma pequena carícia no rosto dela. — A verdade, srta. MacCallum, é que, embora tenhamos combinado que seria melhor esquecer aquele beijo, eu não o farei.

Ele partiu então, enquanto uma voz primitiva em sua essência trovejava: *Fique, seu idiota. Fique.*

NUNCA DIGA NÃO A UM DUQUE

Davina levou uma tigela de sopa para Louisa. Lá na cozinha, um frango era assado para a refeição de meio-dia. O avental que ela usava estava manchado por causa dos afazeres domésticos matutinos, enfrentados com felicidade, pois sua amiga tinha sobrevivido à crise e recebera o amanhecer com a pele fria ao toque.

Brentworth mandou o dr. Chalmers voltar para Newcastle. Ele estava, agora, sentado em uma poltrona, lendo o livro que tirara de sua bagagem antes de a carruagem partir. Ele parecia perdido na história, o que servia muito bem a Davina. Ela tinha trabalho a fazer. Também tinha ficado ainda mais ciente dele do que queria, então a retirada de sua presença era um alívio.

Ela ergueu Louisa, conversando sobre banalidades, e começou a lhe dar a sopa. A mente se perdia em outras coisas. Não havia dúvida de que o beijo tinha sido um erro se o duque não o esquecesse. Tinha sido uma experiência de uma vez só, mesmo se o homem o tivesse apagado da própria mente. Como podia ser inimiga de um homem com quem vivenciara uma intimidade daquelas?

— Em que você está pensando? — perguntou Louisa. — É algo sério.

— Só estou pensando em meu retorno a Edimburgo. Já faz um mês que estou em Londres, e me faria bem ver uns velhos amigos. — Ela sorriu. — Não tão velhos como você, é claro.

Louisa ergueu a mão e apertou a sua.

— Sinto muito por não ter escrito. Suas cartas chegavam para mim mesmo depois de eu ter me casado e me mudado para cá. Achei muita gentileza sua arcar com a postagem para que eu não precisasse pagar por ela.

— Por que não respondeu?

Louisa deu de ombros.

— Assim que me casei, sempre havia trabalho a fazer, principalmente depois que o meu filho nasceu. Você também falava sobre uma vida tão grandiosa. Eu tinha muito pouco a falar quando comparado às suas histórias.

— Não se pode chamar de grandiosa, longe disso.

— Você estava na cidade, e seu pai, na universidade, e você escrevia sobre pessoas que pareciam grandiosas aos meus olhos. Amigos que eram cavaleiros e coisas assim. E agora, Neil me disse que um duque lhe trouxe aqui. Um duque, Davina. Neil disse que ele está sentado lá embaixo agora, enquanto falamos, nesta mesma casa. Quase me sinto feliz por estar doente demais para conhecê-lo. Eu nem sequer saberia o que dizer.

— Ele é como qualquer outra pessoa. É só um título.

Mas ele não era como qualquer pessoa, e Louisa ficaria com a língua mais presa do que pensava. Com esse duque em particular, a maioria das pessoas ficava.

— Agradeça a ele pelo médico e por permitir que você fique comigo, mas não permita que ele me veja. — Por instinto, ela levou a mão ao cabelo, que precisava de uma boa lavada. O ato a fez olhar para o cabelo de Davina. — Isso aconteceu porque você ficou doente também?

— Exato. Fique feliz por eu ser muito esclarecida, ou você teria acordado essa manhã com um cabelo mais curto do que o do rei.

— Espero que seja mais fácil de cuidar. Gosto bastante da aparência.

— Estou impaciente para que ele cresça logo. Agora consigo parecer mais normal, mas, quatro meses atrás, ele apontava para todas as direções. — Ela lhe deu mais colheradas de sopa. — Coma.

— Eu já consigo comer sozinha.

— Eu sei, mas sinto prazer em servi-la enquanto posso. Partiremos depois da refeição, e é provável que você vá insistir na crença de que está curada quando deveria descansar por mais alguns dias.

Ela passara a manhã cozinhando, e explicou o que preparara para que Louisa pudesse descansar de verdade. Trocaram lembranças por meia hora, e logo Louisa adormeceu e Davina voltou para a cozinha para terminar de preparar a refeição.

Sentaram-se todos juntos: o menino, o fazendeiro, o duque e ela. Brentworth arrastou o sr. Bowman para uma conversa sobre o manejo da terra e novas técnicas agrícolas. Ele retirara o casaco quando o fazendeiro retirou o próprio, e se sentou apenas com a camisa e o colete, ainda parecendo muito ducal, mas também mais acessível do que o normal. Parecia estar se esforçando para deixar o sr. Bowman à vontade com o convidado muitíssimo inesperado à mesa.

Então ele começou a se despedir. Davina foi até Louisa para dizer adeus. O sr. Bowman os acompanhou até a carruagem.

Fiel à sua palavra, Brentworth a acomodou lá dentro, então tomou assento ao lado de Napier. Foi alívio o que ela viu no semblante do sr. Bowman?

— *Eles estão viajando sozinhos, Louisa. Ele não entrou com ela, no entanto, então é bem possível que não seja o que parece.*

— *Davina não é assim, não como você está insinuando.*

— *Ele é um duque, minha querida. Eu mal poderia culpá-la se ela lhe permitisse algumas liberdades. É melhor se ela tiver, pois falarão de qualquer forma. Ele é solteiro, e mesmo se tivesse esposa, seria capaz de ainda manter uma mulher a tiracolo. As coisas não são iguais ao que são para nós.*

É claro, ele deve ter falado mais coisas para Louisa. Talvez mencionasse que, enquanto estava no celeiro, ele vira o duque e Davina se beijando no jardim.

O rosto de Davina aqueceu ao imaginar que ele poderia ter visto. O beijo a deixara absorta a esse ponto. Ela sequer tinha cogitado, por um dia inteiro, se alguém os tinha visto.

<hr>

Fazer uma viagem tão longa na carruagem do duque acabou sendo uma experiência luxuosa. Ela não só tinha todo o interior para si, mas também se sentava em uma almofada de veludo e espiava pelas cortinas de seda. O veículo superava as diligências do correio não só na função, mas também no conforto. Em vez de ser sacudida, ela mal sentia a estrada. Nas paradas, podia demorar o quanto quisesse, em vez de se preocupar em voltar ao assento em poucos minutos. Na primeira, o sr. Napier saiu de uma pousada com duas cestas de comida e colocou uma ao lado dela.

Deixada consigo mesma, Davina focou na própria missão. As evidências que ela reunira com o sr. Portman em Caxledge lhe deram coragem, mesmo Brentworth dando pouco valor à descoberta. Ela não esperava que ele admitisse a derrota a menos que encontrassem provas, e depois de todo esse tempo, isso era improvável. No entanto, não teria que convencê-lo sobre a integridade da sua reivindicação. Precisava convencer o sr. Haversham e o rei e, por fim, o Parlamento.

Tentou planejar os próximos passos. Era evidente que ela precisaria ir até a propriedade, então era sensato ter feito a viagem naquele momento. Refletiu sobre como conseguiria encontrar as provas das quais precisava.

Preferiu esquecer o beijo, assim como recomendou que ambos fizessem. Só que ela não o esquecera. A lembrança estava em sua cabeça, e às vezes a distraía, conduzindo-a a um caminho que era melhor não trilhar. Depois de um longo devaneio vívido demais, ela repreendeu a si mesma e se curvou para pegar um livro na valise. Era por isso que tinha sido um erro. Ali estava ela, planejando uma campanha, e um beijo estúpido a impedia de pensar com clareza. E o beijo de um homem que estava decidido a frustrar tais planos, nada menos.

A carruagem de Brentworth e suas duas parelhas poderiam viajar tão rápido quanto a carruagem do correio, caso ele quisesse, mas não queria. Eles paravam mais do que o veículo que transportava as correspondências. Iam mais devagar, mas, ainda assim, a uma alta velocidade, na opinião de Davina. E, o mais importante, ao cair da noite, eles não prosseguiam, mas procuravam uma pousada onde ficar.

Ela não podia opinar sobre os arranjos. O sr. Napier sumiu dentro do estabelecimento na primeira noite e voltou rapidamente para falar com Brentworth. O duque, então, foi até a dama enquanto ela esticava as pernas.

— Dois quartos foram alugados. A pousada é razoavelmente adequada, então você deve ficar confortável, espero. Pretendo jantar daqui a meia hora, caso deseje se juntar a mim. Ou poderá comer em seu quarto.

Seria covardia se esconder no quarto. Ela precisava mostrar a ele que era a mesma inimiga formidável que sempre tinha sido.

— Descerei, obrigada.

Isso lhe deu tempo de se assear e caminhar um pouco para se livrar da rigidez dos músculos. Na hora marcada, ela desceu, e o estalajadeiro a levou até uma saleta de jantar privada na qual Brentworth esperava.

Ele provou a sopa.

— Eu me lembrava de as refeições aqui serem melhor do que a média, e parece que mantiveram o padrão.

Davina tinha que concordar. Estava faminta, e parecia que ele também estava. Comeram a maior parte da refeição em silêncio.

— Presumo que você tenha feito arranjos para a sua estada em Edimburgo — observou ele, quando os garfos começaram a se mover mais devagar.

— Ficarei com Sir Cornelius e sua esposa.

— Daremos a Napier as coordenadas e a levaremos direto para lá. Chegaremos amanhã por volta de meio-dia.

— Você sabe medir bem o tempo, e conhece as pousadas ao longo do caminho. Visitou a Escócia mais vezes do que eu presumi?

— Quando era mais jovem, vim algumas vezes. Tenho boa memória, nada mais.

Ela não achou que fosse nada mais, por causa da forma um tanto cortante com a qual ele respondera.

— Se me levar direto para Sir Cornelius, será obrigado a fazer uma breve visita. Talvez seja melhor que o sr. Napier o leve para seus aposentos primeiro, e só então me leve até a casa deles.

— Não me importo com uma visita breve. Ouvi falar de Sir Cornelius e espero que ele seja uma pessoa interessante de se conhecer.

— Devo alertá-lo que a esposa de Sir Cornelius é uma pessoa com ideias próprias.

— Acha que o fato me impressionará?

— Acho que não há muito que o impressione. Minha intenção era prepará-lo. Ela também é franca em suas opiniões, e com certeza tirará vantagem dos ouvidos de um nobre.

— No entanto, fala com calidez mesmo quando dispara avisos.

— Ela é maravilhosa, e eu a admiro. É como uma tia para mim. O aviso foi para você, porque pode não partilhar da mesma estima que tenho por ela.

— Eu não desgosto de mulheres francas. Ao menos sabemos o que esperar delas. Posso querer não me casar com uma, mas, se tivesse escolha, preferiria me sentar ao lado de uma mulher franca em um jantar a ser pareado com uma beleza de cabeça oca.

— Que coisa mais estranha de se dizer. Preferiria passar tempo com uma mulher assim, mas não iria querer se casar com uma. Com que tipo de mulher espera se casar? Isso se é que vai chegar ao altar algum dia.

Ele deu de ombros.

— Uma mulher como aquela com que meu pai se casou, e o pai dele, e o duque anterior a ele.

— Uma beleza de cabeça oca?

— Não oca demais, se eu puder evitar. Nem tão bela assim, por tudo o que me importa. Mas... apropriada.

Davina perguntou-se se ele desaprovava o casamento de Langford com Amanda. Ele devia pensar que o casamento de Stratton com a filha de um duque tivesse sido imensamente melhor, mas nem mesmo Clara era muito apropriada.

— Pelo que diz, não parece que a ideia lhe tenha apelo algum — provocou. — Você ainda não aproveitou a bela oportunidade de ser exatamente igual aos duques que vieram antes de você, então penso que não o atrai mesmo.

— Ainda posso esperar. Não é a união o que eu evito, mas a imposição de eu ter que providenciar tudo. Na próxima temporada, no entanto, vou frequentar os bailes, e encontrar uma esposa e cumprirei o meu dever.

— Uma esposa apropriada. — Ela se inclinou para a frente. — Sabe o que eu penso? Que você evitou a tarefa porque não gosta de ser apropriado o tempo todo. Penso que talvez prefira não ser o mais ducal dos duques no que diz respeito a isso, ou a muitas outras coisas.

Ele a encarou, primeiro com surpresa, depois com um interesse que a deixou desconfortável.

— Srta. MacCallum, eu não sou o mais ducal dos duques. É uma faceta pública. Fui criado dentro de uma tradição de extrema discrição, treinado para isso, e descobri que tal criação me dá a liberdade de viver praticamente da forma que eu queria. A diferença é que o mundo não sabe do que eu faço em privado. Porque a minha vida não é da conta de ninguém, só da minha, o que me serve muito bem. — Ele, por sua vez, inclinou-se até que se encarassem naquele espaço mínimo. — Não sou apropriado o tempo todo, como você bem sabe.

Davina lutou ao ser absorvida por aquele olhar.

— Duvido que somente a discrição tenha lhe dado a alcunha. Não se pode viver em Londres, na sociedade, e, em segredo, ser um libertino implacável ou um nobre devasso.

— Confesso que não sou um libertino. E fico feliz por não ser um devasso. Quanto a Londres, no entanto, a cidade não é o mundo todo. Quando saio de lá, deixo para trás todos os olhos e as línguas viperinas. Por exemplo, se eu tivesse reservado apenas um quarto lá em cima, e não dois, ninguém teria se importado ou até mesmo notado. É tão comum, que eu duvido que os criados fossem comentar entre si. Não tenha piedade da minha vida apropriada. Eu me atrevo a dizer que, no todo, é menos apropriada do que a sua.

Ela se ressentiu da forma com a qual ele virara o jogo.

— Não duvido. Sou uma mulher. Não me é dada qualquer liberdade sem a ruína. Eu pensaria que, se um homem tivesse os seus privilégios, ele desfrutaria da própria liberdade com plenitude, não viveria por trás de uma faceta pública, exceto quando sai da cidade. Você nunca foi estupidamente indiscreto, inapropriado e... e *descontrolado*? Uma pena se não foi, considerando que é uma das poucas pessoas que pode ser exatamente assim sem ter que sofrer as consequências.

Ele teve uma mudança sutil diante de seus olhos, tornando-se o Brentworth que ela vira da primeira vez. Algo naquela faceta pública lhe chamou a atenção. Uma explicação para a reação que Amanda disse que ele inspirava nas mulheres. Sentiu o poder dessa reação. Medo não era a palavra correta. Era atraente demais para ser chamado disso.

— Você não sabe do que está falando. — O sorriso vago de tolerância não conseguiu suavizar o rosto dele. — Sempre há consequências para o descontrole e para a paixão. E, com frequência, são sérias. — Ele pegou o relógio de bolso. — Pretendo me recolher agora. A senhorita deveria fazer o mesmo. Sairemos às oito em ponto.

<hr />

Maldita fosse aquela mulher.

Estava sentado em seu quarto, no escuro, ouvindo os sons abafados lá embaixo enquanto a srta. MacCallum se preparava para dormir. Não tinha desejado aquele quarto em particular, mas, dos dois, teria sido má educação ficar com o dela. Aquele tinha mais um lance de escadas. Era menor e de pior qualidade, também. Não que a srta. MacCallum fosse se importar com esse pormenor. Ainda assim, quis que ela ficasse confortável.

Os motivos não lhe interessavam naquele momento. Em vez disso, a perspicácia investigativa daquela mulher ecoava em sua cabeça. *Você deveria ter dito que já foi descontrolado, que tinha sido atraído como uma mariposa era atraída pela luz. Extremamente descontrolado. Deveria ter posto a mulher em seu devido lugar dizendo que ela era uma inocente ignorante quando se tratava do descontrole de uma paixão feroz.*

Quanto às consequências... inferno, sabia delas. Não das lamentáveis que ela citara, mas das consequências reais. As do tipo que o faziam amaldiçoar o mundo e a si mesmo.

Não mais, jurara. Não mais. E, ainda assim, ali estava essa ideia mexendo com ele novamente, depois de todos esses anos, com outra mulher inapropriada. Bem diferente da última vez, mas um erro, ainda assim. Langford, maldito seja, notara primeiro. *O interesse*, ele chamava. A curiosidade. A fascinação. Sua própria essência também notara aos poucos. Sua atenção aos detalhes. A preocupação pela amiga, uma pessoa que ele nunca conhecera. Inferno, ele havia escalado um telhado de ardósia por ela.

Aquele beijo que deveriam esquecer.

Danação.

Não seria igual. Ela mesma não era descontrolada. Ela não queria consumi-lo. Não queria a sua alma. Ela o considerava um inimigo. E ainda assim...

Os sons lá debaixo cessaram. Ela fora para a cama. Percebeu que estivera esperando por aquilo antes de ele mesmo poder descansar.

❧

— É melhor eu levar Davina lá para cima e acomodá-la, assim ela poderá descansar — disse Lady Ingram ao marido, abaixando-se e dando um beijo e um abraço nele. Ambos eram ruivos, então, naquele beijo, eles se fundiram. — Poderá ficar a par de todas as notícias de Londres no jantar. Venha, minha querida, eu lhe levarei até o quarto.

Davina estava desfrutando do tempo com o amigo do pai, e desejava poder ficar. No entanto, deixou Sir Cornelius e acompanhou sua esposa até a biblioteca. Ainda era fim de tarde, e ela não precisava de descanso, na verdade. Ver Edimburgo a deixara revigorada, e pretendia sair para uma caminhada agora que Brentworth tinha partido.

Ele tinha sido obrigado a passar um tempo, como ela previra. Lady Ingram tinha de fato enchido os ouvidos dele com assuntos reformistas. Sir

Cornelius contara histórias divertidas sobre a universidade. Brentworth tinha sido gentil e amigável.

Foi uma mudança. Desde o jantar daquela primeira noite, ele vinha sendo muito hostil com ela. Na noite passada, o comportamento dele tinha sido gelado e ela acabou preferindo comer no quarto. Tinha ido longe demais com as palavras, sabia. Duvidava que o duque achasse *apropriado* que os outros o criticassem.

Não que tivesse feito isso. Não de verdade. Só achou estranho, quase perverso, que um duque tivesse menos liberdade para ser fiel à sua verdadeira natureza do que ela, ou até mesmo Sir Cornelius. No entanto, era assim que parecia que aquele duque tinha sido criado e treinado, e ele acreditava que fora uma boa criação. Então, na próxima temporada, ele encontraria uma esposa apropriada que, esperava-se, não fosse nem descontrolada nem cabeça oca, e eles teriam um matrimônio e uma vida apropriada e engendrariam herdeiros apropriados.

O que lhe soava bem maçante.

— Aqui estamos. — Lady Ingram abriu a porta. — Pensei que fosse preferir este quarto em vez do outro que você usou da última vez.

— Foi muita consideração de sua parte. — Memórias tristes viviam naquele outro quarto, de quando os Ingram lhe deram um porto seguro depois da morte de seu pai. O quarto tinha uma bela vista da rua curva na qual a casa fora construída, uma das muitas novas e idênticas casas altas de pedras claras que delineavam o longo arco de canto a canto. As imensas janelas o enchiam de luz, e as cortinas de chita tinham uma alegre estampa de flores.

Embora tivessem criados, Lady Ingram em pessoa ajudou Davina a desfazer as malas. Quando terminaram, a dama não saiu. Em vez disso, ela sentou o corpo robusto em uma cadeira e a olhou com curiosidade.

— Você e o duque chegaram a um acordo sobre a sua reivindicação? Pergunto porque você viajou para cá com ele. Sozinhos, creio. — Uma arqueada de sobrancelha do mais claro tom de laranja acompanhou a última sentença. — Pela conversa de quando ele partiu, creio que o plano seja repetir o ato quando forem a Teyhill.

— Minha intenção era pegar a diligência do correio a partir de Newcastle, mas, depois do problema com Louisa, ele insistiu que eu viajasse na carruagem para que eu não me cansasse demais. — Davina então explicou a situação que encontrara na casa da amiga. — Ele foi na boleia com o cocheiro por todo o caminho. Nada inapropriado aconteceu, eu lhe asseguro. — *Exceto por aquele beijo.* — Não chegamos a um acordo quanto a minha reivindicação. Longe disso. Ele não é nada favorável ao assunto.

— Nada, você diz.

— Isso. Nada.

— Bem, ele é favorável sobre algo que diz respeito a você. É como ele fala com você e como a olha. Na verdade, acho importante que você não siga viagem com ele. Um homem desses pode virar a cabeça de uma mulher. Até mesmo eu fiquei um pouco tonta.

— Se ele vai a Teyhill, eu devo ir também. Suponho que posso alugar uma carruagem. Mais provável que seja uma carroça, dadas as minhas finanças.

— Não confia que ele vá relatar o que vir? Ele é desonrado a esse ponto?

— Não confio que ele vá ouvir o que está sendo dito. A senhora sabe o que quero dizer. Tendemos a ouvir o que desejamos, a menos que alguém seja muito claro e pontual para não podermos negar a verdade.

A sobrancelha de Lady Ingram franziu ao pensar.

— Se está tão determinada a ir, e ele deseja que você vá com ele, pedirei à tia de meu marido para ir como acompanhante.

— Compreendo que esteja preocupada com a minha reputação e pela aparência disso tudo, mas eu não acho...

— Permita que eu seja clara e pontual, Davina, para que *você* ouça a verdade. Eu não me importo com as aparências. Estou dizendo que Brentworth se interessa por você como homem, independente do que você está reivindicando sobre sua família e a terra. — Ela ficou de pé. — Você não deve viajar sozinha com ele novamente. Não ouvirei quaisquer reclamações sobre o assunto.

A tia solteirona de Sir Cornelius chegou à casa duas manhãs depois com duas valises. Uma com roupas e a outra com livros diversos. Foi essa última que ela insistira que ficasse ao seu lado na carruagem.

Ela se mostrou a melhor das companheiras de viagem, o que significava dizer que Davina mal notava a sua presença. A mesma concentração que o irmão tinha com os experimentos, a srta. Ingram dedicava à leitura.

Além das gentilezas que trocaram quando a porta se fechou e a carruagem partiu, elas falaram pouco. A parte da srta. Ingram na curta conversa alertara Davina sobre a perda de audição da mulher, assim como as percepções um tanto confusas. Suspeitou que a senhora estava com um pé na segunda infância. Duvidava que Sir Cornelius fosse concordar, mas era algo, pela sua experiência, que familiares não eram eficazes em reconhecer.

Não demorou muito e a conversa um tanto peculiar se findou, e a srta. Ingram pegou um dos livros da valise. Com os óculos pendurados na ponta do nariz e o capuz escondendo a maior parte do rosto pálido e enrugado, a acompanhante inclinou o livro em direção à luz da janela e se imergiu em um mundo que Davina supôs ainda fazer bastante sentido para ela.

Davina tinha o próprio livro, mas passou uma boa hora ruminando sobre sua breve visita ao lar. Lady Ingram normalmente não se apegava ao decoro, ainda mais o de uma mulher madura. Ela acreditava que as leis quanto ao casamento deveriam mudar, e que as mulheres ainda eram obrigadas a carregar o pesado fardo das expectativas impostas pelos homens. A insistência de Lady Ingram para que Davina tivesse uma acompanhante, no entanto, era fora do comum.

Se não fosse Brentworth, mas outro cavalheiro comum e desimportante, será que a srta. Ingram estaria sentada com ela naquele momento? Um duque chamava atenção de um jeito que outros homens não chamavam. Talvez Lady Ingram só estivesse querendo poupá-la da fofoca caso as notícias sobre a viagem se espalhassem.

No entanto, ela achava que não se espalhariam. Partiram da cidade, rumaram para o oeste, os arredores da cidade ficaram esparsos, e o campo se afirmava. Em breve começariam a encontrar mais ovelhas do que pessoas.

Davina descartou a crença de Lady Ingram de que Brentworth tinha interesse nela. Ele poderia tê-la beijado uma vez, por compaixão ou... bem, ele poderia ter feito isso, mas interesse implicava muito mais coisas. Ela não precisava de outra mulher para protegê-la das ignóbeis intenções do duque.

A srta. Ingram riu de algo em sua leitura. Davina imaginou o quanto ela seria uma acompanhante ineficaz. Talvez fosse essa a intenção de Lady Ingram. Obedecer à lei do decoro, mas na realidade poupando-a de todo o efeito disso.

Pararam em uma pousada para que o sr. Napier pudesse descansar e dar água aos cavalos. Davina desembarcou do veículo quando o homem o abriu. A srta. Ingram permaneceu lá dentro com o seu livro, sem perceber que a carruagem parara de se mover. Davina se sentiu obrigada a estender a mão e sacudi-la de leve, e dizer sem meias palavras que era uma boa hora para usar o reservado.

Juntas, elas o encontraram, então a srta. Ingram voltou para o veículo. Davina caminhou pelo pátio da pousada, puxando a capa para aquecê-la no clima frio. Respirou fundo pelo nariz, sentindo o aroma da Escócia por onde ela e o pai viajavam com tanta frequência.

— A srta. Ingram é tão confusa quanto Sir Cornelius avisou?

Ela se virou. Brentworth caminhava atrás dela.

— Ele me puxou para o lado enquanto a bagagem era posta na carruagem — explicou ele. — Pediu desculpas por me sobrecarregar com a tia porque sua condição mental não era das melhores, mas ela era a única pessoa que eles puderam arranjar mais rapidamente.

— Ela não causará problemas, caso seja esse o seu medo. Ouso dizer-lhe que ela sequer nota que está conosco.

— A acompanhante perfeita, então.

— Para os meus propósitos, ela é. Tive medo de ter que entreter outra mulher, uma que eu sequer conheço. Não acho que conseguiria conversar sobre amenidades por horas a fio. Dentro de uma carruagem, ficamos completamente presos.

Continuaram a caminhada pelo pátio da pousada.

— Você pediu uma acompanhante? — perguntou ele.

— Por que eu faria uma coisa dessas? Se não tive nenhuma na viagem muito pública desde Newcastle, seria estranho eu decidir precisar de uma só para mostrar agora.

— Elas não são apenas para mostrar. Supõe-se que sejam para proteção.

— Não preciso de qualquer proteção além de sr. Napier e do senhor.

— Não finja que não entende o que eu quis dizer. Você não é boa em dissimular.

Chegaram ao local em que os muros do pátio se encontravam, muito longe da confusão de carruagens e hóspedes. Uma árvore crescia no canto, as folhas agora vermelhas e douradas. Ela deu meia-volta para refazer os passos e acabou com o nariz praticamente no colete de Brentworth. Davina recuou um passo, e as costas roçaram na parede. Lançou um olhar para a direita, para ver se podia fugir por ali. O braço dele se estendeu e a bloqueou. O homem pressionou a mão nas pedras bem ao lado de sua cabeça.

— Perguntarei novamente: você pediu a Lady Ingram para lhe encontrar uma acompanhante? — A voz dele, baixa e grave, fluiu por ela como uma carícia.

Ele parecia estar muito perto, tão perto que o calor dele afetava o ar entre os dois. Davina não ousou olhar para ele. Aqueles olhos fariam dela uma tola de língua presa. Manteve o olhar fixo no lenço ao redor do pescoço com suas dobras perfeitas.

— Não pedi. Eu disse que era desnecessário. Tolice, na verdade, dada minha idade e minha missão. Lady Ingram insistiu, no entanto.

— A dama não me pareceu uma mulher que se importa com o decoro, então a insistência dela é curiosa. — Um toque leve em seu queixo, seco e quente. Ele o ergueu, então ela teve que olhá-lo. Um erro, excessivo, bem como ela temia. Seus sentidos nadaram sob o escrutínio do duque. Um arrepio delicioso percorreu o seu corpo. — Ela pensa que você corre perigo comigo?

— Não perigo. Não de verdade. Ela só pensou... bem, ela não confia... — Ela se ouviu balbuciar entre as respirações curtas, como a tola que temeu se tornar.

— Ela não confia em mim com você?

— Ela não insinuou que você fosse desonrado. Não pense na possibilidade.

— Às vezes, os limites da honra podem ser muito vagos para alguns de nós. — Ele ainda segurava o queixo dela, e agora passava o polegar sobre seus lábios. — Talvez ela não confie em você comigo, assim como não confia em mim com a sua pessoa. Não é tanta desonra da minha parte, então.

Um redemoinho soprou dentro dela, mas o mundo ao seu redor permanecia completamente parado. Silencioso.

— Algo assim, eu acho.

— Uma mulher perceptiva. Você teme a si mesma comigo?

Oh, céus. Naquele minuto, sim. No jardim, também. Ele queria mesmo que ela confessasse?

— Você brinca comigo para alimentar a sua própria vaidade. De que importa, desde que eu não tema *você*?

— Nem mesmo um pouquinho? Insultante. — O rosto de Brentworth chegou muito perto do dela. — E que inverídico.

Ele iria beijá-la novamente.

— É melhor voltarmos para a carruagem — disse ela, com hesitação. — Nós realmente deveríamos voltar.

Ele abaixou o braço e deu um passo para trás, afastando-se dela, indo para dentro de si mesmo. Começaram a fazer o caminho de volta. Ela lutou para alcançar um pouco de estabilidade.

— De qualquer forma, Lady Ingram insistiu que eu trouxesse uma acompanhante. Ela não é o tipo de mulher para quem podemos dizer não depois que enfia algo na cabeça.

— Parece muito com você. Não é de se admirar Sir Cornelius a considerar uma filha.

— Ele considera?

— Foi o que ele disse ao conversarmos.

Ela os tinha visto se afastar para um tête-à-tête. Presumiu que falassem sobre o trabalho científico de Sir Cornelius.

— Ele falou de você com muita admiração, e expressou sua opinião de que é um crime você não poder estudar medicina. Disse que você ainda ajuda os enfermos, na medida do possível. Penso que ele tentou me influenciar a ajudá-la a fazer isso.

— A menos que você compre uma universidade, não é provável.

Chegaram à carruagem. O perfil da srta. Ingram mostrava que ela ainda lia.

— Não nisso. Nos outros planos que você tem. — Ele abriu a porta do veículo e a ajudou a entrar, então falou com ela pela janela. — Por que não me contou sobre seus planos para a propriedade?

— Não é um plano. É um sonho, e um sonho que dificilmente se tornará realidade, mesmo se eu recuperar a terra.

Ele a submeteu a uma longa consideração. Esperava que a srta. Ingram não escolhesse aquele momento para deixar o livro de lado, porque ninguém que visse o que havia naqueles olhos duvidaria do que ele tinha em mente.

O duque olhou para a sua acompanhante.

— Pararemos hoje ao norte de Sterling e seguiremos viagem amanhã. Providenciarei para que a srta. Ingram tenha o próprio quarto, para que ela não tenha que impor a presença à senhorita.

— Não é necessário — Davina apressou-se em dizer.

Mas ele tinha se afastado antes mesmo de ela terminar a frase.

Quinze

— Alguns me chamam de bruxa.

A srta. Ingram declarou isso bem no meio do jantar na pousada, a voz interrompendo um silêncio desconfortável. Eric tinha ficado surpreso e desgostoso ao ver a anciã descer as escadas ao lado de Davina.

A mulher nem sequer trouxera um livro. O que queria dizer que o jantar teria uma formalidade que ele não desejava. Não que ele *esperasse* a informalidade. Um jantar de muita intimidade poderia transcorrer em sua cabeça como uma peça de teatro, mas duvidava que Davina fosse estar de acordo. Não esperou que ela fosse forçar a acompanhante a se juntar a eles, no entanto.

Talvez ele a tenha assustado no pátio da pousada. A menos que controlasse os impulsos com ela, o que ele parecia não conseguir fazer mais, duvidava que aquilo poderia ser evitado. A situação o confundia. Normalmente, com mulheres, ele não precisava ser sutil ou desbravar o caminho da inimizade à amizade. Começava com o último, e o único movimento necessário era a cama. Sem qualquer pingo de sutileza.

— Talvez eu seja uma bruxa. Eu acho que não seja, mas quem sabe?

— Penso que as bruxas, se existissem, saberiam que são bruxas — contribuiu Davina.

— É porque eu tenho dois gatos. Por alguma razão, as pessoas pensam que gatos são equivalentes a bruxas.

— Não é comum ter gatos como animais de estimação, mas não são só as bruxas que os têm — exprimiu Eric, para contribuir com a conversa. Qualquer coisa para dispersar a nuvem de expectativa que pairava entre ele e Davina, que também a sentia. Era por isso que ela conseguira não olhar para ele. — A senhora os tem há muito tempo?

A srta. Ingram ponderou um pouco, inclinando a cabeça e franzindo o cenho sob a aba de renda significamente longa do toucado.

— Deixe-me ver. Tenho Lúcifer há sete anos e Malícia há cinco.

— Permita-me adivinhar — disse ele. — São pretos, não são?

— Como o senhor sabe?

— Srta. Ingram — falou Davina, com gentileza —, se insiste em ter gatos pretos chamados Lúcifer e Malícia, não pode culpar os menos esclarecidos por pensarem que a senhora seja uma bruxa.

— Do que mais se pode chamar um gato preto? George?

— George seria um nome esplêndido.

Pela expressão dela, a srta. Ingram não achou o nome nada satisfatório, mas a consternação desapareceu e seus olhos ficaram sonhadores.

— Eu estava lendo sobre a Escócia hoje. Eu deveria ir para lá no próximo verão.

— Estamos na Escócia agora — informou ele. *A senhora vive na Escócia.*

— Oh, pensei que estivéssemos em Brighton. Eu podia jurar ter sentido o cheiro do mar. — Ela olhou para a refeição, da qual comera uma boa quantidade. — Acho que vou me retirar agora e ler um pouco antes de dormir.

Ela se levantou. Ele também o fez.

Assim como Davina, que ainda não tinha terminado o próprio jantar.

— É melhor eu levá-la até o quarto.

Ele fez sinal para o criado que esperava em silêncio perto da porta.

— Por favor, providencie para que a srta. Ingram seja escoltada até o quarto para que a srta. MacCallum termine de jantar.

O jovem seguiu a srta. Ingram para fora da sala de jantar como uma sombra. Davina observou a partida de ambos, hesitou, e voltou a se sentar.

— Uma bruxa, imagine. É bom ela viver na cidade. Por aqui os rumores não seriam nada bons.

Sozinhos, enfim. Que odiável aquele ser o seu primeiro pensamento.

— Foi desconcertante ela não saber onde está, ou onde mora.

— Quando envelhecemos, as lembranças fogem. As mais antigas parecem ter mais destaque. É provável que ela tenha que ser assistida de perto muito em breve. Estou aliviada por Sir Cornelius ter lhe dito que ele está ciente da condição dela. — Davina ergueu o garfo, pronta para continuar comendo, então parou. — Essa é a parte mais difícil de estar sozinho, suponho. Quando envelhecemos, voltamos a precisar de cuidados, e sem uma família, quem fará isso?

— É por isso que você quer transformar a minha propriedade em um hospital? Para fornecer cuidados?

A resposta dela foi continuar comendo. A pergunta a incomodava, pelo que demonstrava a expressão severa.

— Eu penso nela como minha propriedade, é claro. — Ela fez uma pausa ao dizer. — Não tenho ilusões de que posso equipar um hospital como os que encontramos nas cidades hoje em dia. No entanto, um dispensário seria útil aqui. Talvez uma enfermaria com algumas camas. Seria um lugar para onde os pobres e os enfermos poderiam ir para serem tratados por alguém com conhecimentos médicos.

— Você seria essa pessoa? — *Se você ganhar nossa pequena batalha, passaria o resto da vida ali?* Eric se importou com as imagens que sua mente conjurou, daquela mulher vibrante se devotando a nada mais do que o cuidado com os outros. Ela deveria estar aproveitando a vida, sendo jovem. Deveria estar amando e sendo amada, não apenas vivendo como uma cuidadora.

— Eu procuraria um médico de verdade para viver lá, é claro. — A voz dela tinha ficado rabugenta. — A renda gerada pelas terras pagaria o salário dele.

— Acha que zombei de você com a minha pergunta?

— Ambos sabemos sobre minhas limitações no que diz respeito a dar conselhos médicos.

— Sir Cornelius, não. Ele me disse que, trezentos anos atrás, os médicos eram treinados como aprendizes, assim como você serviu ao seu pai. Na opinião dele, as escolas de medicinas de hoje em dia são, muitas vezes, inferiores. O que é uma escola senão um lugar cheio de aprendizes, mas talvez menos intensiva?

A expressão séria de Davina suavizou.

— É, sem dúvida, útil ter mais de um professor, então são melhores no que diz respeito a isso. No entanto, concordo com a nova visão de que todos os médicos devam passar um tempo em um hospital enquanto são treinados, e não só tomarem notas durante as aulas. Ver as enfermidades é bem diferente do que ouvir falar sobre elas.

— Nunca permitiram que você ouvisse qualquer uma dessas aulas?

Um sorriso surgiu no rosto dela.

— Um dia, meu pai me vestiu de homem e me infiltrou lá. O jovem que se sentou ao meu lado no auditório continuava caindo no sono em vez de tirar vantagem de sua maravilhosa oportunidade. Confesso que meu pé atingia a sua perna a cada vez que ele fechava os olhos.

— Acho difícil acreditar que ninguém tenha percebido o ardil. Você jamais se passaria como homem.

— Bem, eu enfaixei os meus... é... eu me enfaixei e usei um casaco. Meu cabelo foi a parte mais difícil. Fiquei de chapéu o tempo todo e permiti que os outros pensassem que eu fosse mal-educada. Isso foi antes... — Distraída, ela tocou as pontas do cabelo.

— Aprendi a gostar do seu cabelo, Davina. Fica bem em você.

O reconhecimento passou por seus olhos, o de que ele se dirigira a ela com familiaridade. Esperou ser corrigido.

— Você só está sendo gentil.

— Nem um pouco. Embora eu deva confessar que o imaginei mais longo, como uma cachoeira de fios de luar. — De onde diabos aquele disparate poético tinha saído? Escapara, rompendo sua reserva em um único salto sobre o bom senso.

Ela corou. Os olhos se arregalaram sutilmente. Os lábios se entreabriram, como se ela pretendesse dizer algo, mas esquecera o quê. Ficaram assim. Ele começou a imaginar outras coisas além dos fios de luar.

Ele serviu mais vinho.

⁕

Aquele jantar estava se tornando um tanto peculiar. O duque ter se dirigido a ela pelo nome a fizera hesitar. Ele ficar poético sobre o seu cabelo não a surpreendia. O olhar dele não estava mais tão implacável. Aquecido, mas não implacável. Aquilo a lembrou um pouco da forma como o sr. Hume a olhava às vezes. Só que a calidez do sr. Hume nunca fizera o seu âmago se enrolar e se apertar daquele jeito.

Talvez o duque estivesse embriagado.

Ela relanceou a garrafa de vinho. Ele confundiu a ação com interesse e lhe serviu mais um pouco. O homem sorriu. Um sorriso verdadeiro, amigável. Gracioso e agradável, não só tolerante.

— Você deveria ter me dito sobre suas nobres intenções para a propriedade — observou ele.

— Isso teria feito você ser mais receptivo à minha petição? Teria recuado?

— Talvez eu tivesse dito que você poderia ficar à vontade para usá-la para fins de caridade.

— Então o lugar ainda seria seu, e eu estaria em dívida com você. Prefiro assegurar a propriedade antes de fazer o meu sonho se tornar realidade.

— Isso levará anos, mesmo se você encontrar a prova que procura. A minha forma possibilita que você comece de imediato.

Era uma proposta tentadora, mas ela se rebelou contra aquela lógica.

O duque devia ter notado. Ele se inclinou para a frente.

— Você não quer a propriedade somente para fins virtuosos, suponho.

— Não, não quero — deixou escapar. — Eu a quero porque ela deveria ser minha.

O humor apareceu no olhar dele. Deus, o homem tinha ficado lindo naquele momento. Davina sentiu as entranhas se contorcerem ainda mais. Tomou um pouco de vinho para ter o que fazer. Deveria se despedir. Isso, deveria se arrancar daquelas sensações estimulantes que ele evocou...

— Talvez, se você continuar a me fascinar, eu simplesmente lhe ceda a propriedade — murmurou ele.

Fascinar? O que ele queria dizer?

— Sua Graça...

— Pode me chamar de Eric.

Eric!

— Não o chamarei assim.

— Então me chame de Brentworth, como o resto do mundo.

Mesmo que soasse familiar demais, então que fosse.

— Brentworth, perdoe-me caso eu esteja sendo atirada ou tola com a minha pergunta, mas... você está flertando comigo?

Ela recebeu o maior, mais genuíno e mais encantador dos sorrisos que já tinha visto no rosto dele.

— Davina, eu não flerto.

Deveria corrigi-lo quanto a usar o seu nome. Ela o corrigiria, se pudesse pensar em um jeito inteligente de fazer isso sem soar como uma solteirona repreendendo alguém.

— Nunca?

— Faz anos. Duvido muito que ainda saiba como fazê-lo.

— Por favor, todo mundo flerta.

— Você flerta?

Ora, aquela era uma pergunta estranha.

— Você não flerta porque duques não precisam flertar. Estou certa?

— Alguns gostam. Langford, por exemplo. Era o esporte favorito dele.

— Se você não flerta, como conseguirá chegar aos conformes com esse matrimônio que deseja arranjar na próxima temporada?

— Espero dançar algumas vezes com a dama em uns tantos bailes, fazer umas visitas, então fazer o pedido.

— Isso me pareceu pavoroso. Pobre menina.

— Pavoroso? *Pobre* menina? Ela será uma duquesa. A família estará delirante de alegria.

— Ela terá que aceitar, imagino, mesmo que não queira. Pavoroso para você também, então. — Ela absorveu a aceitação blasé dele de seu dever irritante. — Não quer mais do que isso? Não deseja paixão, ou até amor? Ambos os seus amigos estão em êxtase com a vida de casados, então não é como se você nunca tivesse visto acontecer com duques.

A reserva tranquila pareceu esvanecer, mas não sumiu completamente.

— Eu não só não desejo algo assim em um casamento, como pretendo evitar a possibilidade. A paixão é uma perturbação e nos transforma em alguém que não somos. Langford vem sendo um santo, algo que ele não nasceu para ser. Stratton está ficando mole, e eu lhe asseguro que, mesmo ele sendo amável, ele não é, por natureza, da forma como você o vê quando está com Clara. Ambos perderam o domínio de seu verdadeiro eu, e a paixão é o motivo.

Ele parecia muito certo sobre o que dizia. Como se soubesse do que falava. Ele já tinha vivido essa experiência, Davina percebeu. Tinha se perdido dessa forma.

— Espero que ao menos você garanta que essa pobre menina com quem se casar esteja satisfeita.

MADELINE HUNTER

— Minha riqueza estará à disposição dela, então ela estará satisfeita.

— Não estou falando de bens mundanos. Eu quis dizer na cama. — Deus, de onde isso tinha vindo? Ela olhou para a taça de vinho, não se sentindo tão consternada consigo mesma quanto deveria.

— Perdão?

Ela olhou para cima e viu que o duque parecia abismado. Gostou bastante de ter causado isso.

— Talvez esteja ciente de que as mulheres também podem ter orgasmos. A medicina já documentou o fato, e os médicos escreveram sobre o assunto, caso esteja imaginando como sei disso.

— Estou ciente, obrigado.

— Então deve saber que, para a mulher ter a experiência, depende muito de o homem estar ciente e seguir os passos para se assegurar de que isso aconteça. O que quero dizer é que você pelo menos deve permitir que a pobre moça tenha a experiência. — Ela bebeu mais vinho.

— Não se preocupe com a pobre moça, Davina. Sinto orgulho por ser esclarecido quanto ao assunto. — Não mais fora de prumo, o olhar dele praticamente a desafiou a prosseguir com a conversa.

Davina decidiu que não seria prudente. Por uma única razão: para qualquer um aquele era um tópico escandaloso que ela jamais deveria ter abordado. E outra, falar sobre algo tão impróprio se provara mais divertido do que deveria e estranhamente estimulante.

Empurrou a taça para bem longe. Já bastava de bebida.

— Se não for com o seu interesse amoroso, você não flerta com suas amizades? — perguntou ela, desviando o assunto.

— É quase a mesma coisa. Danço com uma mulher em alguns bailes, visito-a algumas vezes.

Então faço o pedido. Ele não disse isso, mas ficou implícito. Só que não era um pedido, era mais uma proposta.

— Você não respondeu à minha pergunta — observou ele. — Você nunca flerta?

Claro que ele se lembraria que ela havia desviado o assunto.

— Não sabe como? — insistiu ele.

— Tentei uma vez, mas não fui bem-sucedida. Talvez não esteja na minha natureza tanto quanto não está na sua.

— Toda mulher deveria saber flertar. Vamos dar um bom propósito a essa viagem. Pode praticar seu flerte comigo, e eu a deixarei saber se foi bem-sucedida.

— Não flertarei com você. Além do mais, de acordo com o que você disse, nem sequer é necessário.

— Não comigo, mas as damas devem saber como flertar. De outra forma, como saberei que estarão dispostas a receber minhas visitas? Não percebe? Tudo é decidido antes de eu chegar à porta delas. Tudo é dito sem o uso de palavras.

Ela sabia o que era aquele *tudo*. Os olhos dele haviam passado a mensagem. Sem o uso de palavras. O que era muito inapropriado. Então por que ela ainda estava sentada ali, compactuando com aquilo? Incitando o assunto com sua conversa franca? E onde estava o criado? Talvez ele tivesse voltado, e saído ao ver a expressão nos olhos do duque? Ela não teria notado porque cada parte da sua atenção estava focada nele, não no cômodo, nem no decoro.

— Quanto a você nunca ter flertado, não é verdade — disse ele, prendendo o seu olhar. — Esteve flertando comigo sutilmente a noite toda. Sua franqueza é uma forma de flerte. Sabe que eu gosto, então nunca se abstém dela. Penso que você não flerta de forma mais aberta porque teme aonde o ato pode levar.

— Não tenho a ilusão de que flertar com um duque me levará a qualquer lugar.

Ele estendeu a mão sobre a mesa e *pegou a dela*.

— Minha querida srta. MacCallum... Davina, como você está errada.

Ele ficou de pé, erguendo-a sobre suas pernas bambas. No segundo seguinte, ela estava em seus braços.

— Leva a esse momento — disse ele. — Duas vezes, agora.

— Aquela primeira vez foi diferente. Foi um impulso. Isso é...

— Um impulso novamente.

— Nem sempre é sensato sucumbir a eles. Poderia acabar insultando alguém.

— Eu lhe asseguro, não abraço mulheres a não ser que eu saiba que elas queiram.

— Tem certeza de que eu quero?

— Parece que sim, já que ainda está aqui. — Ele baixou a cabeça. — Acho que você estava certa e eu deveria buscar mais paixão em minha vida.

Ele iria beijá-la de novo. Bem ali, naquela saleta de jantar, com o resto da refeição esperando pelo criado. Com os hóspedes menos privilegiados gritando e rindo do outro lado da parede. Se alguém entrasse...

Os lábios tocaram os dela com cuidado, mas de forma decisiva, e ela não debateu mais se poderia acabar arruinada. As palpitações que o coração experimentara por horas, de repente, transformaram-se na mais primitiva das danças. Parecia que tinha parado de respirar, ainda assim, não desmaiou.

O beijo foi delicioso. O abraço, firme, reconfortante e perigoso, tudo ao mesmo tempo. Davina permitiu que ambos prosseguissem, e se submeteu ao poder deles. Ao poder *dele*. Sensações maravilhosas a inundaram, e a aqueceram, e a excitaram.

Ao mesmo tempo em que sentia sua paixão aumentar, a dele ficava mais agressiva. Um canto de sua consciência notou as mudanças físicas com um interesse médico. O balanço embriagado que a forçava a abraçá-lo também. A forma como perdia o controle das reações físicas até elas tomarem o controle da sua vontade. A sensibilidade de seus lábios, de sua boca e de toda a sua pele era tanta que seu corpo sentia o dele através dos trajes e ansiava por mais proximidade.

Ele levou a mão ao seu rosto, segurando-o enquanto a língua invadia a sua boca. Isso a assustou, mas a intimidade fez com que uma nova excitação transbordasse de seu âmago e empoçasse mais abaixo, bem perto de seu sexo, que agora possuía uma vitalidade que não podia ser ignorada.

Era maravilhoso demais para parar. Não ouvia mais os sons vindos do salão. Não se importava que aquilo seria um erro terrível. Até mesmo a sua missão e o fato de ele ser contra ela parou de preocupá-la. Tudo nela, o corpo, a mente, o sangue, a essência, só queria se abandonar àquele prazer.

Ele se sentou na cadeira dela e a puxou para o colo. Mais fácil, ali, para beijar sem cambalear. A posição dava a ele um melhor acesso ao seu pescoço e à orelha e à pele logo acima do peito. Ele explorou tudo com beijos fogosos e mordidelas. Ficaram muito próximos naquela posição, mas não tão próximos quanto antes, e o corpo ansiava pela proximidade perdida, pelo corpo quente e forte e a pressão em seus seios e quadris. Apoiou a mão na camisa dele, por baixo do casaco, mas não foi a mesma coisa.

Ele sabia. A mão dele foi descendo pelo seu corpo até os joelhos, e voltou a subir em uma carícia que atendeu ao seu desejo por mais contato. Cada afago firme criava uma trilha de sensualidade renovada. Não demorou muito para isso também não ser mais suficiente, e a necessidade a deixou enlouquecida. Era incapaz de se defender da maneira que o corpo a incitava a ir em frente.

O prazer a oprimiu. Deixou os seus sentidos mais afiados, permitindo que ela sentisse cada toque, que inalasse a essência dele, que ouvisse o coração do duque bater. Isso embotou sua consciência de todo o resto. Um novo toque mal roçou o seu seio. Uma voz, baixa e grave, mal rompeu o silêncio. *Posso?* Pediu a sua permissão para... Ele queria que ela respondesse, que autorizasse, que exprimisse a fome frenética em palavras. Sim, sim. Só que não conseguia dizer. Só enfiou o rosto no pescoço dele e fez que sim.

A primeira carícia em seu seio criou uma carga de prazer que a deixou sem fôlego. As seguintes, mais sutis, mais focadas, devastaram-na. O poder aumentou dentro dela até que o beijava com loucura, tentando liberar a sensação, morrendo com aquela tortura, mas não querendo que ela acabasse.

Beijos descontrolados, abraços fortes, carícias insuportáveis. A paixão atingiu um ponto que ela quase chorou pela forma como o corpo pulsava. Mais, tinha que haver mais, a mente perturbada insistia.

Aquela voz surgiu mais uma vez em sua mente. Se fez algum som, ela não o ouviu, só absorveu as palavras. *Vamos lá para cima comigo.*

Sim, sim. Mas, aos poucos, entendeu o significado delas e encontrou um fio de racionalidade. Ir lá para cima para um quarto, o dele ou o dela, e terminar aquilo. Era o que ele queria. Desejou que ele não tivesse perguntado. Desejou que ele a tivesse pegado no colo e a carregado além da porta e subisse as escadas e...

Voltou a enterrar o rosto no pescoço dele, tentando pensar. Por que não deveria? Era o que queria. Disse a ele para buscar a paixão. Por que *ela* não podia?

— Acho que sim — murmurou.

Ele parou de acariciar o seu seio, mas os longos afagos continuaram em suas costelas e nos quadris.

— Acha que sim? — Ele virou a cabeça e a beijou na bochecha com carinho. — Não tem certeza?

Ela também virou a cabeça, para que ele pudesse lhe beijar os lábios, e para que sua voz não soasse tão abafada.

— Preciso ter essa experiência pelo menos uma vez na vida. Agora parece uma hora excelente.

Esperou que ele se levantasse, que lhe pegasse pela mão e puxasse até a porta. Em vez disso, as carícias e os beijos suaves continuaram. Queria que ele voltasse a tocar os seus seios. Quase levou a mão à dele e a moveu até o local.

— Você ainda é virgem. — Um suspiro longo.

— Pensou que eu não fosse?

— Você levou uma vida pouco convencional e mundana. Posso ser desculpado, espero.

— Não é importante.

— Dificilmente. Cavalheiros não arruínam inocentes.

— Que disparate. Tenho certeza de que eles fazem isso o tempo todo.

— Não esse que vos fala.

Ela se endireitou e olhou para ele. Eric foi sincero. A expressão dele ainda carregava as marcas da paixão. Os olhos queimavam e o rosto ainda estava contrito, mas ele não a levaria lá para cima. O suficiente do mais ducal dos duques tinha voltado ao rosto dele para que ela compreendesse a mensagem.

— Bem, maldição, Vossa Graça. É falta de educação seduzir uma mulher, deixá-la em tal estado e então não... não... — Várias palavras escandalosas surgiram em sua mente, mas nenhuma das médicas.

Saiu do colo dele.

— Esperaremos um pouco para que você possa se recompor. — Ela apontou para o colo dele. — Não vai querer sair em posição de sentido, tenho certeza. Felizmente, as mulheres não demonstram as evidências do seu desejo com a mesma facilidade.

— Você acha que não? Queria que houvesse um espelho aqui. — Ele riu alto, então a puxou para perto e ergueu a mão para afagar a sua cabeça. — Uma coisa boa em cabelos desse comprimento é que não fica tão desmantelado depois de uma indiscrição dessas.

A brincadeira morreu, deixando-os olhando um para o outro com tristeza.

— Eu deveria ter lhe contado sobre a minha inexperiência?

— O mal entendido foi culpa minha. Eu me permiti acreditar no que eu quis acreditar, assim poderia continuar sendo um canalha.

— Não um canalha. Não pense dessa forma. Verdade seja dita, você não me deu trégua, mas eu... bem, eu não me importei o suficiente para que você se dê a alcunha de canalha. — Tinha sido maravilhoso, e ela não se acovardaria e fingiria que não tinha sido. Suspeitava que a mulher dentro de si se refastelaria na lembrança por meses a fio. O corpo, ainda não acalmado, enviava fagulhas para o sangue. Desejou nunca ter dado motivos para ele agir com nobreza com ela.

O duque ficou de pé.

— Bom saber. — Ele segurou o seu rosto com ambas as mãos e lhe deu um último beijo, então a soltou. — Agora é melhor você ir lá para cima sozinha. Vou esperar um pouco.

Ela foi até a porta, esperando que ele a seguisse. E é claro que não seguiu.

— Suponho que agora voltaremos a ser inimigos — falou.

— Isso deve ser impossível. Vamos ser amigos com objetivos diferentes.

Oh, como ele parecia bonito ali, o olhar ainda abrasado e o canto dos olhos enrugando um pouquinho com o sorriso impreciso. Olhou-o o bastante para gravar na memória, então, saiu do aposento e rumou para a sua cama vazia.

NUNCA DIGA NÃO A UM DUQUE

Dezesseis

Quando uma vida muito bem organizada enveredava para longe do caminho muito bem demarcado, normalmente, havia uma boa razão. Eric decidiu que era tudo culpa da Escócia. Ele deveria ter sido capaz de liberar a frustração com aquele pensamento, só que tinha consciência de que a beijara pela primeira vez na Inglaterra.

Deveria se orgulhar do próprio autocontrole. Em vez disso, passou a noite argumentando com as regras que o exigiam. Parecia-lhe que Davina tinha sido mais racional do que ele. Talvez ela sentisse que a vida lhe devia aquela experiência. Que ele fosse o homem conveniente para o propósito não era de forma alguma uma lisonja, mas aquilo servia muito bem aos seus propósitos.

Que eram... quais? Esse era o perverso detalhe que não o deixava dormir, e, como ela tivera a bondade de apontar, estar em posição de sentido. Ela não era como as suas outras mulheres, o que devia ser seu apelo. Ele não poderia só dançar algumas vezes, fazer visitas, comprar algo caro e pedir discrição. Tudo no mundo dele e dela dizia que ele não deveria tocá-la, que dirá levá-los a um ponto de estarem a doze degraus de um erro irreparável.

E, ainda assim, fizera exatamente isso. Não que se arrependesse. Sequer poderia jurar que não faria de novo se tivesse a oportunidade. Fazia tempo desde que sentira uma paixão tão negligente e impetuosa. Sua sensualidade se deleitou por ter ganhado rédeas soltas por um tempo. A coisa acenou a noite toda para encontrar uma forma de se aventurar em uma experiência descontrolada com alguém, se não com Davina, então qualquer outra serviria.

Ela pensou que eles poderiam voltar no tempo. Que poderiam esquecer aquele primeiro beijo e que agora, depois desse, depois de terem estado perto demais de ter um ao outro no chão da sala de jantar de uma pousada, que eles poderiam voltar a ser inimigos. Isso falava tanto da inexperiência dela quanto os abraços ingênuos que ela dava. Os quais, se fosse sincero consigo mesmo, diziam-lhe que ela devia ser inocente, mas a esperança e a voracidade aniquilaram esse pensamento em um piscar de olhos.

Nada estava resolvido em sua mente ao romper da aurora. Quando Davina desceu com a srta. Ingram, ele recebeu um sorriso cálido, quase nostálgico, antes de ela guiar a anciã até a carruagem. Ele se acomodou ao lado de Napier e pegou as rédeas. Ao menos, conduzir os cavalos daria à sua mente algo a fazer além de ficar ruminando sobre a srta. MacCallum. Além do mais, Teyhill os esperava, e ele precisava se preparar para uma visita que não queria fazer.

— Vocês ficarão aqui — Brentworth anunciou o plano assim que Davina saiu da carruagem. — Há um apartamento reservado para mim no último andar. Você e a srta. Ingram devem ficar confortáveis lá. Há vários aposentos, e as janelas dão vista para uma pequena horta ao sul. Os aromas do pátio não são tão ruins lá de cima.

O sr. Napier tirou toda a bagagem dos fundos da carruagem, até mesmo a do duque.

— O senhor ficará aqui também? — perguntou. — Pensei que fosse ficar em Teyhill.

— Se eu fosse ficar lá, você ficaria também. — Ele nem sequer a olhou, mas observou Napier. Então se virou para ela com um passo longo. — Escolhi não viver lá. Por isso tomei providências para o andar superior dessa pousada, assim eles estariam disponíveis sempre que eu viesse.

— O que você nunca fez.

— Ficarei aqui — repetiu, com calma. — Ficarei com um quarto e deixarei o andar de cima para vocês, a menos que tenha problemas com as escadas.

— Eu não tenho, e a srta. Ingram não é fisicamente limitada.

— Napier providenciará tudo. Faça a refeição onde preferir. Eu a encontrarei pela manhã. — E, assim, ele soltou o cavalo da parte de trás da carruagem, montou e partiu.

Não tinha sido uma conversa promissora, e tinha sido a primeira do dia. Presumiu que ele só estava arrependido pelo que havia acontecido. Talvez estivesse envergonhado, embora, como homem, ele jamais admitiria. Ele tinha perdido o controle. Simples assim. E logo a encorajara, até mesmo atraíra, a fazer o mesmo. Não era o tipo de comportamento pelo qual Brentworth era conhecido.

O sr. Napier entregou a bagagem deles para diversos criados, então as levou para dentro. Ouviu mencionarem o nome de Brentworth várias vezes.

Ele insistiu para que uma mulher ficasse à disposição das damas por toda a estada, para que as servisse com exclusividade. O estalajadeiro saiu do cômodo e voltou com uma jovem que pediu que elas seguissem até o andar de cima.

A srta. Ingram virou a cabeça para lá e para cá enquanto subiam.

— Alguém mudou tudo. Os painéis antigos eram muito mais bonitos.

— Creio que a senhora nunca esteve aqui.

— Não? Bem, todas as pousadas são muito parecidas entre si, suponho. Ficaremos por muito tempo?

— Eu não sei. — Poderia ser por mais ou menos um dia, ou poderia ser por uma semana ou mais. Dependia de Brentworth. Não tinha escolha a não ser permitir que ele a levasse para lá e para cá. Se ele escolhesse não levá-la ao lugar que ela pensava ter que ir, ela teria que contratar uma condução. Perguntou-se se aquela pousada, que estava tão obrigada à generosidade dele por manter, de forma permanente, todo um andar que nunca era usado, iria ajudá-la a fazer isso.

Quando enfim chegou aos aposentos do andar superior, estava meio que convencida de que Brentworth a pusera ali para a impedir de ficar a par de tudo o que precisava saber. Podiam não ser mais inimigos, mas também não partilhavam da mesma opinião.

Os aposentos se provaram luxuosos o bastante para um duque. Tecidos e mobília elegantes agraciavam a imensa sala de estar e os três quartos. Como ele disse, dois deles tinham vista para a horta e para algumas árvores. A srta. Ingram, no entanto, decidiu que preferia o terceiro, um quarto que era mais um recanto do outro lado e que tinha apenas uma janela nos fundos.

— Terei a luz do norte — disse ela. — Que é melhor para a leitura. Sem sol forte durante uma parte do dia. — Ela se abaixou e pegou a valise. A criada a pegou primeiro, levando-a até o quarto e começando a desempacotar os livros.

Davina escolheu o próprio quarto, um que tinha uma pequena entrada antes de se abrir ao longo da parede exterior. O sol da tarde brilhava, mas as árvores impediam que ele fosse forte demais. A cama pareceu macia, e as paredes brancas criavam um alegre contraste com o tecido vermelho que cobria as janelas e a cama.

Abriu as janelas, sem se importar pelo clima ter esfriado, e puxou a cadeira para perto de uma delas, assim poderia olhar a vegetação que crescia lá embaixo. Acomodou-se para fazer os planos para os dias que tinha pela frente. As lembranças da sedução de Brentworth tentaram invadir a sua mente. Concentrou-se em sua missão para mantê-los longe, como fizera durante a maior parte do dia. Dessa vez, no entanto, enquanto o sol poente lançava manchas nas vidraças, ela se viu sem forças para resistir. Fechou os olhos, cruzou os braços para se conter e sucumbiu aos ecos daquele delírio.

<hr />

Ele não poderia ficar ali para sempre, naquela elevação, olhando para aquela casa e para as montanhas que se avultavam não muito longe do lugar. E, ainda assim, ele não fez nada para que o cavalo avançasse.

O dano não era muito aparente visto dali, mas a pedra carbonizada podia ser vista em um canto. Quando vista da frente, em vez de dali, ele sabia que toda a ala oeste continuava sendo um amontado de paredes enegrecidas.

Fogo. Gritos. Um medo terrível e, por fim, a devastadora realidade. Culpa sua. Nunca fora capaz de se livrar da culpa. A ignorância não era uma desculpa. Ele não soube porque não quisera saber.

Tinha estado tão cego de paixão que não sabia o que ele tinha naquela mulher. Não reconheceu o temperamento volátil pelo que era em realidade. Não quis, porque estava mais livre do que já estivera em toda a sua vida. Nada de regras, limites ou restrições. Pensou na repreensão de Davina na noite anterior, que ele precisava de mais paixão na vida. *Uma vez, conheci uma paixão irrefreável. Uma paixão escandalosa e primitiva, e ela quase consumiu tudo o que eu sou.*

Lá embaixo, um cavaleiro apareceu, ficando maior à medida que galopava em direção à cumeeira. Um braço acenou quando o cavalo chegou mais perto. Roberts, o administrador do lugar, controlava o animal a cerca de dez metros de distância.

— Vossa Graça. Pensei que talvez fosse o senhor e decidi vir verificar.
— O sotaque o marcava como nativo da região, assim como a loura aparência céltica e a força. Brentworth o reconheceria em qualquer lugar, mesmo fazendo quase dez anos desde que tinham se visto pela última vez, mas, na época, é claro, Roberts sabia de tudo. Ninguém mais sabia.

Roberts olhou para trás, na direção da casa.

— Já faz um tempo.

— Muito tempo. — Eric tinha pretendido que mais tempo ainda se passasse, mas Davina mudou esses planos, não mudou?

— Ao receber sua carta avisando da visita, mandei preparar os melhores quartos. — Ele quis dizer os que ficavam na parte da casa que não tinha se queimado. Não os aposentos ducais. Eles eram cinzas agora.

— Ficarei na pousada. Vim com convidadas, e mesmo os melhores quartos não seriam bons o suficiente. São damas. — Adicionou a última informação para defender o caso, mesmo que os aposentos em questão servissem muito bem a Davina, e que a srta. Ingram nem fosse notar.

A verdade era que ele não queria ficar ali. Nem por uma noite sequer.

— Descerá para ver como as coisas estão indo, Vossa Graça? Os criados, embora poucos, ficariam honrados.

De forma alguma queria ir lá embaixo, mas alguns deveres, mesmo insignificantes, importavam para outras pessoas além dele mesmo.

— Vamos agora, e o senhor poderá reuni-los.

Roberts deu um sorriso largo e virou o cavalo. Brentworth incitou o cavalo a um trote. Por pura força de vontade, ele não viu as chamas se erguendo para o céu noturno.

<hr />

A carruagem percorreu colinas e vales pouco profundos. Davina olhou pela janela, tomada pelo entusiasmo. Estivera ali com o pai uma vez, e tinha certeza de que reconhecia a estrada e os chalés visíveis em algumas áreas abertas.

A estrada se alargou à medida que subiam uma colina mais baixa, então fez uma curva lá no alto. Da janela, ela viu Teyhill lá embaixo. As ruínas antigas de uma torre serviam como sentinela para quem se aproximava do edifício atual. Seria lindo, até mesmo impressionante, com seus quatro andares de pedra, se metade dele também não estivesse em ruínas.

Um incêndio, dissera-lhes a criada. Um enorme incêndio à noite, que fora tão quente que rachara pedras e destruíra todo o interior de toda a ala. Só o esforço heroico dos criados havia poupado a metade leste, mas até mesmo lá a fumaça tinha arruinado a maior parte da mobília.

Ela esticou o pescoço para poder passar a cabeça pela janela. Lá em cima, Brentworth montava seu cavalo em silêncio. Tiveram uma rusga na noite anterior, quando ela insistira em ver a casa, e o havia acusado de tentar mantê-la longe de lá porque ele não queria admitir que o imóvel tinha queimado e que ele se limitara a deixá-lo daquele jeito.

Não há nada útil para você lá, Davina.

Talvez não, mas ela exigiu vê-lo mesmo assim. Era dela, afinal das contas. Ou seria. Ele achava mesmo que ela iria até ali e nem ao menos olharia o seu lar ancestral?

Aço e gelo, foi o que ele tinha se tornado quando ela o importunara àquele ponto. Ele abandonara o jantar no apartamento de forma abrupta, bem melindrado. Então, naquela manhã, um criado trouxera um bilhete dizendo que partiriam às dez horas para visitar a propriedade.

Davina banqueteou-se com o prédio que tinha visto apenas uma vez antes, esgueirando-se por ali com o pai. Não havia nada refinado no lugar. Um imenso amontoado de pedras cinzentas, que se erigia muito acima da paisagem sem árvores. Havia um jardim nos fundos quando estivera lá da última vez. Esperava que ele também não tivesse sido abandonado às ruínas.

A estrada dava lugar a uma trilha e se curvava em direção à casa. Davina mudou para a outra janela para que pudesse olhar. A devastação do incêndio se tornaria visível em breve. Nada de telhado, somente pedras enegrecidas e longas vigas de madeira partida apontando para todas as direções. Ninguém nunca tinha limpado os escombros. Brentworth deixara o lugar do jeito que estava quando as brasas se apagaram.

Apesar do estado do imóvel, o coração se aqueceu ao vê-lo. Um novo tipo de satisfação se assentou em seu peito. Soube, então, que quaisquer dúvidas que pudesse abrigar sobre sua causa eram um engano. Seu lugar era ali. Sentia aquilo na própria alma.

O sr. Napier abriu a porta depois que a carruagem parou. Brentworth cuidava da montaria quando ela desembarcou. Ele foi até ela no mesmo instante em que um homem grande e louro apareceu do lado de fora da porta.

— Esse é o sr. Roberts — informou Brentworth. — Ele é o administrador. É o responsável pela propriedade.

— Pela aparência das coisas, ele não cuidou muito bem dela. Metade da construção ainda é um monte de escombros queimados.

— Ele, é claro, deve obedecer às minhas ordens sobre o que é feito.

— Então a culpa é sua.

Ele a olhou com firmeza e permaneceu em silêncio.

— Por que deixou o prédio desse jeito, Brentworth? Quando o acusei de negligenciar a propriedade, eu não tinha ideia de que as coisas tinham chegado a esse ponto.

— Foi escolha minha. Isso é tudo o que você precisa saber. É minha, e eu escolhi deixá-la assim. Agora, vamos entrar. Tenho certeza de que você insistirá para ver a casa, então estarei de acordo desde o início.

Ele apresentou o sr. Roberts. Ela gostou do homem. Não só tinha um sorriso rápido, e era muito escocês tanto na forma quanto na fala, mas olhava para Brentworth de uma maneira mais direta do que ela esperava. Admirou-o por isso. Ele não protelou muito e, na verdade, tinha alguma calidez nos olhos quando olhava para o duque. Não pensou que qualquer que fosse a lealdade que ele sentia se tratasse da simples gratidão de um criado por estar em uma boa situação.

— A srta. MacCallum gostaria de conhecer a casa — informou Brentworth.

— Estarei mais do que feliz em mostrar o imóvel a ela eu mesmo, Vossa Graça. E a cozinheira preparou uma refeição leve para mais tarde. Vossa Graça se juntará a nós no passeio pela propriedade?

Brentworth chegou a dar alguns passos para trás ao ouvir a pergunta. Então parou.

— Acho que sim.

Depois disso, Roberts deu a ela toda a sua atenção.

— Não é necessário explicar que não iremos por ali, srta. MacCallum. — Ele apontou para o lado em ruínas. Uma cortina imensa e pesada tinha sido pendurada no que devia ter sido a entrada para aquela ala. — Começaremos pela biblioteca, por aqui.

Entrar na casa no dia anterior tinha sido infernal. Naquele dia, Eric descobriu que não se importava tanto. Durante todo o caminho, seguiu a carruagem em seu cavalo, sentindo como se o corpo fosse um arco retesado, e se preparou mais uma vez quando apeou do animal. Mas, na verdade, entrar lá não o afetara da mesma forma.

No dia anterior, depois de ser cumprimentado pelos criados, tinha preferido não ficar por muito tempo. Com certeza ele não tinha entrado em cada cômodo. Fazia isso então, no encalço de Roberts e Davina. Na biblioteca, repleta de mobília nova pela qual ele pagara, mas nunca vira. A sala matinal, onde tinha tomado muitos cafés da manhã tardios à luz do sol da tarde, temporariamente saciado, mas já ansiando por mais. A sala de visitas, agora decorada em um estilo mais medieval que combinava muito mais com a estrutura do que o classicismo de antes.

A facilidade com a qual vivenciara tudo o fascinava. Tinha mesmo temido demais aquele lugar por tanto tempo? Será que a mobília nova era o suficiente para amainar as lembranças? Será que o tempo tinha feito a sua mágica e lhe dado absolvição?

A comitiva parou perto de uma janela fora da sala de visitas, enquanto Davina olhava ao redor.

— Vejo fazendas à distância. São arrendatários?

— São — respondeu Roberts. — O longo edifício térreo aqui mais perto é o estábulo.

— Há um jardim mais abaixo?

— Sim, mas está um pouco descuidado agora. Mais rústico do que um jardim propriamente dito, embora haja uma horta.

Eles foram até o salão de baile. Davina ficou boquiaberta, perscrutou e salpicou Roberts de perguntas. Um sorriso animava sua expressão. Os olhos brilhavam de animação e ávido interesse. Ela via tudo ali como se fosse dona do lugar, não deixando de notar um único vaso ou cadeira.

Caminharam pela galeria que flanqueava o salão de baile ao longo da parte dianteira da casa. Eric nunca se dera ao trabalho de descobrir se alguma daquelas pinturas tinha qualquer importância. Duvidava muito. Os barões não eram os mais distintos na riqueza ou na sofisticação. É claro, as paredes também abrigavam retratos dos barões anteriores. Davina fingia examinar as passagens e os deuses, mas ele viu o olhar dela se estreitar nos rostos acima.

O que chamou a sua atenção para aquelas cabeças.

Uma baronesa no fim da fileira prendeu a sua atenção. Eric olhou a pintura com atenção, então olhou para Davina, que tinha seguido em frente. Ela não tinha visto o que ele vira. Uma semelhança, pareceu-lhe. Sutil, mas estava lá nos olhos e no nariz. Possivelmente. Talvez não. Não dava para confiar nos pintores, de qualquer forma. Eles sempre mudavam as coisas para favorecer o contratante.

— Gostaria de ir lá para cima e ver os aposentos particulares, senhorita?

— Ah, sim, com certeza. Quero ver tudo, até mesmo as cozinhas.

Ela viu tudo, até Roberts os deixar na sala de jantar para que desfrutassem da refeição preparada pela cozinheira. Conforme o esperado, a cozinheira havia superado todas as expectativas e exigências.

— É bastante comida — sussurrou Davina quando o quinto prato foi posto na frente deles. — Está cedo para uma refeição dessas.

— Eu agradeceria se você comesse um pouco. Creio que a cozinheira esteja dominada pelo deleite de cozinhar para mim.

— Desfrutarei de tudo se o que for servido for tão maravilhoso quanto essa sopa. Por que se contenta com a refeição da pousada quando pode comer assim?

— Porque eu escolhi ficar na pousada.

A colher cheia que ela segurava parou a caminho da boca.

— Por quê? Essa casa não lhe agrada mais do que a pousada? A parte em que estamos é linda.

Ele optou por comer.

— Claro, o outro lado... — Ela se serviu do faisão que estava na travessa. — Creio que não dá para ser salvo agora, não depois de anos de chuva e de intempéries. Terá que ser reconstruído. — Ela experimentou a ave e fez uma expressão de deleite antes de prosseguir. — O que aconteceu lá?

E aí estava a razão para ele não querer que ela tivesse vindo até ali.

— Queimou.

— Como?

— Com fogo.

Ela baixou as pálpebras.

— Sério? O fogo a fez queimar? Quem teria imaginado?

— Você quer detalhes?

— Quero, obrigada. Nada desse delicioso faisão para você até que me conte.

— Uma noite, o fogo teve início em um dos aposentos privados. Quanto a como exatamente ocorreu a primeira faísca, eu não sei. — Mentiras, mas preferia morrer a dar os detalhes.

— Bem, coisas assim acontecem. Pensei que talvez tivesse sido um raio. É raro uma construção sobreviver ao fenômeno se for atingida em cheio.

— Não houve uma tempestade naquela noite. — Eric desejava ter pensado *nessa* mentira.

— Foi ruim de sua parte não ter feito nada com o que restou. Você não pode ser culpado pelo fogo, mas pode ser culpado por isso.

— Acha que desvaloriza a sua suposta herança?

— Penso que... você pode comer um pouco de faisão agora e deveria mesmo prová-lo... Penso que ter deixado a ala em ruínas, permitindo que tudo se deteriorasse, não joga uma luz favorável sobre você. Não tem nada a ver com a minha herança.

— Não vamos mentir um para o outro. — Corajoso, tendo-se em conta que ele tinha acabado de fazer exatamente isso. — Você não estava só admirando a casa ao percorrê-la. Estava fazendo um inventário da *minha* propriedade e dos *meus* pertences.

— De certa maneira. Na maior parte do tempo, no entanto, eu me perguntava, como já apontei, por que você ficaria na pousada quando tem essa casa a poucos quilômetros e que está a seu dispor.

— Talvez eu tivesse pensado que teria mais chances de seduzi-la se eu estivesse também na pousada. — Ele disse isso para afastar a conversa da razão de realmente evitar aquele lugar, mas o pensamento rondou a sua mente, com frequência; que patife ele era.

Aquilo a fez recuar por cinco segundos, não mais que isso. Ela ergueu uma tampa para ver o que mais a cozinheira tinha preparado.

— Aposto que esse peixe foi fisgado há poucas horas. — Ela colocou um pedaço no prato. — Se esse era o seu plano, poderia tê-lo posto em prática aqui, sem maiores problemas. O local seria até mesmo melhor, na minha opinião. Bastava convidar a mim e à srta. Ingram para ficar aqui também.

— Você gostaria?

— Do quê? De ficar aqui ou de ser seduzida?

— Por agora, precisa responder só a parte do *ficar aqui.*

— Quem não ia gostar, exceto você? É um luxo. A comida é ótima, os colchões são maravilhosos, tenho certeza, e estou supondo que os lençóis são da melhor qualidade. Há outros criados que não a cozinheira e o lacaio que nos traz todos esses pratos?

— Vários. Eles estão nos espionando pelo buraco das fechaduras.

— Contanto que haja uma mulher para ajudar a srta. Ingram para que eu não precise cumprir tal tarefa, diria que é uma melhora significativa em comparação com a pousada.

Ele poderia? Ficar ali? Naquele momento, achava que podia. Quando percorreram a casa, ele pôde. Só que ele não achava que algo tinha mudado de verdade quanto ao que sentia por aquela casa. Tudo mudara com a presença de Davina, e com a forma como ela afastara as histórias antigas por um tempo.

Ainda assim, ela queria dormir na casa que pensava ser dela, e ser atendida pelos criados que pensava ter o direito de comandar. Poderia lhe dar aquela indulgência por alguns dias. Poderia dominar a aversão por um período. Talvez amenizasse a decepção que ela sentiria quanto à propriedade.

— Falarei com Roberts. Ele mandará buscar a nossa bagagem e a srta. Ingram e nos acomodará aqui.

Dezessete

Por agora, precisa responder só a parte do ficar aqui.

Ele presumia que ambos haviam compreendido e aceitado que, é claro, ele não iria seduzi-la, então ele poderia fazer piadas. Mal sabia ele que Davina quase tinha deixado escapar que ficaria feliz em ser seduzida.

Ela caminhava pelo jardim, que havia crescido de forma descontrolada, enquanto ele ia dar instruções ao sr. Roberts. Podia-se encontrar os caminhos caso se afastasse os galhos mais altos dos arbustos. Umas poucas flores pontilhavam o local, indicando que tinha havido um canteiro ali, só que agora ele tinha sido engolido por aquela selva.

Um portão nos fundos a atraiu. Ela o destrancou e entrou em um urzal. Perto dali, acima de uma colina mais baixa, viu um bosque. As árvores pareciam jovens o bastante para fazer crer que alguém as plantara lá, forçando uma cobertura não natural sobre o que deveria ter sido pastagem ou campo de cultivo. Depois de caminhar por mais uns dez metros, viu a razão. O cemitério da família desfrutava daquele pedacinho de natureza — as lápides e os pequenos mausoléus apareciam entre os galhos nus.

Caminhou com calma entre eles, leu o nome dos seus ancestrais. Sentia, em seu coração, que era uma deles, da mesma forma que soube, assim que entrou na casa, que sua missão era justa e correta. Experimentou a mesma satisfação que sentiu quando ela e o pai voltavam de uma de suas viagens ao campo. *Ah, lar doce lar.* Trazia certa paz voltar para o lugar a que se pertencia. Não sentia aquilo desde que ele morrera, até que entrou na casa deles em Caxledge. Naquele dia, porém, ao pisar na casa, voltara a ter a sensação.

Leu os nomes dos que tinham sido enterrados ali. MacCallum, a maior parte deles. Nenhum Marshall. Nenhum dos ancestrais de Brentworth tinha sido posto para descansar ali. Talvez, se algum perecesse naquela região, o corpo fosse enviado para a Inglaterra.

Uma lápide a fez parar. Não era um MacCallum. Nem mesmo um escocês, dado o nome. Jeannette O'Malley. A lápide também não parecia muito antiga. Não estava lascada nem tão desgastada quanto as outras. Não era recente também. Só mais recente. Uma criada, provavelmente. Conseguia entender como uma criada terminaria ali, se se tratasse de um servo antigo sem família nas imediações.

Ela se virou para voltar e viu Brentworth a observando entre as árvores.

Os galhos entrecortaram a sua forma. Ela foi até ele.

— Não há um túmulo para o filho de Michael MacCallum.

— Os registros mostram que ele foi enterrado no cemitério da paróquia.

— Ainda está cedo, e eu comi o bastante para ficar satisfeita até amanhã de manhã. Acho que vou fazer uma visita ao cemitério da paróquia. — Eles voltaram para o jardim. — A igreja fica longe daqui? Se me der as coordenadas, posso ir agora.

— Pretende ir a pé? São seis quilômetros de caminhada vigorosa. Roberts enviou a minha carruagem para a pousada, mas tenho certeza de que há uma charrete ou uma carroça disponível. Pedirei que tragam um veículo e a levarei.

— Eu mesma posso conduzir a charrete.

— Iremos juntos, Davina. É regra sua que nós dois descubramos o que há para ser descoberto, assim nenhum de nós passará informação errada para o outro.

— Está insinuando que eu mentiria para você?

— É claro que não. Assim como você não insistiu para vir ao norte comigo porque pensou que eu mentiria para você.

Juntos, eles entraram e esperaram a charrete ser preparada.

— Um fáeton não é bem uma charrete. É um veículo deveras desconfortável.

Davina continuava agarrando as bordas do assento para que não se sacudisse demais. Porque, quando acontecia, ela saltava para mais perto dele, que não tinha nenhum incentivo para ir mais devagar.

— Uma carruagem pouco prática para o campo — reclamou ela.

— Acho que Roberts se deu ao luxo. É muito mais divertida de dirigir do que uma pequena charrete.

Ele lançava olhadelas sempre que a estrada permitia. O cabelo louro de Davina pendia ao lado da bochecha e os olhos azuis brilhavam com seu bom humor espirituoso. Apesar das objeções, ela estava se divertindo. A brisa forte fazia o rosto dela corar, e ele a achou muito bonita.

Nem é preciso dizer que ele a levaria à paróquia. Não só porque precisava ouvir o que ela ouvia e ver o que ela via, mas também porque gostava da companhia dela. Havia outra razão, talvez a mais importante. Se ela começasse a se intrometer nos eventos que causaram o incêndio, ele queria distraí-la. Não duvidava de que havia rumores sobre aquela noite. Alguns podiam até ser verdadeiros.

Preferia que ela não soubesse nada daquilo. Jamais, e com certeza não agora, ali, às sombras daquela ruína. Ninguém poderia ouvir a história e pensar bem dele. Percebeu que a opinião que Davina tinha sobre ele começara a importar.

— Ah, deve ser isso — disse ela, apontando para a pequena estrutura de pedra sobre uma pequena alameda à esquerda deles.

Ele reduziu a velocidade e virou a carruagem. Do lado de dentro da mureta de pedra, ele parou, desceu, amarrou o cavalo e a ajudou a descer.

Um prédio menor flanqueava a igreja. Um ancião saiu de lá. Ele usava roupas de fazendeiro: calça larga, camisa de linho e uma sobrecasaca comprida que devia ter muitos anos. Ele colocou um chapéu sobre o cabelo branco e os abordou.

— O senhor é o vigário? — perguntou Davina.

— Não há vigário aqui. Somente eu. Se vieram se casar, terão um ministro devidamente ordenado pela Igreja da Escócia, não um vigário qualquer. — Os olhos azul-claros espiavam de um rosto tão enrugado que parecia pergaminho amassado. — O senhor é Brentworth?

— Sim, é ele — informou Davina. — Como o senhor sabia?

O ancião gargalhou.

— Veja só, essa é a carruagem espalhafatosa lá do casarão, e esse aí se parece muito com um lorde, então dei o meu palpite. Faz tempo que esteve por essas bandas, Vossa Graça.

— Faz.

O padre olhou para Davina.

— Um homem de poucas palavras.

Ela fez que sim.

— Viemos olhar os livros da paróquia. Para ver se há alguma informação sobre os barões e suas famílias. Os de antes... — Ela fez um gesto na direção geral do atual dono. — Os escoceses, quero dizer.

— Entrem, então. Pegarei os livros e poderão olhá-los pelo tempo que quiserem. Deve haver uns poucos casamentos registrados e essas coisas. Podem usar a minha mesa de jantar. — Ele se virou e foi lá para dentro com os passos lentos e cuidadosos dos mais velhos.

Brentworth seguiu Davina até o pequeno chalé. De pedra, como a igreja, já abrigava a umidade do inverno.

Um fogo baixo queimava na enorme lareira. Todo o piso inferior se resumia a um cômodo grande com a mesa de jantar perto da lareira. As vigas lá no alto formavam um teto baixo, e ele tinha que se abaixar para não bater a cabeça.

Sentou-se ao lado de Davina. O homem colocou dois livros muito grandes e grossos na frente deles. Pela condição da capa de couro, era fácil perceber qual era o mais recente. Ele abriu e viu que *recente* queria dizer que os registros começavam em 1685.

— É deste que precisamos.

Ela se aproximou mais para que ambos pudessem ler as páginas sob a luz fraca. O homem trouxe uma vela, o que ajudou, mas ela ainda pairava bem acima do braço de Eric, o rosto a não mais do que dez centímetros do dele, os seios chegando a pressionar a lateral do seu corpo. O impulso de dar um beijo naquela bochecha suave e resplandecente quase o dominou. Foi só a presença do sacerdote que o impediu. O ancião continuava olhando para Davina.

Ela folheava o livro, curiosa.

— É melhor avançarmos o tempo ou ficaremos nisso por horas — sugeriu Eric.

— Eu sei. É só que é interessante acompanhar os nomes ao longo dos anos. Suponho que, se tivesse vivido toda a minha vida aqui, eu os reconheceria como os ancestrais dos meus vizinhos.

Não ficava mais irritado quando ela falava como se tivesse passado toda a vida ali porque, é claro, ela era descendente dos MacCallum listados naquelas páginas. Era assim que o desejo alterava a opinião de um homem, supôs.

Ela permitiu que ele encontrasse a página de 1730, a partir daquele ponto, e examinaram cada entrada com muito cuidado. Nascimentos, funerais, casamentos, todos tinham o próprio lugar, com os casamentos mostrando a assinatura do casal, e a causa de algumas mortes tinham sido descritas.

— Aqui está ele. É o meu avô. Tenho certeza — disse ela, a unha delicada pausando no registro de nascimento de 1740. — James MacCallum, filho de Michael e Elsbeth, em 4 de março. Agora pelo menos sabemos qual nome procurar.

— Ele era conhecido como James em Northumberland?

— Era.

— James MacCallum. É um nome muito comum.

— E essa foi a razão para não precisarem mudá-lo.

Ela cheirava tão bem, que ele continuou virando as páginas. Não viram referências a James MacCallum até o fatídico ano de 1745. No alto da página, bem na margem, estava uma breve nota dizendo que James MacCallum, aos cinco anos, morrera em 17 de dezembro.

— Que estranho. — Davina estreitou os olhos nessa linha, então voltou várias páginas e a examinou novamente. — É quase como se tivesse sido adicionado depois.

Parecia mesmo, pelo menos um pouco. Além do mais, tinha sido inserido acima dos registros de casamento, com todas as assinaturas e tudo o mais. Normalmente, essas informações começavam em páginas novas, para que tudo se encaixasse no mesmo lugar.

Não muito depois daquela página, veio a do registro da morte do último barão. Esse recebeu a própria página, e um pouco de floreio. *Michael MacCallum, barão, proprietário da mansão Teyhill e suas terras, pereceu em Culloden no dia 16 de abril de 1746, lutando pela Escócia. Sepultado no campo de batalha.* A morte de alguns outros homens tinha sido registrada na página seguinte, com declarações semelhantes.

O ancião estava observando Davina novamente. Ela não notou ao se virar para ele.

— Gostaríamos de visitar o cemitério. Creio que um parente esteja enterrado lá.

— Fica do outro lado da igreja. Bem conservado depois de todos esses anos. Os túmulos mais recentes estão sob a árvore maior, na outra extremidade.

Eles o deixaram e rodearam a igreja até chegarem ao cemitério. Nenhum muro de pedra o rodeava. A árvore grande parecia marcar o limite atual.

— Creio que acabe aqui — disse ele.

— Não todo. — Ela manteve o olhar nas pedras à medida que elas seguiam por uma fileira em direção à árvore. — Por aqui, é o que eu pensaria — falou ela, ao parar.

Ela foi para um lado, e ele, para o outro. Ele encontrou o túmulo primeiro. Quase não a chamou, não queria ver a decepção dela. Não experimentou nada do triunfo que deveria ter sentido.

— Está aqui, Davina.

Ela foi até ele, a expressão cuidadosamente composta para esconder a reação. Ela olhou para a lápide que continha o ano de nascimento e morte de James MacCallum.

Notou que o sacerdote os seguira. Ele encarou Davina com intento, estreitando os olhos e franzindo as sobrancelhas. Estava óbvio que algo nela prendia a atenção do homem.

— Se eu quisesse proteger uma criança, providenciaria uma sepultura para que ninguém viesse procurá-la — informou Davina. — E por que ela está aqui, e não no cemitério da família, se ele morreu antes do pai? Não vi muitos outros MacCallum sepultados aqui.

Umas semanas antes, ele a teria desiludido daquela explicação distorcida que ela tecera em torno da vida e da morte daquele menino. Em vez disso, continuou notando a forma como o padre olhava para ela.

— Davina, poderemos discutir os detalhes sobre novas identidades mais tarde. Neste momento, creio que o ministro queira falar com você. Se eu for, talvez ele não se reprima como está fazendo agora. Esperarei no fáeton.

Ele se afastou, imaginando se acabara de entregar a ela uma fatia considerável da propriedade que o pai legara a ele.

⁂

Davina foi até o sacerdote.

— Vossa Graça sugeriu que talvez o senhor queira falar comigo.

Ele movimentou a mão, como se empurrando a ideia de lado.

— Nada a dizer, na verdade. Só imaginando se a minha mente está certa ou não quanto às memórias.

— Que memória é essa?

— Meus olhos não são mais o que costumavam ser, então eu posso estar errado. Só que tenho a impressão de que a senhorita se parece com ele.

— Com quem?

— Anos atrás, um homem veio por essas bandas. Um estranho. Tomei umas cervejas com ele, e um pouco de uísque também, então o conheci de passagem. Ele ajudou os aldeões durante o verão, e um dia, desapareceu.

— Meu pai visitou a região. Eu o acompanhei uma vez.

— Oh, foi muito antes do seu tempo. Eu ainda era rapaz. Tinha acabado de ser ordenado, se não me falha a memória. Foi há muito tempo. — Ele olhou o rosto dela. — Algo na senhorita me lembra dele. O seu sorriso, com certeza. E isso. — Ele passou os dedos por cada lado do próprio rosto. Então riu. — Sou só um velho com uma memória de velho. Esses dias, elas parecem ser mais nítidas do que as recentes.

Calculou que ele tivesse por volta de setenta e cinco anos. As memórias antigas tinham um jeito de se deslocarem no tempo, esticando-se e contraindo-se. O que era lembrado como sendo algo de cinco anos antes poderia ter acontecido, na verdade, fazia vinte, e vice-versa.

— Se ele era um parente meu, fico feliz por ter ajudado os aldeões como pôde.

— Ele me pareceu um homem bom. Fiquei triste por sua partida.

— Agradeço por sua ajuda hoje. O senhor foi muito gentil — Davina falou para se despedir. Atravessou o cemitério e voltou para a carruagem, onde Brentworth se recostava na lateral.

— Ele queria alguma coisa? — perguntou.

Ela permitiu que ele a ajudasse a se sentar.

— Ele pensou que eu parecia um estranho que passou por aqui há alguns anos. Acho que ele estava falando do meu pai, que visitou a região em alguns verões. Eu me pareço muito com ele.

Brentworth pareceu ficar aliviado, o que ela achou estranho.

— Não foi um dia encorajador para você — falou ele, acomodando-se ao seu lado. O duque não soava presunçoso, no entanto. Talvez o tom moderado carregasse até mesmo um pouco de compaixão.

— Não fui capaz de lhe apresentar nenhuma prova, mas não estou em uma posição pior que a de antes.

— Encontramos o túmulo dele, Davina. Ele não chegou à idade adulta em Northumberland nem teve um filho que gerou você.

Ela puxou a capa mais para perto do corpo e manteve o olhar fixo na alameda.

— Como eu disse, não há provas de que haja um corpo naquele túmulo, Brentworth.

Dezoito

Naquela noite, depois de jantar com as damas, Brentworth tomou seu vinho do Porto na varanda do salão de baile. Observou o jardim. Ele parecia ainda mais negligenciado e selvagem à luz do dia.

A condição do local era imperdoável. Ele devia ter ignorado os pedidos de permissão do administrador para tomar conta da propriedade em seu nome. Diria a Roberts para contratar um jardineiro. E mais alguns criados. Ele podia não voltar mais àquela casa, mas não deveria se deteriorar até virar ruínas.

Imaginou a casca enegrecida de uma ala. Talvez fosse hora de ver o que dava para ser feito sobre ela também. Bebericou o Porto, impressionado que a mente estava até mesmo permitindo tais considerações. Alguns anos atrás, ele teria encontrado algo no que pensar caso tais ideias invadissem a sua cabeça.

Era obra de Davina, supôs. Não só suas repreensões, que tinham sido bem merecidas. Mesmo naquele momento, com ela lá em cima no próprio quarto, a presença dela ainda alterava sua perspectiva. Na noite anterior, ele despertara de um sonho no qual toda a casa incendiava a seu redor. Assim que abriu os olhos, ele a viu em sua mente, e os resquícios dos sonhos e os seus horrores desapareceram.

Ela tinha uma rara influência sobre ele, algo que ele resistia em reconhecer, mas estava ficando cada vez mais difícil. A decisão dele de deixá-la com o padre no caso de poder haver algo mais a descobrir... aquilo seria inexplicável sob qualquer ângulo a não ser o de um amigo fazendo o que era certo pelo outro, mesmo que lhe custasse algo. Era o tipo de coisa que faria por seus amigos mais próximos, e uma mulher jamais tinha sido um deles.

Eric gostava dela. Admirava-a. Desejava-a. Aquele último impulso complicava tudo. Nunca havia desejado uma mulher que não pudesse ter. Nunca se afastara de uma que *podia* ter. Se Davina fosse de outra casta de mulheres, se ela fosse sofisticada, experiente e mundana como as damas que o perseguiam era, ele já teria proposto um *affair* àquela altura, e não se submeteria à tortura que se impusera.

No jantar daquela noite, ele a observara como um menino apaixonado, tentando não ser óbvio, imaginando coisas escandalosas enquanto a srta. Ingram conversava sobre um tenente que conhecera há anos. Esperava que o Porto que segurava naquele momento e o ar frio fossem ajudá-lo a parar de ranger os dentes de frustração.

— Há uma Bíblia da família por aqui?

Ouviu a voz dela às suas costas. Sua reação não foi a que se esperava de um cavalheiro. O demônio tomou posse de seu corpo. Seu lado mais nobre sussurrou: *Diga a ela que parta agora mesmo.*

Que a voz fosse para o inferno.

Ele se virou e a viu do lado de fora das portas francesas. A luz fraca fez do cabelo dela uma nuvem etérea e fez estrelas brilharem em seus olhos.

— A da minha família não está aqui.

Ele apoiou o copo no balaústre da varanda.

— Deve estar na biblioteca. Vamos dar uma olhada.

Brentworth não discutiu com ela sobre a qual família a Bíblia pertencia. Ele não tentou discordar que era à dela. Talvez estivesse começando a se acostumar à ideia de que ela deveria ficar com a propriedade.

Percorreram a galeria e desceram as escadas até a entrada principal da mansão. A longa cortina que escondia o acesso à ala destruída os impedia de ir por ali, é claro. Um dia, ela iria rasgá-la em pedaços e assistir àqueles cômodos serem reconstruídos, se tivesse recursos para pagar pela obra. Não que fosse precisar de mais espaço para os planos que tinha. A parte da casa que permanecia habitável serviria muito bem aos seus propósitos. Passou horas planejando a disposição de tudo. A farmácia aqui, o consultório médico ali, na parte de cima, os leitos para os que estivessem doentes demais para irem para casa. Uma sala de cirurgia também, com um bom cirurgião que tivesse sido treinado em um hospital. Ainda não decidira onde seria essa sala em particular.

Brentworth devia ter dito alguma coisa, ou feito um sinal, porque o lacaio que veio correndo na direção deles para se pôr a postos, de repente, deu meia-volta e retornou pelo caminho de onde viera. Juntos, ela e o duque entraram na biblioteca.

— Será bom usar esse cômodo — disse ela. — As mobílias estão desejosas de um pouco de humanidade.

— Que coisa estranha a se dizer.

— Tudo parece tão novo aqui, foi o que eu quis dizer. Como se ninguém nunca tivesse se sentado nas cadeiras. — Correu os dedos pelo recosto esculpido de uma delas. — É nova, não é? O estilo gótico está na moda novamente.

— Roberts escolheu. A mobília antiga estava com cheiro de fumaça e fuligem. A maior parte da casa foi remobiliada por ele.

— Você não deu qualquer opinião?

— Deixei por conta dele. — Eric usou o tom que mostrava que não tinha nada mais a dizer sobre o assunto.

Em seguida, ele foi até as estantes.

— Deveríamos procurar pelos livros religiosos. Não consigo pensar em outro lugar para uma Bíblia ser posta. Estão todos agrupados por assunto, como é típico.

— Poderia estar em uma mesa ou em uma caixa.

— Se fosse o caso, Roberts a teria posto aqui quando trocaram a mobília. — Ele se moveu devagar, examinando as fileiras de livros. — Você pode ajudar. É a Bíblia da sua família, como você afirma.

Ela assumiu posição na outra extremidade e procurou pelos livros religiosos. Depois de alguns minutos, encontrou-os.

— Aqui estão.

Brentworth foi até lá e, lado a lado, eles leram cada encadernação, até mesmo a dos livros finos demais para serem Bíblias. Ela puxava qualquer um que não tivesse o título na lombada. Encontrou uma Bíblia e tirou-a, triunfante, mas ao abri-la descobriu que não era a que procurava. Nenhum nome tinha sido inscrito na frente. Nada de nascimentos, ou mortes, ou notas menores sobre eventos importantes na história da família.

— Parece que não está aqui — disse Brentworth ao olhar bem acima dela, para os livros da última prateleira. A posição o trouxera para tão perto que a lateral do corpo dele roçou no dela.

— Bem, está em algum lugar da casa, a menos que tenha sido descartada.

— Está me acusando de destruir a Bíblia? Suponho ter feito isso porque previ que um dia uma mulher exasperante apareceria para reivindicar sua posse sobre esta terra, e eu procurei destruir toda evidência que ela pudesse encontrar.

Tinha sido um insulto, e um bem estúpido.

— Suponho que, se alguém a encontrou no decorrer dos anos, deve ter guardado em algum lugar, não destruído, por ser uma relíquia do proprietário anterior. Como apontou, é uma Bíblia, não um livro comum.

— Acho que é seguro afirmar isso.

— Suponho que ela possa ter estado na capela e ter sido queimada no incêndio.

— Eu não esperaria que a minha família a tivesse deixado lá, mas, já que não está aqui, essa é a infeliz conclusão.

Foram até um dos divãs e se sentaram enquanto ela ponderava quanto a alternativa.

— Talvez um de seus ancestrais a tenha guardado com outros pertences familiares e a colocado no sótão. Eu deveria ir lá em cima e verificar. — Ela começou a se levantar para fazer exatamente isso.

Ele a pegou pelo braço e a guiou de volta ao assento.

— Será mais fácil durante o dia, quando houver luz. Qualquer busca será difícil, senão perigosa, no sótão com nada mais do que uma vela.

— Creio que o assunto possa esperar. — Mas ela não queria esperar. Assim que tinha uma ideia, ficava impaciente para vê-la executada. Precisava encontrar a Bíblia, ver se tinha sido registrado que o filho do último barão morrera em tão tenra idade. Ela achava que não era o caso.

Ela deveria conversar por uns poucos minutos, alegar cansaço, pegar uma vela e ir lá em cima ver se a Bíblia, ou qualquer outra coisa útil, estava no sótão.

Ele se levantou e foi avivar o fogo. As brasas se eriçaram. Chamas baixas surgiram. Ele ficou parado lá por um momento, olhando-as, de costas para ela. Então se virou.

Davina sentiu o fôlego preso na garganta. Esqueceu-se do sótão. Só uma mulher que nascera no dia anterior não saberia em que ele estava pensando.

Deveria se despedir naquele momento. De uma vez. Subir para o quarto e trancar a porta.

Não fez isso. O olhar a deixou hipnotizada. Quente e frio, suave e severo, tudo de uma só vez. Deliciosamente perigoso e completamente focado nela. Uma excitação primitiva girou por ela.

Nada acontecerá. Não de verdade. Nem sequer será como da última vez. Você pode desfrutar do flerte por um tempo. Desfrutar desse maravilhoso formigar, e da forma como o seu sangue corre mais depressa. Ele já renunciou a você, mas ao menos você pode desfrutar do desejo que ele sente.

Eric foi até ela e se sentou, mais perto. Ele se virou para ela, o braço esquerdo ao longo do encosto almofadado, os dedos brincando com as pontas dos seus cabelos.

— Não me disse o que o ministro lhe contou.

— Eu disse. Eu o fiz lembrar de um estranho que passou um verão aqui. Meu pai, creio, embora ele tenha dito que foi há mais tempo que isso, então pode ter sido o meu avô. Dizem os rumores que ele saiu de casa algumas vezes, por meses. Pode ter vindo para cá. — Ela falava rápido e as palavras saíam apressadas. Esperava que sua voz e jeito de falar parecessem os de sempre, mas sabia que não estavam. Aquele toque suave em seu cabelo lhe fazia querer ronronar como um gato e se aconchegar para receber mais. — Talvez ele tivesse achado o que queria aqui em algum lugar, algo para mandar ao rei.

— Ele não teria feito algo quanto àquele túmulo? Repudiá-lo de alguma forma?

Davina tentou encaixar as peças, mas não estava pensando com clareza no momento.

— Talvez. É de se pensar que ele faria isso — murmurou, o olhar fixo naquele rosto maravilhosamente lindo. Que mulher poderia ficar de frente para ele e aqueles olhos e não se transformar em uma tola? Uma melhor que ela, com certeza. Ela mal podia ficar parada.

— Eu não sei. Deve ser uma pergunta para uma mente mais límpida — murmurou ele, por sua vez. Ele levou a mão quente ao rosto dela. Ela queria mover a cabeça para que o ato se transformasse em uma carícia. — Eu deveria ter pedido permissão antes de fazer isso, mas não vou. — Ele se inclinou e a beijou.

Brentworth não arrebatou a sua boca, mas, de qualquer forma, ela quase desmaiou. Beijos suaves e carinhosos incitaram o seu desejo até se transformar em uma rajada maliciosa de prazer.

A boca dele seguiu para a sua bochecha, então se aconchegou em seu pescoço. Saboreou cada mordisco, cada fôlego, e também a forma como a sua pele formigava.

— Acho que a srta. Ingram é uma acompanhante terrível — disse ela, ao receber o primeiro sinal de que estava perdendo o controle.

— Eu acho que ela é a acompanhante perfeita. — A voz dele, baixa e rouca e próxima ao seu ouvido, pareceu insuportavelmente sedutora.

Perfeita. Distraída. Ausente. Feliz por estar lendo lá em cima enquanto sua incumbência era seduzida no andar de baixo. Nem um pouco terrível. Maravilhosa.

O desejo ardente afetou o êxtase dela. O prazer começou a empurrar anseios em sua mente. Os beijos longos e carinhosos não eram mais suficientes. Impaciente, esperou pelas carícias que o corpo suplicava. Elas não vieram. Ele ainda estava se contendo.

Não acreditava que ele a torturaria daquele jeito. Impulsiva, ela levou a mão dele às suas costelas e a colocou sobre o seu seio. O beijo parou por um instante, mas ela sentiu que um extenso debate ocorria naquele momento.

— Como quiser, querida.

Ainda melhor. Reconfortante e excitante e uma breve onda de alívio. Ele tocou os seus seios, localizando os mamilos e provocando até a selvageria aparecer. Beijos invasivos, acalorados agora, firmes e determinados, fadando-os a uma intimidade mais intensa. A sensualidade a engolfou até a escuridão reivindicar sua consciência. A própria essência buscava mais prazer, mais proximidade, mais qualquer coisa.

Escorregou a mão sob o casaco dele para que pudesse senti-lo também. Ele olhou para o que ela estava fazendo, então conseguiu se desfazer da casaca sem perder mais do que dois segundos daquela dança selvagem. Atrapalhou-se com os botões do colete enquanto ele arrancava o lenço.

Mais botões, agora na camisa, até pele suficiente se mostrar para que ela pudesse pressionar os lábios no peito dele.

Ele a segurou naquele beijo, uma das mãos em sua cabeça ao mesmo tempo em que a outra soltava as tiras do seu vestido. Frenética, ela levou as mãos às costas para ajudá-lo. O corpo queria arrebentar o traje.

Ele empurrou as mangas por seus braços, depois puxou os laços do espartilho, todo o tempo reivindicando sua boca de um jeito que fez disparar arrepio atrás de arrepio até seu âmago. Pareceu uma eternidade até que seu espartilho afrouxou o bastante para que ele o empurrasse para baixo. Os seios pressionavam o tecido da chemise, querendo mais.

Ele olhou para baixo ao deslizar a chemise por seus braços, deixando-a exposta. O ar em seus seios a excitou ainda mais. Ele passou os dedos ao redor de um, depois do outro.

— Você é linda, Davina. Belíssima.

Olhou para baixo, para a elegante mão masculina que mal a tocava, mas que era fonte de muita angústia e anseio. Ela parou de respirar.

O toque suave roçou em um mamilo rígido. A sensação quase a fez se levantar do divã. Então foi para o outro. Queria mais daquilo, mais de tudo. Ele lhe deu mais ao voltar a beijá-la. O desejo atingiu um nível insuportável.

Pensou que não poderia ficar pior, mas ficou quando ele baixou a cabeça e usou a boca, agitando a língua e dando mordidinhas suaves, quando ele finalmente sugou até que ela gemesse, quando as carícias chegaram a seus quadris, então afastando suas pernas e pressionando seu sexo.

O vestido voltou a atrapalhar. Ela odiava que a peça a afastava do que queria. Levou a mão até a saia e começou a erguê-la. Ele ajudou, puxando-a mais para cima com longas carícias até a palma da mão entrar em contato com a carne de sua coxa. Mais alto ainda, até aquele calor finalmente descansar bem na fonte de sua necessidade.

Ele a tocou lá, e ela gemeu alto. Tão alto que ouviu a si mesma. O som rompeu a escuridão do mundo febril que eles tinham construído. Pareceu ecoar pela casa inteira.

Não aplacou nada da fome, mas deteve o toque dele. Todo o corpo de Eric ficou rígido. Temendo o que aquilo significava e desesperada para continuar, ela pegou o rosto dele e o beijou com intensidade.

Ele permitiu, e a beijou também, mas não com a paixão de antes. Voltou a ser suave, gentil. Cuidadoso. Eram beijos que deviam ser dados antes do beijo derradeiro.

Ele virou a cabeça. Ela também. Davina rilhou os dentes, e ouviu-o murmurar uma imprecação.

Com o rosto composto nos limites rígidos do controle, ele soltou-lhe a saia e a alisou.

— Eu sinto muito. Eu não deveria... — Ele ergueu a chemise para que ela se cobrisse. — Se você se virar, arrumarei o resto.

Davina fechou os olhos, tentando conter o caos que a atormentava. Não podia acreditar que ele tinha parado. Ergueu a mão, negando a oferta de ajuda com as roupas, e sacudiu a cabeça.

— Eu cuido disso — sussurrou.

Mais um beijo. O derradeiro logo chegaria. Ele ficou de pé.

— Sinto muito. Eu não estava sendo eu mesmo.

Não estava?

— Você estava, quando começou com isso.

— Talvez sim.

Ela o ouviu se mover. Afastando-se. Ouviu a porta abrir, depois fechar.

Davina se recompôs, mas levou um tempo. Em seguida, amarrou o espartilho e as fitas e conseguiu ficar ligeiramente apresentável. A cada minuto que passava, ela ficava mais furiosa.

Será que aquele homem, aquele modelo de contenção, aquela pessoa esculpida em pedra, esperava que ela acreditasse que ele *não* estava sendo *ele mesmo*? O duque sabia exatamente o que estava fazendo. O que estava iniciando. Para, então, ter *mais* um ataque de consciência depois de quase praticamente arrancar as roupas dela? Aquilo era indesculpável. Imperdoável. Grosseiro. Desprezível. Ultrajante. Era bom ele ter saído, porque ela queria passar o sermão mais longo e mordaz que ele já ouvira em sua nobre e perfeita vida ducal.

Furiosa e com a cabeça prestes a explodir, ela marchou até a porta, abrindo-a com força, e saiu pisando duro até as escadas. O lacaio sentado perto da porta ficou em alerta, então recuou quando ela parou na frente dele.

— Onde ficam os aposentos de Brentworth? — exigiu.

⁂

O ar noturno ajudou muito pouco. Estava de pé na frente da janela aberta, respirando fundo, imaginando como tinha permitido que aquilo acontecesse.

Seu idiota. Não podia pensar em qualquer defesa. Não só tinha esperado que acontecesse, como tinha planejado muito mais. Passara o dia na expectativa. Oh, houvera uma nobre tentativa de se afastar após o jantar, mas, quando ela apareceu na varanda, o que aconteceu foi uma história anunciada.

Patife. Desejar uma mulher não era desculpa para tal comportamento. Ele a insultara de diversas formas, e nenhum pedido de desculpa seria suficiente. Precisava aceitar que, embora tivesse quase tudo o que desejava, não teria a ela. A menos...

Por que não? Tinha sido uma solução desde o início. Uma que o rei tinha proposto e que desejava, uma que fazia mais sentido do que admitira. Tinha que se casar com alguém. Por que não com uma mulher que desejava, e que também admirava?

As razões não tentaram se alinhar em sua mente. Ignorou todas, exceto uma. Ela poderia não querer. Riu para si mesmo, não por pensar nisso, mas pela probabilidade de ser verdade. Davina MacCallum tinha sido uma das poucas pessoas que não parecia dar qualquer importância para o fato de ele ser um duque, e o duque de Brentworth, nada menos. Ela poderia desfrutar do luxo daquela casa e de todas as outras que ele possuía, mas não achava que ela poderia ser comprada por nada disso.

Desejou que estivessem em Londres. Não se importaria de pedir o conselho de Stratton e Langford quanto isso. Stratton seria muito prático. Realista. Quanto a Langford, ele quase nunca estava errado no que dizia respeito à forma como as mulheres reagiam e o que pensavam. Ele as estudara de perto ao longo de muitos anos.

Ainda assim, ambos tinham visto aquele desenrolar muito antes dele mesmo. O interesse. A fascinação, como Langford chamara. Tendo ambos se casado com mulheres inadequadas, não havia dúvida de que eles achariam ótimo que ele se cassasse com uma assim também.

O ar frio cumpriu o seu papel, enfim. Ele não lutava mais contra o impulso de ir lá para baixo encontrá-la e arrastá-la até uma cama ou até mesmo usar o tapete da biblioteca. É claro, o mero pensamento o fez vibrar novamente. Respirou fundo mais uma vez.

Um estrondo soou ali perto. Então mais um. Ele se virou, assustado. Lá, bem dentro do seu quarto, estava Davina, o braço estendido no local em que ela havia aberto a porta com força. Ela o avaliou da cabeça aos pés com um olhar abrasador.

— Seu sapo arrogante, presunçoso, convencido, mimado e egoísta.

Sapo?

— Homem desprezível. — Ela avançou em sua direção. — Covarde.

— Aceitarei o sapo, até mesmo o desprezível, mas covarde é um pouco longe demais.

— Dê-me outra palavra para o que acabou de acontecer. Não diga nobreza e cavalheirismo ou eu arranco seus olhos com as unhas.

Ambas as palavras por um momento estiveram na ponta da sua língua. Eric engoliu-as.

— Posso compreender a razão para você estar com raiva.

— *Posso compreender a razão para você estar com raiva* — ela o imitou bem demais, embora ele não olhasse para as pessoas com tal desprezo, tinha certeza. — Não, não pode compreender. O primeiro beijo foi um incidente isolado. O último foi um impulso. Esse foi deliberado, e cruel. Você me entendeu? E não venha me dizer que sofreu também. Não quero saber. Os homens sempre choramingam por causa do desconforto, mais do que as mulheres, mas estou lhe dizendo agora que agir assim comigo está dentre os atos mais desconsiderados de crueldade fortuita. E você fez isso. *Duas vezes.*

Ela estava bem na sua frente agora, beligerante e magnífica, prendendo-o no lugar só com o olhar.

— Não pense em voltar a fazer isso. *Nunca mais*. Não volte a me tocar. Nunca mais me beije. Morrerei conforme estou nesse momento antes de permitir que você volte a me tratar desse jeito.

Aquela seria uma ocasião excelente para puxá-la para si e beijá-la, só que ela poderia muito bem matá-lo depois. Ela parecia estar querendo fazer exatamente isso. Eric esperou vir o golpe.

— Veja bem, Davina...

— *Srta. MacCallum*, se não se importa, *Vossa Graça*.

— Veja bem: estou louco de desejo por você. Você está mais do que disposta. Temos um interesse em comum para com a propriedade. Parece-me que todos esses problemas podem ser resolvidos de forma simples com o nosso casamento.

Ela não desmaiou de alegria, o que era de se esperar que qualquer mulher fizesse ao ser pedida em casamento por um duque. Ela estreitou os olhos.

— Agora está zombando de mim. Como se o que aconteceu lá embaixo não tivesse sido humilhação suficiente, agora faz piadas comigo.

— Não estou zombando nem fazendo piadas. Falo muito sério. Se você se permitir pensar por um instante, verá que é uma ideia inteligente.

— Você enlouqueceu?

— Ao menos um pouco.

Ela não parecia mais descontrolada. A expressão tinha se tranquilizado e ela franziu as sobrancelhas. O olhar foi para longe dele, perdendo-se em nada em particular.

— Você faria isso porque me quer na cama e é covarde demais... quer dizer cavalheiro demais... para fazer de outro jeito? Não é uma boa razão.

— É uma melhor do que esse ser o ano certo, e você é a mulher menos chata no mercado de casamento.

— Essa moça seria apropriada. Lembra? Essa seria a melhor qualidade dela.

— Quem poderá dizer que você não será apropriada também? Se for comprovado que é descendente do último barão, poderá acabar sendo nomeada baronesa por pleno direito.

Ela caminhou pelos cantos do quarto, pensando.

— E quanto à minha reivindicação a esse lugar?

Agora estavam chegando a um consenso.

— Se alguma prova for encontrada, será seu. Se não, você ainda seria parte da família que o possui.

— Só que, se nos casarmos, você a controlará. Decidirá como ela será usada e tudo o mais. Se eu tiver um filho, o baronato dessa propriedade estaria muito abaixo dos títulos que ele possuiria. Seríamos absorvidos.

Ele não concordava, mesmo esse sendo o ponto principal.

— Pense nisso como um compromisso. Como um passarinho na mão. — Não podia acreditar que estava imitando Haversham e o rei como se fosse um papagaio. Animou-se com o argumento brilhante. — E, se nos casarmos, todo mundo presumirá que é claro que você estava certa.

— Eu *estou* certa. — Ela lhe deu um daqueles olhares diretos e penetrantes. — Mas você ainda não pensa que estou, não é? É por isso que a proposta é estranha demais. Se eu acreditasse que você ao menos suspeita que estou certa, que precisa de um acordo tanto quanto eu, então talvez houvesse a mínima lógica nessa proposta. Em vez disso, fui deixada para concluir que você, o duque de Brentworth, um homem com a reputação de ser sensato, está me pedindo em casamento porque é a única forma de ter o que deseja. Assim que conseguir, é óbvio, o casamento parecerá um erro terrível cometido em um inexplicável momento de loucura.

— Eu a desejo, sim. Também a admiro mais do que eu esperava admirar qualquer outra mulher em muito tempo, isso se alguma vez aconteceu.

— Eu o agradeço por isso. Seria bom se pelo menos o mínimo de afeto fizesse parte desse pedido de casamento. No entanto, percebi que os de sua casta não se comportam assim. Admiração é um substituto digno, suponho. — O vagar sem rumo a trouxe para perto dele. Ela o olhou, melancólica. — Mas preciso recusar.

— Você seria duquesa. Posso entender a sua rejeição à minha pessoa. No entanto, fico surpreso por estar rejeitando a posição. Sequer sabe o que isso significa?

— Sei um pouco. Tenho visto o luxo, a deferência e a posição no mundo. Ouvi dizer que em banquetes importantes uma duquesa tem um dos melhores assentos e entra antes da esposa de outros nobres. É um raro privilégio a posição que me oferece. A moça que escolher na próxima temporada o valorizará de forma adequada.

Era provável que a moça em questão o entediasse até a morte. Ele tinha duas escolhas naquele momento. Poderia tentar persuadi-la com prazer, ou mentir e professar amor eterno.

Ela sorriu.

— Sei o que está pensando. Sinto-me lisonjeada por ainda estar pensando em como me convencer, mas saberei se mentir, e não permitirei que me toque. Eu quis dizer aquilo. Agora, preciso ir antes que se comprometa por causa de um capricho.

— Não é um capricho.

— *É* um capricho. Um muito encantador, mas é exatamente o que é.

E, então, ela saiu. Ele se jogou em uma cadeira para se acostumar com a ideia de que tinha sido rejeitado ao fazer uma proposta de casamento pela segunda vez na vida, na mesma casa, por uma mulher que, ao que tudo indicava, deveria ter desmaiado de deleite com tamanha sorte.

Tinha suas razões para odiar a Escócia.

Dezenove

Davina afastou-se dez passos da porta antes de toda a conversa explodir em sua cabeça. *Tinha recusado a oportunidade de ser uma duquesa.* Se alguém soubesse, seria taxada como insuportavelmente estúpida e extremamente louca.

Disparates. A proposta tinha sido insana, não a sua resposta. Repetiu isso por todo o caminho até o quarto, mas notou cada detalhe exorbitante da casa no percurso. Tudo poderia ter sido dela. E aquela nem era uma das casas *boas*.

Ora, como deve ter soado irracional. Desinteressada. Como se ele fosse o primeiro homem a fazer um casamento tolo só por causa do desejo sexual. De alguma forma, e ela não tinha nem ideia de como, um duque a desejara o bastante para querer se casar só para poder possuí-la, e ela *o recusara*. Até mesmo Davina começou a duvidar da própria sanidade.

Quem era ela para lhe passar um sermão sobre o dever de encontrar uma esposa apropriada? Ou de como a paixão funcionava? Ou qualquer coisa que tivesse a ver com homens e mulheres? A experiência dele era maior que a sua. Vasta, porque Davina tinha quase nenhuma. É claro, aquilo não estivera no centro da sua reação. Não estava pensando na escolha dele. Só na própria. *Como isso mudará o meu direito a essas terras?* Não o seu uso das terras, como duquesa; seu *direito* a ela. Ele sabia a resposta, não sabia? Tinha pensado em tudo aquilo. Esse seria um dos problemas que o casamento resolveria, junto com o desejo inexplicável que ele sentia.

Davina achou consolo ao se lembrar de parte da conversa. Concentrou-se naqueles detalhes, o que era muito melhor do que pensar no vaso de porcelana de valor inestimável que ficava no final do corredor perto do seu quarto, quase como em um reflexo tardio, como se não fosse digno o bastante para estar lá embaixo na biblioteca ou na sala de visitas com os itens preciosos de verdade.

Todo aquele episódio a distraíra o suficiente para ela chegar ao meio do próprio quarto antes de notar que havia mais alguém lá. A srta. Ingram estava sentada na poltrona ao lado da lareira, segurando um livro aberto no alto e inclinado para capturar a luz do candelabro que ela havia posto na mesinha que puxara para mais perto.

— Ficou confusa e acabou no quarto errado, srta. Ingram?

A idosa olhou para o livro por mais alguns segundos, então o fechou e o apoiou no colo. Ela se virou para Davina.

— Não fiquei confusa sobre onde estou. Sei que as pessoas pensam que fiquei fraca da mente, até mesmo o meu querido sobrinho, mas não deixo passar muita coisa, srta. MacCallum.

— Bom saber.

— Não mesmo. Não deixo passar quase nada. — Ela ergueu uma sobrancelha. — Estava com ele há pouco?

— Nós conversamos, sim.

— Uma conversa, é? Que bom. Presumi que, a essa altura, ele tivesse se envolvido em algo mais.

Se a mulher afirmava que não era caduca, Davina não ia se lançar a jogos infantis.

— Se pensou nisso, vem sendo uma acompanhante negligente ao nos deixar sozinhos por tanto tempo.

— Eu disse a Cornelius para enviar outra pessoa se ele queria que você fosse vigiada como uma garotinha. A esposa dele estava lá e ousou me repreender dizendo que o duque tinha planos nefastos para a senhorita, então eu tinha que ficar alerta e ter cautela. Um total disparate. — Ela lutou para ficar de pé. — Queria eu que o duque tivesse me insultado com seus planos nefastos há uns quarenta anos. Eu estaria com a vida resolvida agora, em vez de ficar dependendo de Cornelius. Ele é generoso, srta. MacCallum, mas, até mesmo para um sobrinho, o que ele faz por mim é caridade.

— Srta. Ingram, está dizendo que foi negligente de propósito só para permitir que o duque me seduzisse?

— Você não me parece muito surpresa.

— Como a senhorita disse, eu não sou uma garotinha.

— Não foi com a sedução que eu não quis interferir, embora eu presuma que teria sido o primeiro passo. Pensei que ele pudesse pedi-la em casamento. Não seria uma proposta apropriada. A do tipo que um homem faz para uma mulher com quem não pode se casar. — Ela começou a ir até a porta, mas parou. — Ele fez?

— Uma proposta imprópria? Não.

Ela suspirou.

— Que ruim. Eu pensei mesmo que ele fosse fazer. Esperei que a senhorita não fosse voltar para cá esta noite.

Davina deu um passo para trás e abriu a porta.

— Sabe, srta. Ingram, a senhorita fica mesmo um pouco confusa às vezes.

— Não quando é importante, srta. MacCallum. Não quando é importante.

⁂

Davina parecia estar evitando-o. Quando ele desceu para o café da manhã, ela já tinha feito a refeição. Sentou-se à mesa com a srta. Ingram, que, por alguma razão, escolheu não estar lendo; em vez disso, encarava-o com severidade ao beber o chá e comer a torrada. Talvez ela estivesse tentando lembrar de quem ele era.

— Sabe onde a srta. MacCallum está? — ele perguntou ao terminar. — Ela não está nem na biblioteca nem no jardim.

— Ela disse algo sobre o sótão. O senhor deveria ir até lá e dizer para ela descer. Deve ser perigoso.

— Fica muito quente nos dias ensolarados, mas há janelas que podem ser abertas. Ela está procurando por alguma coisa, e devo permitir que veja se consegue.

— Se ela está procurando alguma coisa, o senhor deveria ajudá-la. A casa é sua.

— Ela não concorda — murmurou ele.

— Como anfitrião, o senhor deveria ajudá-la. O que o mundo está se tornando se um duque não sabe como tratar um hóspede?

O que o mundo estava se tornando quando uma acompanhante incitava um homem a ficar sozinho com uma jovem?

— Ela não vai querer a minha ajuda, tenho certeza. A dama não confia em mim.

Eric pediu licença e saiu. Percorreu a casa até chegar ao escritório de Roberts e o encontrou à mesa, fazendo a contabilidade.

— Quer vê-los? — Roberts fez sinal para o livro-razão e os documentos à sua frente.

— Suponho que eu deveria fazer isso a cada cinco anos mais ou menos. — Ele pegou o enorme livro-razão e examinou as páginas, procurando por sinais de mau gerenciamento ou algo pior. O pai lhe ensinara a fazer isso, como tudo o mais. *Cinco de cada dez criados nas propriedades menos importantes roubarão você se não for cuidadoso*, ele dissera.

— Vossa Graça, sou obrigado a perguntar, como faço a cada poucos anos, se o senhor consideraria mandar derrubar aquelas ruínas. Não reconstruir, veja bem. Só tirar a casca queimada que restou. É uma cicatriz na terra e é óbvio que é um dano recente, não uma pilha de pedras antiga e charmosa como a velha torre.

Encontrou o olhar de Roberts. Nas poucas vezes que Roberts abordara o assunto não tinham terminado bem, e podia ver que o administrador estava preparado para a sua reação áspera e ruidosa de desagrado.

— Talvez seja hora. — Já passara da hora.

A expressão de Roberts ficou animada.

— Creio que vou dar uma olhada no dano. Informarei sobre a minha decisão antes de partir.

— O senhor vai até lá? — perguntou Roberts com uma calma estudada.

— Creio que sim.

— Quer que eu o...

— Não, irei sozinho.

Roberts brincou com um abridor de cartas sobre a mesa, estudando o objeto ao rolá-lo entre os dedos.

— Vou lá com frequência. Preciso fazer isso para tirar de lá os animais que firmaram residência. — Ele olhou para cima. — Não há fantasmas, pelo que me lembro.

— Nunca pensei que houvesse. — Nenhum fantasma para confrontar. Só a sua própria estupidez. Ele entregou o livro-razão. — Parecem estar em ordem, como sabia que estariam. Agradeço pelos serviços que me presta, Roberts. A oferta para que vá para uma das casas em Kent ainda está de pé, se quiser. Você seria útil lá.

Roberts corou.

— O senhor deve pensar que é estranho eu não aproveitar a oportunidade. Mas... — Ele olhou ao redor, como se pudesse ver através das paredes. — Gosto daqui. A Escócia é o meu lar. Esta casa é um lar. O seu pai me educou, de menino dos cachorros a isso, passo a passo, e estou aqui desde os dez anos. Além do mais, quando o senhor não está aqui, eu sou meio que um *laird*, não?

— Espero que seja. — Ele riu. — Partirei em breve, assim poderá ser *laird* de novo.

Saiu do escritório e voltou para a parte frontal da casa. No saguão, ele se sentou em uma poltrona e olhou para as cortinas pesadas que bloqueavam o acesso à ala queimada. Em seguida, ficou de pé, foi até lá e a atravessou. A luz do sol brilhou sobre ele por entre algumas vigas carbonizadas.

Não havia mais sótão ali. Nem teto que poderia ser chamado assim. No sótão bom às suas costas, Davina buscava o próprio passado. Já ele não precisava procurar. Sabia muito bem onde o seu estava. Bem ali, naquela fortaleza vazia de pedras enegrecidas na qual a vida selvagem crescia.

Davina se sentou no piso de tábuas no meio dos baús. Abrira todos eles, procurando pela Bíblia. Espiou sob o tecido robusto que protegia a mobília e abriu cada gaveta que encontrou. A Bíblia não estava lá.

Descobriu outros itens familiares além da mobília. Roupas, uma boneca, um mosquete velho, até mesmo um broche de valor. Um baú continha cartas de uns cem anos de idade, a tinta oxidara até virar um marrom-claro, mas o pergaminho ainda era flexível. Um dos barões as havia escrito para o filho. Em sua maioria, eram instruções sobre comportamento e conduta. Em uma delas, tinha sido feita uma repreensão por causa de uma pessoa especial, e um aviso para evitar qualquer enredamento. Suspeitava de que a pessoa tinha sido uma mulher inadequada.

Ela se levantou e olhou ao redor mais uma vez, esperando encontrar algum outro lugar para procurar. Tinha gostado de manusear umas poucas relíquias dos seus ancestrais, mas aquela não era a razão para estar ali. Não podia ignorar que não havia rastros da vida do dono atual, nem dos Brentworth do passado. Nenhum daqueles duques havia se importado com a propriedade ou passado muito tempo ali. Tinham administradores e capatazes como o sr. Roberts para cuidar das terras e cobrar os arrendamentos.

Desistindo, ela desceu as escadas. Talvez a Bíblia tivesse sido deixada na capela queimada, como Brentworth havia concluído. Preferia acreditar que um criado havia levado a Bíblia para um lugar seguro, da mesma forma que o avô tinha sido mandado para longe pela própria segurança. Se assim fosse, duvidava de que alguma vez a encontraria.

O dia parecia bom, como poucos naquela época do ano, devido à proximidade do inverno. Decidiu dar uma volta pela alameda e pela estrada, aproveitando o sol. Parou no quarto para pegar um chapéu e escolher uma peliça, então foi até o saguão.

Como sempre fazia ao passar por ali, olhou para a cortina alta que escondia o dano naquela parte da casa. Notou que a beirada tinha sido movida e um vão estava à mostra. Embora fosse grossa feito um tapete, duvidava que a cortina afastasse o frio de janeiro. Aquele pavilhão devia ficar desagradável na época, mesmo com a lareira enorme. Naquele dia, porém, o vão permitiu que entrasse uma corrente notável.

Foi fechar a fresta. Curiosa, espiou pelo vão primeiro. Para sua surpresa, ela viu Brentworth de pé no meio das ruínas. Ele não se movia. Não parecia estar procurando por nada. Só estava parado lá, de braços cruzados, com o olhar fixo nos escombros a seus pés.

***

Ele não queria dar um nome à emoção desagradável que o preenchia. Não era um sentimento que os homens reconheciam, e ele não era melhor do que o resto. No entanto, a sensação o pressionava e exigia ser reconhecida.

Vergonha. Depois de todos os pesadelos, depois de anos de arrependimento e autorrecriminação, aquilo não era o que esperava sentir ao ficar entre tais paredes.

Eu era jovem e cego. Não era desculpa. Ele era o herdeiro de um dos títulos mais importantes da Inglaterra e *não deveria* ter sido cego. Deus bem sabia que ele tinha sido treinado para usar mais astúcia do que demonstrara, e a nunca trair seu dever da maneira que planejara.

E, principalmente, deveria ter suspeitado de que um temperamento volátil poderia vicejar por causa de algo mais profundo. A animação com a liberdade e a paixão tinha obscurecido a sua visão. Perdera o controle, perdera *a si mesmo*, e havia se refastelado ao fazer isso. Ignorara qualquer suspeita que se avolumava em sua mente e quaisquer avisos dados por terceiros. Tinha sido cativante. Inebriante. Comportara-se como um homem que tinha sido liberto depois de cumprir vinte anos de sentença.

Fogo. Gritos. Podia sentir o cheiro naquele momento, o fedor enquanto as chamas queimavam as roupas, a madeira e, por fim, tudo o que havia dentro das paredes de pedra. O odor ainda pairava nos restos do prédio. Nem mesmo dez anos de chuva e neve, da natureza reivindicando o piso e as vigas caídas do telhado, puderam tirar aquele cheiro acre. Os bispos gostariam daquilo. Aprovariam a história inteira. Primeiro o pecado, depois a punição, mas nunca o perdão total.

Só que não tinha sido ele quem pagara, não é?

As pedras aos seus pés entraram em foco. Voltou a ficar ciente dos arredores. Sabia por quê. Não estava mais sozinho.

Não chegou a olhar para ela, mas a sentiu ali. *Vá embora, mulher.*

— Eu lhe disse para não vir aqui, porque seria perigoso — disse ele.

— Você está aqui. Não pode ser tão perigoso assim; não há muitas vigas ou pedras por cair.

Suspirou ante a implacável racionalidade.

— O que aconteceu? — perguntou Davina, como se fosse uma turista imaginando como Pompeia tinha sido queimada.

— Incendiou. — Eric olhou para ela a tempo de vê-la estreitar os olhos. Já tinham percorrido aquele caminho. — Eu estava aqui.

Ela olhou para o céu.

— Nesta ala?

— Era de noite e eu estava em meu quarto. Os aposentos da família ficavam nessa ala na época.

— É de se admirar você ter sobrevivido.

Quase não sobrevivi.

— Roberts tem o crédito por isso. Ele foi um herói naquela noite. O fogo se espalhou rápido demais. Subiu até os aposentos dos criados, desceu até a sala de jantar. Ele me acordou e fizemos o que podíamos, mas sabíamos que seria inútil. Então foi questão de tirar as pessoas. — Estava mentindo, de certa forma, deixando de fora as partes difíceis. Seria próprio dela saber que havia omissões.

— Você conseguiu tirar todas?

Ora, ela não perdia nada.

— Todas, exceto uma. E eu me culpo.

— Não pode se culpar. Incêndios acontecem. São imprevisíveis e podem arrasar uma cidade.

— Começou nos meus aposentos, Davina.

— Você não pode ter certeza disso. Disse que Roberts o acordou, então estava dormindo.

Ele deixou por aquilo mesmo, covarde que era.

— Fico feliz por você ter saído ileso — disse ela, baixinho.

— Quase ileso. Tive algumas queimaduras. A pior na parte de trás da perna esquerda. A cicatriz é feia, mas eu nunca a vejo. Eu deveria ter lhe avisado sobre ela ontem, quando fiz o pedido. Eu teria contado em algum momento, então você poderia mudar de ideia, caso isso lhe importasse.

Não era a forma que normalmente contava às mulheres, mas as avisava, logo após chegar a um acordo e lhes presentear com joias caras. *Aliás, preciso lhe informar que tenho uma cicatriz bem feia na parte de trás da perna. Tal como acontece com o nosso caso, espero discrição total sobre ela. Jamais poderá falar sobre ela com ninguém. Jamais poderá me perguntar como a consegui. Se perguntar, eu me certificarei de que você nunca mais seja recebida por qualquer pessoa importante.* Não que ele precisasse manter a cicatriz em segredo. Os melhores amigos sabiam dela. Só não queria todo mundo bisbilhotando sobre o que tinha acontecido.

— Não teria feito diferença para mim — disse ela. — Já vi cicatrizes terríveis. Mais danificadas do que qualquer uma que você tenha, estou disposta a apostar, porque você anda normalmente. Sei o que o fogo pode fazer com a carne humana. É possível ter cicatrizes muito piores do que a sua.

Ele não duvidava de que ela havia sido sincera ao dizer que não teria importado. Naquele momento, ele lamentou profundamente por ela ter recusado a proposta. Uma mulher assim merecia ser duquesa.

— Por que veio aqui depois de tantos anos? — perguntou ela.

— Estou pensando em derrubá-la. — Ele olhou ao redor. — Ou faço isso agora, ou a natureza fará nos próximos cinquenta anos.

— Acho que deveria mesmo. De verdade. Não para melhorar a aparência da casa, nem mesmo para reconstruí-la. Creio que você se culpa há muito tempo, e isso aqui se transformou em um monumento à culpa. Derrube-a, é o meu voto. Remova a ala, remova a culpa.

— Ainda terei a cicatriz.

— Você disse que nunca a vê. Só suas amantes. Se alguém recuar por causa dela, você saberá o que esperar da pessoa.

Ela se virou para retornar ao interior da casa. Eric começou a caminhar ao lado dela.

— Está sendo um pouco rigorosa, Davina. Nem todas as mulheres têm experiência médica e aceitam cicatrizes com facilidade. Disseram-me que a coisa é muito disforme para as mulheres.

— Tenho certeza de que você já a viu com o auxílio de um espelho. Ela lhe pareceu feia?

— Bastante.

Davina empurrou a cortina para passar.

— Então, você não é perfeito, Brentworth. Achou que ser impecável fosse parte do seu direito de nascença?

Davina foi caminhar sozinha. Brentworth ocupou seus pensamentos por todo o caminho.

Eric tinha parecido tão perdido em si mesmo lá dentro... Ele nunca pareceu menos ducal do que no meio daquelas ruínas. Ela teve o desejo de puxá-lo para seus braços e poder reconfortá-lo, mesmo não sabendo em que ele pensava.

Reconheceu a inclinação de Brentworth de rosnar para ela quando a viu. Em vez disso, ele lhe contara sobre o incêndio.

Não tudo, tinha certeza. Não precisava saber de tudo, no entanto. Não precisava saber nem sequer da parte que ele contara. Ele escolhera honrá-la com tal confiança. Não achava que ele tinha relatado para muitas pessoas sobre aquela noite.

Não era de se admirar ele não ter visitado a casa todos esses anos. Tinha sido precipitada ao pensar o pior, ao presumir que ele negligenciara a propriedade escocesa porque não era importante para ele. Na verdade, ele a evitava porque era importante demais.

Davina desejou beijá-lo de novo e de novo para expressar o quanto compreendia. Suas próprias palavras a haviam impedido de fazê-lo. *Você não me tocará.* Ditas com raiva e orgulho, as palavras lhe impediram de liberar a emoção que sentia naquele momento.

Desejava que ele não fosse um cavalheiro. Desejava que ela mesma não fosse inocente. Que palavra estúpida para dizer sobre o corpo de alguém. Intocavelmente inocente. Incontestavelmente inocente. Supunha que não era tão ruim quanto Solteirona Virgem, mas eram partes dos termos com os quais ele a tratava.

Não se arrependia por recusar a proposta de casamento. Seria um erro, tinha certeza. Deveria haver algo ligando duas pessoas além de assinaturas e prazer. Não ela que pensasse que o casamento lhe daria direitos sobre a propriedade. E mais, era provável que ninguém se desse o trabalho de descobrir a verdade se eles se casassem.

Pensou no sr. Hume, em quem não pensava há dias. Ele ficaria horrorizado se ela se casasse com Brentworth. As terras deveriam ter um *laird* escocês, segundo ele. Ela também pensava assim, mas, de todas as razões para recusar a proposta, essa não havia se passado por sua cabeça.

De volta ao quarto, ela pediu que o jantar fosse levado para lá. Não queria jantar com Brentworth. Não tinha certeza do porquê. Não, era mentira; sabia a exata razão. Estar com ele a deixava triste e melancólica. Ela se comportaria como sempre e conversaria, mas o tempo todo ansiaria que ele a beijasse a acariciasse, embora o tivesse alertado contra isso de forma inequívoca.

Ela remexeu a comida. Pensou um pouco mais. Imaginou-o nas ruínas. Sentiu o toque dele.

E tomou uma decisão.

Vinte

$\mathcal{E}$ric dispensou o lacaio que tentou lhe servir de pajem assim que lavou a parte superior do corpo. Não suportava a forma que o jovem tremia em sua presença, mas não ia querê-lo por perto mesmo se o rapaz fosse o ápice da estabilidade.

Assim que ficou sozinho, tirou a calça e terminou de se lavar. Quando moveu o tecido pela perna, a mão sentiu a pele repuxada que ele não conseguia ver. Mal pensava mais naquilo, mas cada dia ali era um lembrete. Seu pajem é que havia cuidado dele durante todo o processo, e devia ter se acostumado com ela também. Quando viajava, no entanto, os criados que o atendiam sempre faziam uma longa pausa ao vê-la.

Ao terminar, ele vestiu o quimão e chamou o jovem para tirar a água e as toalhas. Quando finalmente ficou sozinho, saiu do quarto de vestir.

Uma figura se levantou de seu lugar próximo à lareira, assustando-o.

Davina. Quando tempo fazia que ela estava sentada na cadeira, observando as brasas?

Luz suficiente a iluminava para mostrar o cabelo preso atrás das orelhas e a determinação em seus olhos. Ela também vestia uma camisola e um xale. Talvez quisesse brigar mais um pouco.

Ela veio até ele. A pele luminosa e os olhos brilhantes o enfeitiçaram.

Seu corpo soube a razão para ela estar ali antes que a mente percebesse. A fome que ele mal dominara nas últimas semanas agarrou o seu âmago e destruiu o seu controle em um piscar de olhos. Não haveria briga naquela noite, a menos que ele a insultasse de novo.

Ela parou a apenas um braço de distância.

— Você deveria... — começou ele.

— Eu deveria o quê?

Ir embora agora mesmo.

— Não me diga para ir. Precisei juntar toda a minha coragem para vir.

Sua decência idiota tentou resistir pela última vez.

— Tem certeza de que sabe o que isso significa para você? Para o seu futuro?

Ela fez que sim.

— Então você deveria remover o xale e tirar a roupa para que eu possa vê-la por inteiro.

Ela deu um sorriso tímido, mas deixou o xale cair no chão. Davina se atrapalhou com os botões e os laços da peça. Ele reduziu a distância que os separava.

— Eu ajudo. — Tantos botões. A impaciência batalhava contra a atração que sentira por ela ter deixado que ele os abrisse, como se ela quisesse mesmo ajuda.

O tecido foi se abrindo na frente centímetro a centímetro. Ela observou, então olhou para ele. Com mais coragem do que ele esperava, Davina deu um passo para trás e permitiu que a peça deslizasse por seus ombros e braços, empoçando-se a seus pés. Ela não fez nenhuma tentativa de se cobrir com as mãos ou os braços. Não mostrou qualquer vergonha.

— Sua vez — disse ela, com um sorriso travesso. — O justo é justo.

— Era para você estar tímida e nervosa, não exigindo que eu me dispa.

— Está se esquecendo do número de homens nus que eu já vi.

Não tinha esquecido. Ele jamais pensara no assunto. É claro, quando a mulher acompanhava o pai, alguns dos enfermos eram homens.

Ele tirou o quimão. Ela deu uma boa olhada nele. Da cabeça aos pés. Ele meio que esperava que ela desse a ordem de ele se virar para que pudesse examiná-lo de lado.

Já era o suficiente. Ele a puxou para os braços.

Segurou-a ali, com o corpo contra o dele, pele contra pele, o desejo pulsando rítmico como as batidas de um martelo em seu sangue. Achou um último fio de bom senso e prendeu sua mente a ele. Apesar de toda a coragem, ela era inexperiente. Não poderia arrebatá-la. Ele refrearia os próprios impulsos.

Seguro de que encontrara o controle para permanecer fiel àquele pequeno juramento, ele inclinou-lhe a cabeça para cima e a beijou. Com o primeiro tocar de lábios, todo o inferno se libertou dentro dele.

Um turbilhão. Era para lá que ele a arrastara. De imediato e por inteiro. Ela não poderia manter o equilíbrio nem mesmo se quisesse.

Não sabia o que esperar, mas não tinha previsto aquela força avassaladora que a cercava. Que entrava nela. Exortava-a a encontrar o próprio vento e voar nele. Os beijos começaram calmos, mas logo assumiram um tom de selvageria. As carícias não eram meros toques; eram indicadores de posse. O porte físico de Eric a dominava, mas a dominavam também o espírito e a loucura que ele exigia que compartilhassem.

Davina não tinha forças para lutar contra aquela loucura, então aceitou e se submeteu aos próprios impulsos ferozes. Ela segurou e agarrou também. Mordeu e atacou e lambeu e provou. Quando ele a segurou mais perto, com ambas as mãos apertando-lhe o traseiro e pressionando-a de encontro à sua excitação, ela fez o mesmo com os músculos firmes.

Ele a ergueu nos braços e a levou até a cama, onde a jogou. Logo estava sobre ela, beijando-a, acariciando e a excitando com as mãos e a boca, com a calidez e a dureza de seu corpo, com tudo o que tinha a oferecer, Davina tinha certeza, tudo o que restava do homem naquele momento.

Ele não se esqueceu do prazer dela. Nem por um segundo. Quando tomava o seu, levava-a junto, cada vez mais alto até a tortura começar e aumentar e Davina se lamentar por causa daquilo tudo. Ele respondeu tocando-lhe o sexo. Então mais profundo. Sentiu a mão dele a acariciar lá e choramingou com o anseio que aquilo provocava. Ele foi deixando tudo pior até ela gemer. Davina se agarrou a ele, e pareceu que tinham entrado no olho de uma tempestade, ele sendo a calmaria e ela totalmente focada no que ele fazia e nas próprias sensações, e nos impulsos e exigências do corpo. Somente dentro daquela paz relativa, o prazer dela crescia e crescia até que um toque muito bem pensado a partiu em pedaços, fazendo-a gritar.

Ele trocou de posição, moveu-se. Os ombros se ergueram e o braço apoiou-se na cabeceira. *Isso pode doer, querida*. E se pressionou para dentro dela.

Davina sabia sobre a dor, sobre o rompimento. Não sabia sobre o resto, e no estado em que se encontrava, não tinha nenhuma defesa. O poder. O dar e receber. A proximidade repleta. Não se importou com a dor quando ela chegou porque era resultado de uma junção essencial e de uma completude pelos quais o corpo e a alma ansiavam.

O resto a deixou maravilhada. A força dele pairando sobre ela, o peito perto do seu rosto e o peso ainda apoiado atrás dele enquanto ele se movia.

Ele lhe mostrou como envolver as pernas ao redor de seus quadris para que ela pudesse encontrar as estocadas. Podia dizer que ele estava se segurando para não machucá-la ainda mais. Ela não se importou quando ele finalmente se deixou levar, pois o ato ampliava ainda mais as outras sensações e a dor gostosa de ter aquele contato com ele. Teria aceitado qualquer coisa se significasse que poderia existir naquele mundinho que continha apenas os dois, experimentando aquela incrível intimidade.

<hr />

Ele caiu ao lado dela, exausto e descuidado, imerso nos ecos do prazer. Deixou-os percorrerem seu corpo enquanto ele derivava em uma satisfação muito superior à física.

O corpo abaixo do seu braço não se movia. Ela não falava. As respirações profundas por fim se acalmaram. Ele se apoiou no braço e puxou as roupas de cama para que, agora que o calor se dissipara, ela não sentisse frio.

A mão de Davina lhe acariciou o braço. Ele se virou e a viu sorrindo de um jeito sonhador. Os olhos ainda carregavam as luzes brilhantes e sensuais que ele vira ao possuí-la.

Não perguntou se a havia machucado. Sabia que sim.

Deitou-se de costas e a puxou para perto, de modo que ela ficasse alinhada bem próximo de seu corpo e a cabeça encontrasse conforto em seu ombro.

— Isso é bom — murmurou ela.

De fato, foi bom. Pacífico. Diferente. Não poderia ignorar o quanto tinha sido diferente.

Ela se virou para ele e o beijou no peito. Ao fazer isso, a mão deslizou por suas costelas e seguiu até a coxa. A palma tocou em cheio a pior parte da cicatriz.

— É por isso que cuida de si mesmo quando viaja? Só para que os criados não a vejam?

— Não é o ver. São as perguntas.

— Criados fazem perguntas aos duques? Mas que coragem.

— Está nos olhos deles. E, assim que saem, nas orelhas dos amigos e dos outros criados.

Ela fez que sim.

— Deve ser mesmo irritante as pessoas ficarem criando histórias, ficarem falando. Não é direito de ninguém saber como e por que aconteceu.

Era o motivo, claro, que importava. Que ele evitasse falar a respeito. Eric notou a forma como ela removia a mão, mas não de forma abrupta ou com repulsa. Davina tinha verificado a cicatriz e pronto.

Ela bocejou.

— É melhor eu ir, ou serei encontrada aqui pela manhã.

— Pode ficar. Eu a levo de volta antes que os criados acordem.

Ela já perdia a consciência.

— Não esqueça.

Ele não esqueceria. Deixou-a adormecer. Aquilo também era diferente; não dormia com mulheres. Visitava, tinham prazer um com o outro, e ele partia. No entanto, gostava do calor dela ao seu lado. Bom, como ela dissera.

Algumas horas depois, ele vestiu o quimão, envolveu-a nos lençóis e a levou para o próprio quarto. Teria deixado que ela ficasse até o amanhecer e que os criados fossem ao inferno, mas não confiava em si mesmo com ela tão perto. Já sofria para possuí-la novamente, mesmo sabendo que ela estava dolorida. Levou-a de volta antes que se esquecesse de que era um cavalheiro.

Ela despertou aos poucos, acostumando-se aos trancos e barrancos a como se sentia diferente. Ecos da noite anterior ainda afetavam os seus sentidos. O corpo pulsava, como se ainda o mantivesse lá no seu âmago. Enquanto abria os olhos, enxergou o mundo como se estivesse atrás de um tecido diáfano. Viu que ele havia cumprido o que prometera e a levado para o quarto.

Por fim, ela percebeu que não estava sozinha. Virou a cabeça e viu Brentworth sentado em uma cadeira, observando-a. Ele usava o longo quimão e ainda não tinha se barbeado. Ao vê-la desperta, ele se aproximou e se sentou na cama.

— Vamos fazer de novo? — perguntou ela.

— Talvez à noite, se você quiser. Agora, preciso que se levante e se vista. Use seus melhores trajes.

— Visitaremos alguém?

— Só o sacerdote, mas é costume estarmos bem arrumados ao nos casarmos.

Levou um momento para que ela o compreendesse.

— Não aceitei me casar com você.

— Pois de fato aceitou, ontem à noite.

Davina vasculhou a mente satisfeita e enevoada. Será que no auge da paixão tinha mesmo dito aquilo?

— Eu não me lembro.

— Davina, por duas vezes eu a deixei porque, como cavalheiro, não podia, não devia possuir seu corpo. Não finja não entender que, quando por fim eu a tomasse, seria obrigado a me casar com você. Quando me procurou ontem, você tinha plena consciência do que isso significaria. Eu até mesmo reuni bom senso o suficiente para perguntar, sem qualquer reserva, se você compreendia. Agora, lave-se e se vista e iremos procurar o velho sacerdote. — Ele ficou de pé. — Essa é uma coisa boa na Escócia. Não precisa de proclamas, licença, nada além da troca de votos.

— Mas eu não aceitei o seu pedido.

— Aceitou, querida, aceitou. Tomou a sua decisão ao me seduzir ontem à noite. — Ele se abaixou e a beijou, então saiu.

Ela encarou a porta depois de fechada. Deveria estar com raiva, ou abismada. Deveria sentir pelo menos um pouco de indignação. Em vez disso, o primeiro pensamento que surgiu na mente em devaneio foi que ela teria aquela experiência maravilhosa de novo. Ou até mesmo uma ainda melhor, agora que já tivera a primeira vez.

Ela se levantou, foi a passos lentos até o quarto de vestir e começou o asseio. Ao ver os restos de sangue nas coxas, ela sorriu. Lembranças tomaram a sua mente de tal forma que o contato da toalha em sua pele se tornou um estímulo sensual.

Podia estar esperando um bebê. Já poderia ter acontecido. O pensamento não causou medo ou pânico como faria com uma mulher solteira. Ela as vira, meninas tentando esconder a barriga protuberante, temendo ser renegadas pela família. Mais de uma vez, o pai tinha sido mediador entre as meninas e a família, porque coisas assim não podiam ser escondidas para sempre.

Gostaria de ter um filho. Nunca esperou que teria, mas a ideia a aquecia.

Poderia criar a criança sozinha, tinha certeza. Não, ela não teria que fazer isso. Brentworth disse que se casariam naquele dia. Se tivesse um menino, algum dia ele seria duque. E ela seria duquesa.

Será que desejava aquilo? Ela queria a *ele*, era tudo o que sabia. Queria a intimidade e a rara troca que vinha com ela. A segurança e o conforto dos braços dele a haviam seduzido tanto quanto o prazer. É claro, queria mais daquilo. Só um tolo não iria querer.

E o resto? Sabia que aquilo requeria um pensamento mais claro do que tinha conseguido organizar na mente, mas não se importou. Ainda meio embriagada pelas experiências noturnas, em um estupor de satisfação, ela se vestiu e desceu.

Eric esperava lá. Ele se arrumara mais rápido do que ela. Para a sua surpresa, a srta. Ingram também esperava na carruagem, e o sr. Roberts rodeava a estrada com o cavalo a passo.

— Testemunhas — disse Brentworth. Ele a ajudou a entrar na carruagem. — Até mesmo a Escócia as exige.

Ela se acomodou ao lado da srta. Ingram. A dama lhe deu um longo olhar de aprovação presunçosa, então voltou a atenção para a janela.

— Muito bem, srta. MacCallum. Muito bem, de fato.

Brentworth foi com elas. Davina teve dificuldades para não olhar para ele. Aquele homem era de verdade? Estaria ela acordada ou ainda sonhava? Uma profunda decepção se formou com essa ideia, uma que a reassegurou de que, se fosse verdade, ela não se importaria nem um pouco.

Na igreja, o sr. Roberts apeou e foi em busca do padre. Saiu da casa e acenou para eles assim que o ancião apareceu e seguiu para a igreja.

Davina não caminhou pelo corredor ao lado de Brentworth. Ela flutuou. Tudo ainda parecia diferente. Todo o mundo parecia mais suave, como se uma nuvem invisível tivesse se acomodado em sua mente. Uma nuvem muito confortável que a deixara feliz e subjugada.

Foi só ao dar os passos finais antes de fazer os votos que ela pensou nas consequências daquela união. As que iam além da riqueza, do luxo e do prazer.

— Você ainda vai me ajudar a descobrir se o último barão é meu ancestral?

— Aconteça o que acontecer, descobriremos a verdade, se pudermos.

Davina caminhou mais uns poucos passos.

— Se descobrirmos que ele é, você vai interferir se eu abrir uma farmácia e uma enfermaria aqui?

— Se seus planos são sólidos, não vejo razão para interferir, mas contrataremos médicos para que você não se coloque em perigo.

Mais três passos. Estavam quase lá. O velho padre sorria para ela com indulgência.

— Terei que fingir que nunca cuidei de doentes e que vi coisas que nenhuma dama decente teria visto?

Ele parou de andar, virou-se para ela e pegou as suas mãos.

— Eu não espero que você seja outra pessoa senão você mesma, Davina, ou que interprete um papel que não é da sua natureza só para agradar a sociedade. A duquesa de Brentworth não se adequa ao mundo. O mundo se adequa a ela.

Ele sorriu e a conduziu adiante, ficando lado a lado. E trocaram os votos que mudariam a vida dela para todo o sempre.

NUNCA DIGA NÃO A UM DUQUE

Vinte e Um

$\mathcal{N}$a manhã seguinte, depois de uma noite incrível, Davina acordou nem um pouco atordoada. Na verdade, sentia-se como ela mesma. Embora tivesse saboreado cada momento daquele estupor, não ficou triste por ele ter passado. Uma mulher não podia viver cada dia daquela forma.

As mudanças na sua vida ficaram óbvias logo que ela desceu para tomar o desjejum. A srta. Ingram bebia chá na sala matinal. Ela deixou a xícara de lado quando Davina entrou.

— Estou honrada por se juntar a mim, Vossa Graça.

Davina quase riu. A srta. Ingram fez sinal para o lacaio parado indolente à porta.

— Sua Graça prefere café, mas eu gostaria de mais um pouco de chá. O que deseja comer, Vossa Graça? Tenho certeza de que a cozinheira fará qualquer coisa que quiser.

Davina foi até o aparador.

— Vou me servir com o que tem aqui.

— Os ovos estão um pouco moles. Talvez a senhora tenha que pedir a governanta para falar com a cozinheira sobre isso. Não suporto ovos moles.

Davina chamou a atenção do lacaio que lhes servia as bebidas e informou-o de que ele poderia ir.

— Agora que ele saiu, a senhorita não precisa se dirigir a mim como *Vossa Graça* a cada cinco palavras — disse ela, ao se servir.

— E por que eu não faria isso? Eu não tomo o desjejum com uma duquesa todos os dias, tomo, Vossa Graça? — A srta. Ingram riu de deleite. — Oh, como o meu irmão ficará feliz. Ele pensou ter visto algo entre vocês dois, mas não se atrevia a ter esperança de algo assim. Espero que aquela esposa dele me agradeça profusamente por ter sido uma acompanhante tão perfeita. — Ela deu uma enorme piscadinha para Davina.

— Quanto a isso, srta. Ingram. Eis que, de repente, eu não preciso mais de uma acompanhante, mesmo uma convenientemente negligente. É bem-vinda a ficar, é claro, e voltar a Edimburgo conosco. No entanto, não precisa mais desaparecer na esperança de que o duque seja travesso se a senhorita não estiver presente.

— Prefiro partir agora, se puder. Essa casa é grande demais para o meu gosto. É fácil se perder nela. Gostei da viagem, no entanto. Eu me diverti demais encorajando essa união.

— Verei se podemos enviá-la para Edimburgo. Talvez tenha que ser em uma carruagem alugada. Acho que, além da carruagem, só temos um fáeton disponível.

— Eu amaria ir no fáeton. Que divertido seria.

— Não é muito confortável para uma longa viagem, ou para uma mulher de idade mais madura.

— Oh, que bobagem. Bem, se não vai me permitir ir no fáeton, qualquer carruagem serve.

Brentworth entrou, então. Ele cumprimentou a srta. Ingram e foi até o aparador. A srta. Ingram insinuou que estava de saída.

— Deixarei vocês dois sozinhos — sussurrou para Davina antes de se afastar.

Brentworth se sentou com a comida diante de si e olhou ao redor, procurando o lacaio.

— Eu o dispensei — revelou Davina. — Queria falar com a srta. Ingram em particular. Se está procurando pelo café, ele está bem ali. Eu vou pegar. — Ela se levantou de um salto, pegou o bule de prata e o serviu. — Ela quer ir para casa.

— Não sei por quê. Um quarto com uma boa luz é tão bom quanto qualquer outro. No entanto, se for a decisão dela, pedirei a Roberts para tomar as providências. — Ele ergueu a mão e pegou a dela. — Passarei a maior parte do dia com ele. Preciso percorrer a propriedade e verificar as fazendas.

O lorde pretendia inspecionar sua propriedade. Só que, na realidade, a propriedade era *dela*.

— Eu gostaria de verificar as fazendas também.

— Eu a ensinarei a montar e poderá ir comigo outra hora.

— Acho que posso me ocupar de outras formas. Talvez comece a escrever outro ensaio para o *Parnassus*. Estou pensando que as mulheres deveriam saber mais sobre o prazer, e como alcançá-lo no casamento.

Ele deu um meio sorriso torto.

— Está de brincadeira, é claro.

— Não de todo. Já passou da hora de ser publicado um ensaio ou um livro sobre esse assunto. Por que as mulheres deveriam deixar sua natureza sexual sujeita ao fato de o homem ser esclarecido ou ignorante?

Ele ainda sorria, como se ela não estivesse falando sério.

— O periódico nunca o publicará.

— Acho que publicarão. Não usarei linguagem explícita demais, mas deixarei claro sobre o que estou falando. Ouso dizer que melhorará muitos casamentos por todo o reino.

— As livrarias não o venderão. E, se for o caso, haverá religiosos quebrando as vitrines e queimando os exemplares.

— Então talvez eu deva escrevê-lo para os homens, não para as mulheres. Ninguém quebra vitrines porque os homens estão aprendendo sobre prazer. — Davina se inclinou para ele. — Talvez eu o dedique a você.

— Talvez seja melhor você pensar sobre essa casa primeiro, e sobre o que precisa ser feito aqui para deixá-la a seu gosto. Além do mais, Roberts disse que a governanta espera que você se reúna com ela para explicar como deseja que a casa seja administrada.

— Eu me reunirei com ela, se é o esperado, mas não tenho nada a dizer.

— Só sugira uma ou duas mudanças, para que ela saiba que você está assumindo o papel.

— Direi que os ovos estão moles demais. Serve?

Ele olhou para o que restava do próprio desjejum.

— Estão um pouco, não estão? Veja só, você tem coisas que deseja mudar.

Ele terminou a refeição, então lhe deu um beijo longo e muito excitante.

— Voltarei daqui a umas horas — disse ao sair. — Quero escrever para Haversham esta tarde e assegurá-lo de que nossa guerra chegou ao fim.

Haversham? Ele pretendia informar ao emissário do rei antes de contar aos próprios amigos, ao que parecia. Só que não era Haversham que se beneficiaria com aquele súbito casamento. No entanto, a cerimônia tinha sido mais do que conveniente ao rei que ele servia.

Bastante conveniente para o duque também, se Davina queria encarar os fatos sem titubear, o que, apesar dos mistérios que se desdobravam à noite, ela não podia deixar de fazer à luz do dia. Oh, ele a ajudaria a descobrir a verdade sobre sua família, e providenciaria para que as terras fossem devolvidas a ela; porém, a ele aquilo não teria nenhum custo. O duque ainda tocaria a *sua* propriedade, coletaria o arrendamento com os *seus* arrendatários e reconstruiria a *própria* mansão. Uma ação do parlamento devolvendo as terras para os descendentes do barão não mudaria nada para ele agora. Na verdade, significaria tão pouco que ela não ficaria surpresa se tal solicitação fosse apresentada e aprovada mesmo se não encontrassem mais nenhuma prova.

Foi para a biblioteca. Sabia ainda menos sobre decoração do que sabia sobre administrar uma casa tão grande. Parecia, no entanto, que cuidar de ovos e cortinas era dever da duquesa.

NUNCA DIGA NÃO A UM DUQUE

Vinte e Dois

Não sabia montar, mas podia caminhar pela propriedade. No dia seguinte, foi exatamente o que fez. Enquanto Brentworth e Roberts estavam trancados na biblioteca com os livros-razão e a papelada, ela calçou as botas de cano curto, amarrou o chapéu, envolveu um xale ao redor dos ombros e saiu da casa carregando a maleta do pai.

Tinha se reunido com a governanta, a sra. Ross, na tarde do dia anterior. Não para passar uma lista de ordens, mas para aprender um pouco sobre o povo da região. Primeiro, encorajou-a a falar sobre os criados, porque pareceu algo que a nova senhora da mansão gostaria de saber. Então, quando a sra. Ross ficou mais confortável e loquaz, Davina perguntou sobre os arrendatários.

Foi assim que ficou sabendo da sra. Drummond.

— Morrendo, pobrezinha. A barriga imensa com alguma coisa. Parou de comer, estou lhe dizendo, e sente dores terríveis. O marido fica ao lado dela, então não pôde fazer a colheita. Não há como saber o que será deles.

Davina estava animada ao subir e descer os vales. Não por causa da sra. Drummond. Sabia das notícias tristes que encontraria por lá. Em vez disso, o que a alegrava era que fazia muito tempo que tinha a oportunidade de fazer bom uso de seu conhecimento. Ajudara alguns necessitados na cidade, mas ela mais ensinava do que qualquer coisa. A educação era uma vocação nobre, mas seu coração sempre estaria na medicina. Até mesmo carregar a maleta do pai, pesada por causa dos frascos e instrumentos, dava-lhe satisfação. Ela a tinha trazido por uma razão, e era essa.

As terras ali eram lindas em seu caminho varrido pelo vento. Poucas árvores barravam a vista da terra salpicada pelas urzes que se espalhavam ao seu redor. Passou por algumas casas rurais e considerou que pareciam estar em boas condições. Ao menos Roberts não as negligenciara, mesmo que seu empregador tenha feito exatamente isso.

A casa dos Drummond ficava a quase duas horas de caminhada, mas ela mal notou o passar do tempo. Por fim, encontrou a fazenda que achou que poderia ser a deles e bateu à porta.

Um homem magro e grisalho de meia-idade abriu. Ele parecia cansado e preocupado, e já de luto. Ele a mediu da cabeça aos pés.

— E a senhora quem é?

— Sou a duquesa de Brentworth.

Ele quase riu e olhou para além dela.

— Onde está a sua carruagem?

— Vim caminhando. — Ela ergueu a maleta. — Vim ver a sua esposa. Ouvi dizer que ela está muito doente.

— Não há nada que possa fazer para ajudá-la.

— Talvez não, mas vamos ver se eu ao menos consigo deixá-la confortável. O senhor me convida a entrar?

Ele se afastou.

— Ouvi que ele acabou de se casar. O duque. Meu amigo John veio trazer um pouco de comida que a esposa dele fez, e ela ficara sabendo pela irmã, que mora perto da igreja, que os senhores apareceram duas manhãs atrás e pediram para se casar. — Ele continuou examinando Davina, como se esperasse alguma coisa. Algo mais.

— Onde está sua esposa?

— Nos fundos.

— Eu a atenderei sozinha, se não se importar. Enquanto estou aqui, quero que durma. Mesmo que somente por uma hora, fará bem ao senhor.

O sr. Drummond não discutiu. Ele a deixou ir sozinha até o quarto dos fundos. Assim que Davina abriu a porta, soube que talvez a sua longa caminhada tenha sido em vão.

— Creio que temos um plano excelente e prático, Vossa Graça. — Roberts sorriu como se para congratular a si mesmo. — Será uma boa ala nova daqui a alguns anos. Há muitos homens por essas bandas que ficarão felizes por arrumar trabalho. Não pedreiros propriamente ditos, mas, com uma boa supervisão, eles devem ser capazes de fazer uma parte da obra.

— Use os aldeões sempre que possível. — Ele olhou para as pedras enegrecidas uma última vez. Talvez nunca tivesse começado a reconstrução se não fosse por Davina. Talvez nunca tivesse voltado. Ou ficado. Com certeza não teria se casado ali. Agora aquela propriedade representava mais para sua vida do que antes. Aquela ala agora não passava de uma ruína com a qual um dono negligente não lidara por mais de uma década.

— Devemos conseguir derrubar as paredes antes da primavera, e construir as novas fundações assim que o solo degelar — Roberts falou, pensativo, elaborando a estratégia de batalha, olhando as paredes queimadas como um inimigo que ele aniquilaria. — Precisaremos de pedreiros experientes para o serviço. De qualquer forma, os homens da região estarão ocupados com as ovelhas e a colheita.

— Deixarei os detalhes por sua conta. Quanto à nova ala, procurarei um arquiteto para projetá-la.

— Precisará de uma capela. Não é certo não ter mais uma capela aqui.

— Prometo não me esquecer da capela, Roberts.

Eric deixou o administrador pensando sobre o futuro e planejando o ataque. Vagou pelo jardim procurando por Davina. Queria contar para ela as decisões do dia e ver sua expressão quando falasse dos planos.

Verificou a sala matinal, depois a biblioteca. Ela não estava, mas Eric encontrou a srta. Ingram acomodada ali.

— Vossa Graça — cumprimentou-o. — O sr. Roberts me disse que ele fez os preparativos para que uma carruagem me leve para casa amanhã de manhã. Estou muito agradecida.

— É bem-vinda a ficar, caso queira.

— Sinto falta de minha própria cama, e de meus gatos. Malícia não se comporta bem na minha ausência.

Ele sorriu para ela.

— Seja sincera, srta. Ingram. Deu esse nome aos gatos só para provocar a sociedade, não foi?

— Sou velha e confusa demais para saber como fazer isso, Vossa Graça. Meus dias de provocar a sociedade já passaram há muito tempo.

— Penso que a senhorita deveria arranjar mais um gato e chamá-lo de Gabriel. Todos pensarão que é uma referência ao anjo e se sentirão melhor quanto aos outros dois. Mas, na verdade, dará a ele o nome de um amigo meu, que foi conhecido como um demônio pela maior parte da vida.

— Parece alguém que eu gostaria de conhecer.

— Se o seu irmão for a Londres, vá com ele e eu os apresentarei. Será sempre bem-vinda como nossa hóspede, srta. Ingram. Se tivesse sido uma acompanhante mediana, não acho que esse casamento teria acontecido.

Ela fingiu achar aquela declaração confusa, mas um pouco de diabrura apareceu em seus olhos.

— Estou procurando por Davina — disse ele. — Sabe onde ela está?

— Ela saiu já faz um tempo. Estava vestida para caminhar. Eu a ouvi perguntar a um dos lacaios à porta sobre como chegar a uma fazenda. — Ela fez uma pausa. — Ela carregava alguma coisa. Uma maleta.

— Uma bolsa?

— Algum tipo de valise. Parecida com a que os médicos usam quando vão atender seus pacientes.

A maleta do pai. Ele mal expressou sua gratidão ao sair da biblioteca e foi direto ao lacaio que estava sentado no saguão. Ao vê-lo, o rapaz se levantou imediatamente.

— Sabe para onde a duquesa foi?

O menino engoliu em seco com tanta força que deu para ver seu pescoço se mover.

— Ela perguntou onde era a fazenda dos Drummond. Creio que tenha ido para lá.

Drummond. O nome fez cócegas em sua memória. Roberts dissera algo sobre os Drummond. De repente, ele se lembrou. A colheita do arrendatário não tinha sido feita porque a esposa fora acometida por uma doença fatal.

Um mau pressentimento se espalhou por seu corpo.

— Onde é a fazenda?

— A oeste, Vossa Graça. A cerca de cinco quilômetros. Uma das fazendas mais distantes com arrendatários.

— Quando a duquesa saiu?

— Não reparei na hora, Vossa Graça. Diria que há cerca de duas horas.

Duas horas. Ela já teria chegado à fazenda àquela altura, mesmo caminhando, mesmo carregando a maleta.

Eric tinha lhe dito para não se pôr em perigo por causa da medicina. Por vários dias depois de ela ter cuidado da amiga, ele a observara, buscando sinais de que ela tivesse contraído a mesma doença. Fazer a mesma coisa todas as vezes que ela saísse com a maleta o levaria à loucura. A possibilidade de perdê-la por...

Ela deveria deixar aquilo para os médicos. Os médicos de verdade.

Eric saiu da casa e deu a volta até o estábulo.

Davina se sentou no banco do lado de fora da casa. Não tinha que ter ficado ali, é claro, mas o sr. Drummond talvez fosse precisar dela. Nunca dava para saber nesses casos.

Notou as nuvens se reunindo ao norte. Às vezes, o sol ainda aparecia. Calculou que tinha saído há mais de três horas. Estaria chovendo na caminhada de volta se ela demorasse muito mais. Teria que ir em breve.

Imaginou o pai sentado ao seu lado, como ele fizera da primeira vez que ela havia ficado de vigília. Na época, não entendeu a razão para se demorarem ali. Ele tinha muito mais experiência, e conhecia o coração humano melhor do que ela jamais entenderia. Foi só mais tarde que percebeu a importância daquele dia, do que havia acontecido, e como ele tinha permitido aquilo. Houve outras vezes em que se sentaram juntos do lado de fora de uma casa, ou em uma sala de estar.

O sr. Drummond sabia que ela ainda estava lá. Não tinha vindo perguntar a razão. Esperava que ele não pensasse que ela tivesse ficado por desaprovação ou por suspeita. Davina dissera que esperaria para que ele informasse se a tintura tinha ajudado um pouco.

Um som abafado perturbou seus pensamentos. Ficava mais alto a cada momento. Ela virou a cabeça e viu um cavalo galopando pelas colinas mais próximas.

Ela se levantou e esperou que o cavaleiro a alcançasse. Ele parou, saltou do cavalo e foi até ela.

— Talvez eu devesse ter sido mais claro, Davina. Eu não quero você fazendo isso. Você está se expondo ao perigo, e eu não tolerarei.

— Não estou em perigo hoje.

— Roberts disse que a mulher tem uma doença fatal.

— Ela tem. Não é uma doença contagiosa, ao menos até onde se sabe. Ela tem um câncer no estômago.

Ele suspirou de alívio, então percebeu o quanto seu ato tinha sido repugnante.

— Perdoe-me. Eu a estava imaginando com alguém que talvez a deixasse doente demais, e...

— Eu não sabia o que era quando cheguei aqui. Da próxima vez, poderia ser alguém que tenha o tipo de enfermidade que você teme.

— Não haverá uma próxima vez.

Ela ouviu a porta da casa se abrir às suas costas.

— Podemos discutir o assunto mais tarde, sim? O sr. Drummond merece isso de mim. Não há muito que eu possa fazer.

O sr. Drummond deu alguns passos, então esfregou os olhos.

— Ela se foi.

— O senhor conseguiu fazer com que ela tomasse um pouco da tintura?

Ele fez que sim, a cabeça tão baixa que o queixo batia no peito.

— Então, pelo menos, ela não partiu sentindo dor.

— Não. A dor parou por um segundo. Ela chegou a sorrir, mas então...

— Fique feliz por ela estar em um lugar melhor, e não se permita sentir culpa caso fique aliviado.

— A tintura. Eu posso ter... não tenho certeza se eu não...

— Tenho certeza de que o senhor fez tudo certo. Pode me devolver o frasco, por favor? Não tenho muito mais dela.

— Não precisarei dela agora. — Ele voltou para a casa, então saiu e lhe entregou o frasco. — Preciso fazer o que posso para preparar o corpo, então irei até a casa de John para dar a notícia.

— Por que não vai agora? Tenho certeza de que a esposa dele virá e fará o que for necessário.

Letárgico, ele fez que sim, e partiu.

Davina se abaixou e colocou o frasco na bolsa.

— O que é? — perguntou Brentworth.

— Tintura de ópio. Ela sentiu muita dor por muito tempo. Por meses, talvez.

— Foi uma boa decisão dar isso a ele? Pode ser perigoso.

— Pode ser comprado em qualquer botica. Se houvesse uma aqui perto, ele teria um frasco na prateleira de casa, e a esposa talvez não tivesse sofrido tanto. Fui muito clara quanto à pequena dose a ser ministrada com segurança.

Davina notou que o sr. Drummond tinha deixado a porta da casa aberta. Ela foi até lá e a fechou.

Quando voltou, Brentworth olhava para a forma do fazendeiro, agora minúscula à distância. Ele voltou o foco do olhar para ela.

— O que você fez aqui, Davina?

— Fiz o que meu pai teria feito. O que o dr. Chalmers teria feito, e Sir Cornelius, e médicos de tempos passados. Não fiz mal algum, e ajudei uma mulher a morrer sem sentir dor demais.

Ele voltou a olhar para o sr. Drummond.

— Você acha que ele...

— Talvez tenha sido coincidência. Ou um acidente quanto à dosagem. Ou o que você está suspeitando. Não o conheço o suficiente para dar um palpite. — *Não sei o quanto ele é corajoso.*

Olhou para as nuvens escuras, avultando-se no horizonte.

— Parece que choverá em breve. É melhor eu voltar.

— Você montará comigo. Não arriscarei a sua vida nessas colinas no meio de uma tempestade. — Ele pegou a maleta e a prendeu na sela. Então a ergueu, para se sentar de lado, e logo montou por trás dela.

— Não gosto disso, Davina. Não quero que saia por aí atendendo fazendeiros enfermos.

Eu proíbo. Davina esperou por essa frase. Ela não veio, mas pôde ouvir Eric pensá-la.

Era por isso que as mulheres não podiam estudar medicina, ou muitas outras coisas, na verdade. Não só por causa da natureza delicada da profissão. Todo aquele risco para a saúde, para o corpo, para as sensibilidades, até mesmo para a mente. *Eu não a colocarei em risco. Não posso arriscar você.* Que vida medíocre ela teria se vivesse sem correr riscos.

Descansou a cabeça no peito dele, desfrutando do abraço enquanto ele segurava as rédeas.

— Você disse que não esperava que eu fosse outra pessoa que não eu. Bem, esta sou eu, Brentworth.

Vinte e Três

Preenchiam as noites com explorações acaloradas e eróticas que deixavam Eric mais satisfeito do que nunca. No escuro e à luz da lareira, eles eram uma mente, um corpo e quase que uma alma.

Durante o dia, no entanto, um desentendimento estava fermentando. Por duas vezes, na semana seguinte, Davina o desafiara abertamente, saindo de casa carregando a maleta após ouvir sobre um fazendeiro doente. Da segunda vez, ele mandou um lacaio atrás dela no fáeton.

— Espere pela duquesa e traga-a para casa assim que ela terminar — instruiu. — No entanto, se ao chegar você descobrir que a pessoa tem uma doença que pode ser transmitida aos outros, quero que a arraste de lá. Ninguém o repreenderá se precisar pôr as mãos nela para cumprir a tarefa.

Nenhum deles tinha tal doença. O primeiro, ela lhe contou depois, tinha caído de uma carroça e rolado por um fosso íngreme e estava com tonturas. Repouso seria o suficiente para ele. O segundo, descobriu com algum desconforto, tinha sido uma criança que se queimara acidentalmente quando um pouco de lenha caiu da lareira.

— O que você fez por ela? — Eric perguntou naquela noite, depois que um pouco da paixão tinha sido drenado com o seu alívio.

— Compressas para aliviar a dor e a ardência, basicamente. A mãe preparou um banho com algumas ervas e plantas para embeber o braço. Às vezes, os tratamentos antigos são melhores do que os remédios dos médicos, e isso pode ter ajudado.

— Ficará marcado?

Ela se virou de lado e olhou para ele.

— Não muito. Ele é jovem, e enquanto cresce a pele pode melhorar. O menino ainda não está completamente formado, e isso pode fazer diferença. — Ela lhe cutucou com o dedo. — Você mandou aquele rapazote atrás de mim.

— Ele se chama Rufus. E ficaria insultado por ser chamado de rapazote. Ele a levará para onde quer que você for de agora em diante.

— Não permitirei que ele interfira, então não diga para ele fazer isso.

— Eu jamais pensaria em algo assim.

Mas Rufus tinha ordens para interferir de forma mais incisiva caso fosse necessário. Em algum momento, se aquilo continuasse, ele teria que interferir. Nem todos os chamados seriam quedas e queimaduras. Os fazendeiros e os aldeões agora sabiam que a nova duquesa era uma curandeira, então mais chamados viriam.

Era hora de voltar para Londres. Havia muitos médicos lá, então Davina não seria necessária. Ela poderia se conformar em ser duquesa. E ele também não achava que houvesse algo mais para se aprender ali sobre a reivindicação de Davina.

Ela se espreguiçou de bruços ao seu lado. Ele tinha atiçado o fogo na lareira e nada cobria o corpo dela. Admirou a bela curva formada pelas costas e que se aprofundava antes de se erguer seguindo o contorno das nádegas.

— Vi que parte de uma das paredes foi demolida — disse ela. — Foi hoje?

— Foi. Estão removendo as pedras exatamente como foram colocadas, mas no sentido contrário. Roberts não perdeu tempo. Quando, por fim, conseguiu autorização para demolir, encontrou alguns homens, construiu um andaime e pôs mãos à obra. — Da colina pela qual montava, Eric tinha assistido às primeiras pedras caírem.

— Moverá para lá os aposentos da família caso reconstrua a ala?

Não havia contado a ela sobre seus planos iniciais porque não tinha certeza se queria encorajar seu interesse médico. Não sabia mais o que fazer da ala.

— Ainda não sei. Preciso escolher um arquiteto, falar com ele e planejar os cômodos. Contudo, prometi a Roberts que outra capela seria construída.

— Espero que não mude os aposentos de lugar. Gosto desses quartos. Não iria querer deixar as memórias para trás e ficar em outro lugar quando viéssemos de visita.

Esse sentimento o encantou. Ele também não achava que fosse querer mover os aposentos, agora que refletia a respeito.

Ele se levantou e passou a mão por aquela curva, pressionando beijos ao longo da mesma linha. Ela fechou os olhos e sorriu, deleitando-se com a sensação. Davina deu risadinhas quando Eric a beijou na nuca, e começou a se virar em seus braços.

— Não. Fique assim. — Ele beijou, então lambeu as covinhas na parte baixa das costas e acariciou o traseiro dela com mais firmeza. Ela arqueou os quadris de leve, acompanhando o pulsar da crescente excitação. Eric deslizou o dedo ao longo da fenda até que a tocou profundamente entre as coxas.

Seus lábios se entreabriram e ela soltou gemidos suaves. Davina abriu as pernas e ele a acariciou ainda mais. Agora com força, impaciente, e sua mente se apagou para tudo exceto o anseio abrasador; ele se moveu atrás dela.

Davina não precisou de ajuda, nem de instruções. Algo mais primitivo sabia o que fazer. O traseiro se ergueu para ele quando ela ficou de joelhos. Agarrando os lençóis, abraçando o colchão, ela se ofereceu.

Eric resistiu ao impulso de penetrá-la de uma só vez, mesmo que cada fibra do seu ser clamasse por isso. Em vez disso, ele saboreou a tortura da espera enquanto a posição erótica o tentava e provocava. Ele a acariciou e ela ficou ofegante. Continuou a acariciar a carne inchada com a mão, com o membro, até que cada arquejo de Davina carregasse um grito de súplica.

Por fim, ele se uniu a ela em uma deliciosa estocada lenta que provocou um prazer sublime e latejante por todo o seu corpo. Ele pressionou as pernas dela juntas para deixá-la ainda mais apertada e voltou a estocar, mais forte. Sentiu Davina chegando ao orgasmo e soltou as rédeas que o prendiam à própria mente. Segurou-a pelos quadris e, em uma longa e forte investida, levou os dois além do limite da sanidade.

O frio a acordou antes do amanhecer. O fogo se extinguira e ela estava nua e descoberta. Começou a procurar as roupas quando viu que não estava sozinha.

Ele tinha ficado. Normalmente, Eric partia enquanto ela dormia ou até mesmo antes, quando ele vinha ao seu encontro. Naquele momento, ele estava esparramado onde tinha caído depois da última lição. Braços cruzados acima da cabeça, o rosto meio enterrado no travesseiro, ele quase preenchia a cama com o corpo forte e musculoso.

Ela hesitou em puxar as cobertas. Moveu bem pouco para que a luz fraca das chamas e uma lamparina mostrassem o corpo dele. Abaixou-se para examinar a cicatriz.

Ele tivera sorte. A parte de trás do joelho tinha sido poupada. Abaixo e acima, no entanto, a pele mostrava longas faixas de textura rígida e cerosa comum às queimaduras graves.

Poderia ser pior. Davina não a achava desagradável, mas muitos achariam. Como com quase tudo, a experiência mudava o ponto de vista das pessoas.

Puxou as cobertas e os cobriu. Certificou-se de que ele estava aquecido e se aconchegou ao seu lado. Passou a lhe observar o rosto, ou o que podia ver dele.

Voltariam para Londres em breve. Sua missão tinha sido comprometida por aquele casamento, mas não se apoiaria nesse pensamento agora. Imaginou, em vez disso, se o júbilo que vivia com ele continuaria. Não havia outra palavra para as emoções que sentia. Com certeza à noite, quando tinham a mais profunda intimidade, mas também durante o dia, quando o acompanhava às refeições.

Não era verdade. Havia outra palavra. Uma que não ousava dizer porque então teria muito a perder, e a lamentar, se tudo aquilo passasse. Mas, ainda assim, na mais escura das horas, não podia negar que os sentimentos tinham se aprofundado tanto que, agora, ao observá-lo dormir, quase chorou por causa da forma como mexiam com ela.

Ele se mexeu, mal abriu os olhos e logo se virou. Com um braço, ele a puxou para cima e a levou para mais perto dele, e adormeceu novamente.

Vinte e Quatro

O nome da jovem era Bridget, e a gravidez estava bastante avançada. Tinha chegado a Davina o pedido de ir vê-la, porque ela estava sangrando e Bridget temia pelo bebê.

— É o primeiro? — perguntou Davina, ao pressionar os dedos na barriga de Bridget.

— É. Estamos muito felizes com essa bênção.

— Já engravidou antes?

— Eu disse que é o meu primeiro. Oh, a senhora quis dizer se perdi algum. Não.

Davina continuou conversando enquanto pressionava a barriga. Podia sentir o bebê. E, enfim, sentiu um chute forte.

— Oh! — choramingou Bridget, depois riu. — Ele não deve estar gostando do que a senhora está fazendo.

— Foi um chute dos bons, não foi? — Ela se recostou. — Quem é a parteira?

— A sra. Malcolm. Ela atende a todas que precisam de ajuda. Está longe e pode ser que não consiga chegar a tempo. Minha família mora a um quilômetro daqui, no entanto, e instalamos um sino para tocar caso eu precise de minha mãe.

— Quero que toque o sino mesmo se pensar que não precisa dela. Estou confiante de que tudo está bem com a criança e que o leve sangramento não é grave. Seria melhor, contudo, se tivesse outra mulher aqui.

Bridget se levantou com esforço.

— Eu me sinto melhor com a senhora dizendo isso. Sobre não ser grave. Tome uma cerveja antes de ir, tenho alguns biscoitos também.

Davina aceitou mesmo não estando com fome nem com sede. Bridget deu um sorriso largo depois de colocar os alimentos sobre a mesa e observar Davina comer.

— Quem diria que eu teria uma duquesa comendo os meus biscoitos? Eu não sabia que as duquesas eram tão gentis quanto a senhora.

— As que eu conheço são muito gentis.

Bridget se sentou à mesa.

— Ouvi dizer que estão derrubando as ruínas queimadas. É verdade? É iniciativa da senhora?

— Não é iniciativa minha, mas é verdade.

— Terrível, o incêndio. Eu era uma menininha na época. Houve muita conversa. E aquela pobre mulher que morreu... — Ela balançou a cabeça. — Diziam que ela era um encanto. Linda. Tão triste.

De repente, o biscoito ficou seco na boca de Davina. Ela bebeu um pouco da cerveja.

— Não sabia que tinha sido uma mulher.

Bridget fez que sim.

— Uma visitante. Ela e o duque... é claro, ele não era o duque na época, mas o marquês de alguma coisa. Enfim, o duque estava aqui há quinze dias, e de repente aquele fogo. Dava para vê-lo de muito longe. Não as chamas em si, mas todo o céu acima do edifício ficou vermelho e laranja. Parecia que o inferno tinha se libertado, como disse a minha mãe. Os que saíram de lá disseram que a sensação também era a de estarem em um inferno. — Ela levou a mão à lata e colocou outro biscoito. — É tão bom saber que as ruínas estão finalmente sendo removidas. É como uma cicatriz na terra, isso é.

Davina fez um esforço heroico para comer o segundo biscoito, mas uma tristeza profunda a preencheu das costelas até a garganta. Assim que cumpriu ali o tempo para sair de forma educada, ela se foi e embarcou no fáeton ao lado de Rufus. Não disse uma única palavra por todo o caminho de volta. A mente corria em círculos, buscando uma justificativa para as implicações do que Bridget lhe contara.

Ela e o duque estavam aqui há quinze dias. Uma mulher havia morrido, mas não qualquer mulher. Não uma criada, como presumira. Uma mulher encantadora. Uma mulher bonita.

Não era de se admirar que ele odiasse a casa e a propriedade. Sua amante tinha morrido ali.

<hr>

Davina não estava em parte alguma. Eric a vira retornar da missão de caridade daquele dia, mas, depois, ela desaparecera. Por fim, foi verificar o jardim, embora o vento cortante daquele dia não encorajasse que passassem tempo lá.

Os arbustos crescidos demais e a invasão do mato faziam com que fosse difícil ver qualquer coisa lá da varanda. Embrenhou-se ali, procurando por ela entre os galhos. Ao ver uma cabeça loura, ele mudou de direção.

Não encontrou Davina, e sim Roberts. Braços cruzados e sobrancelha franzida, o administrador olhava para o matagal, absorvendo o espaço como se fosse um exército invasor.

— Disforme. No entanto, um jardineiro faria maravilhas daqui a umas estações — informou ele.

Estava em péssimas condições, Eric tinha que admitir. Mais negligência de sua parte. Tinha deixado a casa sem recursos financeiros, como se esperando que ela se deteriorasse e desaparecesse.

— Deveria contratar um jardineiro, então. Adicione-o às contas.

Roberts olhou ao redor.

— É um local grande. Seria melhor dois. Se o senhor vier com mais frequência, vai querer um jardim bem-cuidado.

— O que o faz pensar que virei aqui com mais frequência?

Roberts deu de ombros.

— A duquesa é escocesa de sangue e de coração. Ela se apegou um pouco ao povo dessas bandas também. Creio que vá querer vir com frequência.

— Ela lhe disse isso?

— Não com essas palavras. Ela parou de falar ao me ver. Disse para eu fazer algo que deixasse o jardim em condições de ser usado. Daqui a alguns anos, poderíamos receber muitos visitantes, disse ela. Acho que quis dizer festas e coisas assim.

Ela quis dizer visitantes para a farmácia e as pessoas que se internariam na enfermaria.

— Para onde ela foi depois de falar com você?

— Em direção aos fundos. — Ele apontou com o polegar por cima do ombro.

Eric seguiu para lá. Continuou sem encontrá-la, mas notou que o portão dos fundos estava aberto. Atravessou-o e o matagal ficou para trás.

Ninguém plantara árvores ou arbustos daquele lado da parede, então era só grama mesclada com umas poucas flores silvestres que, corajosas, ainda floriam. Uma cerca isolava a área maior onde os cavalos da casa pastavam. À direita, colina acima, ficava o velho cemitério em meio às árvores.

Teve um vislumbre de azul e dourado entre as lápides e seguiu para lá. Encontrou Davina, de braços cruzados, olhando as inscrições de uma forma bem parecida com a que Roberts avaliava o matagal.

Percebeu qual sepultura chamara a atenção dela.

Ela o viu, e seu olhar voltou para o sepulcro. Eric foi até ela.

— Jeannette O'Malley — leu ela. — Um nome incomum.

— Creio que Jeannette não fosse o nome verdadeiro. Suspeito que o tivesse adotado como nome artístico, por soar mais francês.

— Atriz ou cantora?

— Atriz.

— Nada apropriada, então.

— Nem um pouco.

— Sinto muito por ela ter morrido e o deixado com tanta culpa e pesar. Eu deveria ter imaginado que havia uma boa razão para você nunca mais ter voltado aqui e por ter ignorado o local.

Ela não entendia. Nem ele; não completamente. Nunca falava daquilo, nem pensava no assunto caso pudesse evitar, mas agora... não queria que ela fizesse novas suposições para substituir as anteriores. Ainda assim, explicar o acontecido poderia destruir a alegria que sentira nos últimos dias.

— Você a amava? — A pergunta não passou de um sussurro.

— Eu estava encantado, até mesmo enlevado, mas não foi um amor maduro. Foi carnal, principalmente.

— Sexual.

Eric teve que rir da franqueza dela.

— Isso. Ela era indomada. — Como explicar algo assim para uma mulher respeitável? — Não havia regras. Nenhuma. E eu tinha vivido com tantas, por tanto tempo, que a liberdade de ser indomado também me inebriou. Como um bêbado, perdi a noção de mim mesmo, dos meus deveres, do meu passado e do meu futuro. Escapuli dos meus arreios, fugi do cercado e galopei com tudo.

Ela sorriu, o que lhe deu coragem.

— Não é de se admirar você não ter voltado a perder o controle se, quando o fez, terminou de forma tão ruim. — Ela olhou para a terra que os cercava. — Por que a trouxe para cá? Para que ninguém soubesse?

Eis a raiz do problema. Estupidez dele e do rei pensar que essa mulher inteligente pudesse ser comprada por tão pouco. Ele poderia mentir. Esconder a maior parte, mas ela descobriria em algum momento. Talvez já tivesse descoberto.

— O relacionamento era um segredo, isso é verdade, mas viemos para cá porque eu pretendia me casar com ela.

Davina não tinha esperado ouvir isso. Estava errada quando pensou que poderia relevar o que ficasse sabendo.

Talvez tivesse sido um erro exigir explicações.

Ele não chamou de amor, mas queria se casar. Não um casamento arranjado e correto. Não um casamento por conveniência ou obrigação, tal como tinha sido o que fizera com ela. Eric não tirara a inocência de Jeannette e marchara com ela para o altar por causa do código de honra dos cavalheiros.

— Ah, sim — disse ela. — A única coisa para a qual a Escócia é boa. Nada de proclamas, nem espera, nada disso.

A mão dele se moveu o suficiente só para tocar a sua, então a segurou.

— Meu pai ficou sabendo do relacionamento. Eu não tinha contado para ninguém, mas ela foi indiscreta. Ele exigiu que eu pusesse um fim àquilo. Eu pretendia, mas não terminei. Eu a mantive em Londres por quase um ano. Creio que ele tenha suspeitado que ela... os humores dela era muito voláteis. Muito extremos. Quando estava feliz, ela ficava delirante. Quando estava triste, ficava melancólica e desanimada. Quando estava com raiva, ficava enfurecida.

Davina se perguntou a que extremos aquela mulher iria no sexo. *Nada de regras*, dissera ele. Não era de se admirar que um jovem rapaz a achasse cativante.

— Eu deveria ter reparado nos humores e me perguntado por que eram tão extremos. Em vez disso, eu só me certificava de que, quando ela estivesse comigo, estivesse feliz.

— Você deveria ter me contado que tinha se casado com ela. Eu tinha direito de saber, nem que fosse só disso.

— Você tem o direito de saber tudo.

Talvez, mas desejava que não soubesse de nada. É claro, houvera mulheres... muitas, provavelmente, mas aquela pareceu ter sido muito especial. Especial o bastante para se casar, mesmo ela sendo inapropriada sob cada ângulo possível, mesmo que o pai o tivesse proibido de seguir com aquilo. Tinha acontecido há tantos anos, e não deveria importar — mas importava.

— Se eu não contei de imediato, foi porque a totalidade da história lançava uma luz muito ruim sobre mim, mas há uma coisa que você precisa saber: nós não nos casamos. Não chegamos a tanto. O incêndio nos impediu.

Ela olhou para ele, surpresa por essa reviravolta. Nos olhos dele, ao encarar a lápide, ela viu raiva, pesar e arrependimento, tudo misturado.

— Que tragédia perdê-la nessa ocasião — disse ela.

A mão dele segurou a sua com ainda mais força. A mandíbula se apertou como um torno.

— Ah, Davina, você é boa demais. Não é o que você pensa. Foi ela que iniciou o incêndio. Ela ter tentado me matar pode ser justificado como um ato de fúria apaixonada, mas muitas outras pessoas quase pereceram também. Tudo porque eu me recusei a reparar nos humores dela.

Sentiu o peso aliviar assim que disse aquilo. Assim que falou a história em voz alta. Até mesmo com Roberts, que estava lá e quase tinha morrido também, ele nunca sequer tocara no assunto. Como sempre acontecia com Davina, ele encontrava paz na presença dela.

Ela não fez quaisquer perguntas, também não disse que ele não era o culpado. Graças a Deus por isso. Não teria tolerado a piedade da declaração.

Não queria mais ficar de frente para aquele túmulo. Conduziu Davina para longe do cemitério, pelas colinas e através do portão. Encontraram o caminho que as botas de Roberts tinham marcado e o seguiram.

— Você não perguntou por que ela fez isso. Nem como aconteceu — observou ele.

— Talvez você me conte algum dia, quando sentir vontade.

MADELINE HUNTER

Queria contar naquele momento. Começar tinha sido difícil, mas era necessário que o restante fosse ouvido, então.

— Contei a ela sobre o meu plano depois que chegamos aqui. Antes de partirmos, nós iríamos nos casar. Ela ficou feliz. Delirante de felicidade. Na noite do incêndio, no entanto, ela perguntou se minha família viria à cerimônia. Não pude acreditar que ela não tivesse entendido. Tenho certeza de que expliquei tudo. Porém, expliquei novamente. Eles não viriam. Não ficariam sabendo. Ninguém saberia até meu pai falecer. Ela disse que aquilo era um insulto a sua pessoa, que ter um casamento desses e mantê-lo em segredo não era digno dela. E que eu teria que escrever para o meu pai e informar a ele antes que partíssemos da Escócia. Eu me recusei. Ele já mostrava sinais da doença que, por fim, o matou, e eu não o sobrecarregaria com a notícia. Nós brigamos. Ela ficou perturbada, furiosa, desesperada. Violenta.

— Creio que você também teve suas razões para não contar ao seu pai.

— Só percebi durante a briga. Mais tarde, já deitado na cama, admiti que eu não deveria me casar com uma mulher que eu não pudesse mostrar em público. Não era amor, e sim algo mais vil o que me prendia. Minha mente recuou e eu pude ver como estava me comportando. Foi só então, quando me esbofeteava para sair daquela loucura, que senti o cheiro da fumaça. Vinha do meu quarto de vestir.

— Não há possibilidade de ter sido um acidente?

— Não havia velas. A lareira estava fria. Ficou-se sabendo que aquele foi só um dentre os muitos incêndios que ela havia iniciado. — Ele olhou por sobre as plantas. Mal podia discernir as paredes da ruína, e um homem lá no alto desbastando a argamassa e a pedra. — O da escadaria principal... a fumaça a prendeu lá. Eu a encontrei ao sair. Arrastei-a para fora, mas ela já tinha perecido.

A história o exauriu. Parecia ter corrido uns quinze quilômetros. Não sabia dizer o que Davina pensava da trágica história. Estava pensativa, embora não parecesse nem chocada nem como se o julgasse.

— Disseram-me que ela era linda.

— Creio que sim, mas nunca a vi nas minhas memórias dessa forma. Eu a vejo como estava durante nossa última discussão, e não houve nada belo naquele momento.

Eles chegaram à casa.

— Obrigada por me contar a história — agradeceu ela. — É melhor saber do que imaginar.

Ela chegou ao quarto antes que as emoções que segurava transbordassem. Andou de um lado para o outro por causa da agitação, tentando encontrar motivos racionais para não se sentir tão vazia e sozinha.

Tinha sido uma história horrível. Pavorosa. Sentia muito por Brentworth. Sentia muito por aquela pobre mulher. Raiva pelo conhecimento médico sobre a mente humana não ter progredido desde os tempos de outrora. Ela devia estar passando por um surto nervoso para ter dado início aos incêndios. Quem, senão alguém insano, faria algo assim? A mulher estivera perdida demais para sequer pensar em sair dali. Por outro lado, ficar poderia ter sido sua intenção.

Sem regras. Podia imaginar o que aquilo abarcava. Davina era ignorante quanto aos gostos sexuais mais exóticos aos quais alguns se entregavam. O que acontecera em seu leito nupcial era brincadeira de criança em comparação. Tentou imaginar como era para um rapazote que perseguia e capturava uma mulher que não impunha limites. Ele devia ter vinte e poucos anos na época. Podia acreditar que ele se tornara cativo daquela paixão. Imaginou-o renegando todos os deveres, lições e expectativas com as quais o sobrecarregaram por toda a vida e que o prenderiam para sempre. Podia acreditar que a liberdade continha a sua própria loucura.

Ele não chamava de amor. Não agora, mas, na época, provavelmente, sim. No entanto, acreditaria no que ele dissera. Jeannette não tinha sido o grande amor da vida dele. Ótimo. Não se prenderia àquilo. Ela fora, contudo, a grande paixão da vida dele. Brentworth sabia que nunca mais vivenciaria algo como aquilo. Nunca se permitira vivenciar. Não com as amantes. Não com os amores. Não com a mulher com quem se casara por obrigação e conveniência.

No jantar daquela noite, eles não tocaram no assunto. Ela duvidava de que algum dia fossem voltar a falar daquilo. Ambos exageraram na conversa sobre amenidades e nos gracejos, como se quisessem provar que tudo ainda era igual. Só que não era para ela. Aquele vazio não ia embora.

Quando a refeição foi se aproximando do fim, ele ficou mais sério.

— Acho que devemos voltar para Londres. Depois de amanhã, se concordar.

— Talvez. Gostaria de pensar sobre o assunto esta noite, e ver se há algo mais que eu possa fazer aqui.

— Nossa partida pode ser atrasada em um dia ou mais, se preferir.

Ela só meneou a cabeça. Sua missão ali, sua pesquisa mais importante, sequer tinha passado pela sua cabeça naquele dia. Precisava se lembrar da razão para ter ido à Escócia, e o que ainda faltava ser alcançado.

Naquela noite, permitiu que a criada a preparasse para ir para a cama. Esperava que Brentworth não a visitasse. Queria ficar sozinha. Queria se acostumar com tudo aquilo, pensar na razão para aquele pedaço de seu coração não ficar pleno.

Ele não veio. Ela não dormiu. Da mesma forma, seus pensamentos não se prenderam ao legado, nem ao avô, nem a todas as outras razões para ela estar ali. Em vez disso, Brentworth os preenchia. Até mesmo veio a entender a sensação estranha no peito, aquele peso oco, o vazio.

Tinha esperado... como uma menina, tinha pensado que talvez... Riu de si mesma, mas foi doloroso. Apesar disso, sentiu-se um pouco melhor.

Parou de se debruçar sobre si mesma e voltou o foco para o homem em si. Ele arriscara muito ao contar aquilo. Não era algo que ela achava que um homem como ele admitiria com facilidade, ou que sequer tocaria no assunto. Não acreditava que os amigos dele, os outros duques, soubessem do acontecido. Se tivessem visto a cicatriz e ele tivesse dito: *Isso? Fui descuidado e acabei me queimando*, os duques podiam ter aceitado a explicação e não o pressionado para conseguir mais detalhes. Os homens eram assim.

Apesar disso, naquele dia, ele tinha expressado tudo em palavras. O evento se tornara mais real ao ser contado? As memórias, mais nítidas? Dizer as palavras, admitir a verdade, era mais difícil do que pensar sobre o próprio erro ou a culpa. Havia uma razão para os católicos insistirem que as confissões fossem feitas em voz alta.

Talvez ele também não tivesse dormido. Talvez também tivesse ficado em vigília, também se acostumando com as revelações. Ele poderia estar na cama naquele instante, revivendo aquelas semanas e aquela noite.

Ela se levantou e vestiu o penhoar. Pegou uma vela, seguiu para o corredor e percorreu o caminho até os aposentos dele. Entrou da forma mais silenciosa possível e se aproximou da cama.

— Eric, você também está acordado? — sussurrou.

Ele se sentou.

Ela pôs a vela sobre a mesinha e a soprou. Ele jogou as cobertas para o lado e ela deitou na cama. Ele cobriu a ambos.

Ela se aconchegou ao lado dele e fechou os olhos, já se sentindo melhor.

— Pensei que, se talvez não ficássemos sozinhos, cada um de nós, seria mais fácil dormir.

O braço dele deslizou ao seu redor, e ele a puxou para mais perto, beijando-a na testa.

— Muito mais fácil.

Vinte e Cinco

$\mathcal{E}$ric estava impaciente para voltar à cidade. A viagem tivera mais resultados do que esperava; a maioria deles, positivos. Sua vida, no entanto, estava em Londres, e, em novembro, o frio do inverno podia ser sentido nos ventos escoceses.

Ao menos não precisava mais temer que algum fazendeiro contasse a Davina sobre o incêndio, e sobre Jeannette. Um contara e, parando para pensar, ele não se lamentava. Falar daquilo, enfim, libertara-o de boa parte da lembrança. Perguntou-se se Davina diria que tinha sido algo bom. Ela parecia um pouco diferente. Ainda era cheia de luzes brilhantes, mas uma delas tinha ficado fraca.

— Quando você disse que não havia regras, o que quis dizer exatamente? — ela perguntou, de forma abrupta, interrompendo a lição sobre como conduzir o fáeton. Ela queria aprender, por isso tinham decidido começar naquela manhã. Não era o melhor tipo de carruagem para uma mulher aprender a conduzir, mas ela insistiu ter visto mulheres nos parques segurando as rédeas de tais veículos, e reassegurou que também conseguiria.

Ele não precisou perguntar a que ela se referia. Supunha que se tivesse dito: *tive relações com um belo rapaz, fomos descontrolados e não tínhamos qualquer limite*, ele também faria perguntas. Embora, como homem, ele talvez não tivesse feito, pois poderia imaginar os detalhes. Duvidava de que ela pudesse.

Ou seja, era hora de ser vago. Ou de evitar completamente o assunto.

— Mova a carruagem para a frente bem devagar. Não se distraia — instruiu.

— Não me distrairei. Posso ouvi-lo ao mesmo tempo em que faço isso, então sinta-se à vontade para responder à minha pergunta. A menos que o assunto o constranja.

— Constranger? Nem um pouco. Talvez ocorresse com outra mulher, uma que não tivesse me explicado, mesmo com sua total falta de experiência, que as mulheres podem ter orgasmos.

— Então, o que quis dizer?

— Você está puxando muito para a esquerda.

Ela corrigiu, então lhe deu um olhar cheio de propósito.

Eric suspirou. Não havia saída.

— Nesses assuntos, algumas coisas são típicas e feitas por todo mundo.

— Como o que fazemos.

— Para ser sincero, nem tudo o que fazemos é típico.

— Então você me atraiu para feitos mais exóticos. Acho que sei o que possa não ser típico. Prossiga.

— E há coisas ainda menos típicas. A mente humana vem sendo bem criativa através do milênio e há uma longa lista de prazeres que foram acumulados. — Essa quase pareceu uma conversa normal. — Pense nisso como círculos saindo de um centro. Típico é o centro. As coisas vão ficando menos típicas quanto mais se afastam do ponto original.

— Não com a mesma proporção, você disse. Algumas das não típicas não são exóticas demais. Além do sétimo círculo é chocante.

— Algo assim.

Ela decidiu tentar virar a carruagem, mesmo sem a permissão dele. Ela se saiu muito bem, então ele não poderia interromper a estranha conversa para repreendê-la.

— Vá um pouco mais rápido, mas pare bem antes de chegar ao cercado dos cavalos. — Novamente, ele tentava mudar o assunto.

— Vocês usavam chicotes um no outro?

Ela o deixou atônito.

— Chicotes? Onde você ouviu sobre isso?

— Meu pai e eu visitávamos uma mulher que sempre estava doente. Só que não de verdade. Quando meu pai disse isso, ela pediu para que ele mentisse. Parecia que o marido a chicoteava para o prazer dele.

— Seu pai a deixava ouvir coisas assim?

— Acontecia, eu só estava lá quando se passava.

— Não foi certo da parte do marido dela. Se o prazer não é mútuo, não deve ser feito.

Ela freou o cavalo e virou a cabeça para olhá-lo.

— Eu não gostaria de ser chicoteada, mas, se você gostasse, acho que eu poderia chicoteá-lo, assim o prazer seria mútuo.

Como ela o arrastara para aquela conversa tão espantosa?

Madeline Hunter

— Você gostava? — perguntou.

Agora ela supunha... ele sentiu o rosto em chamas. Raios, ele nunca corava. *Nunca.* Ela lhe deu uma olhadela.

— Não é o prazer que busco — disse ele, evasivo.

— Entendo — reagiu ela. — Você também deve ter tido uma terceira pessoa envolvida em algum momento. Devo dizer agora que, mesmo eu estando disposta a experimentar um pouco de selvageria com você, não tolerarei isso.

— Não precisava nem dizer.

— Ao que me parece, sobre esses assuntos, nada se passa sem ser dito, porque você foi enfeitiçado pela falta de limites. Não é a selvageria do ato que me repele, se é o que você pensa. Depois de devida consideração, concluí que é o adultério. Uma forma muito peculiar de adultério, mas adultério mesmo assim.

Ela havia pensado no assunto. Talvez nos últimos dois dias ela estivera exercitando a imaginação por horas, tentando concluir o que o *sem regras* significava. O que o fez se perguntar onde naqueles círculos ficavam as coisas que *não* a repeliam após a devida consideração, e quais exatamente seriam essas atividades.

— Já decidiu quando estará pronta para voltar a Londres? — indagou ele, tanto para saber a resposta quanto para mudar de assunto.

— Daqui a dois dias, eu acho. Há algo que preciso fazer antes de irmos. Tive uma ideia ontem à noite, e agora pretendo colocá-la em prática.

— Outra visita a uma das fazendas?

— Não vou precisar nem sair da casa, conforme seja. Vou dar meia-volta com a carruagem. Já me adaptei bem às rédeas.

— Vá devagar. Você ainda está longe de ser uma especialista. Eu disse *devagar*! — Ele se agarrou ao assento enquanto ela fazia a curva de forma rápida e firme. Então, com todo o pasto adiante, ela brandiu as rédeas e eles voaram.

Davina bateu à porta. O sr. Roberts a abriu com uma expressão exasperada. Ele a viu e logo pareceu mais amigável.

— Vossa Graça. Pensei que fosse a governanta. Ela vem me enchendo de perguntas no dia de hoje.

Ele deu um passo ao lado e a convidou para entrar. Antes que o sr. Roberts fechasse a porta, Davina viu que o pequeno espaço dava para um quarto.

Ele a convidou a se sentar. Ela se sentou na pontinha da cadeira enquanto reparava na mesa de madeira, no tapete simples, na bela vista das janelas e nas prateleiras de livros e de livros-razão.

— Vim por causa de sua perícia em certos assuntos. — Ela apontou para os livros-razão. — Alguns deles parecem bem antigos. Imagino que nenhum tenha sido jogado fora.

— Esse escritório tem sido usado há gerações para o mesmo propósito, e alguns desses livros são de antes de eu nascer, segundo me consta.

— Então o fogo não os reclamou. Que sorte. Diga-me, neles há o nome de criados e de outros serviçais?

— Duvido muito. As entradas referentes aos pagamentos a eles são feitas com uma única soma. Os criados não são registados individualmente. — Ele abriu o livro-razão que estava sobre a mesa, voltou algumas páginas, então virou o livro para ela. — Assim, veja.

Isso ofuscou a sua brilhante ideia.

— Eu tinha esperanças de que o senhor tivesse registro dos criados de décadas atrás.

Ele não perguntou a razão, mas Davina pôde ver sua curiosidade.

— Além de uma nota ou outra sobre algum problema ocasional, como um lacaio ter sido pego roubando a prataria ou um incêndio na cozinha... não há nada. — Ele tamborilou os dedos sobre a mesa. — Temos nomes relativos a pensões. Aos que servem aqui por muito tempo é paga uma quantia quando se aposentam. Uma soma anual, para sustentá-los na velhice.

— Isso deve servir. Eu gostaria de saber o nome dos pensionistas mais velhos, e onde eles vivem.

— Só os vivos?

— Acho que sim, para começar. — Seria melhor descobrir algo de forma mais direta, mas, se não conseguisse nada, talvez devesse saber se os criados mais antigos tinham contado histórias para a família.

Não levou muito tempo para o sr. Roberts fazer uma lista curta.

— Aqui está. Os mais velhos estão no topo da lista. Ganham pensão há quase tanto tempo quanto trabalho aqui, ao que me parece.

Ela dobrou a lista.

— Obrigada. Devo lhe avisar de que sairei com o fáeton amanhã bem cedo.

— Direi a Rufus para estar a postos.

— Não precisarei dele. Aprendi a conduzir o veículo. Brentworth me ensinou. — Ela se despediu e logo parou à porta. — Por falar no duque, não há razão para incomodá-lo com um relatório de minha visita ao senhor, sr. Roberts.

— Entendo, Vossa Graça. E eu recebi a ordem para contratar jardineiros para lidarem com aquele matagal lá fora. Pensei que fosse gostar de saber.

Davina levou a lista para o quarto, para fazer alguns cálculos. A notícia sobre o jardim a deixou satisfeita. Supôs que deveria se sentir feliz pelo duque estar finalmente tomando interesse pela casa, mesmo que ela mesma jamais fosse ser a maior paixão da vida dele. Isso não tinha sido parte de seu acordo, tinha?

<hr/>

Davina despertou ao alvorecer, vestiu-se e desceu para tomar o desjejum. Nada havia sido preparado ainda, então vagou até a cozinha e pegou um pouco de pão e queijo com a sonolenta cozinheira. Logo vestiu a peliça e pôs o chapéu, e saiu em busca de um cavalariço.

Não escondeu o que fazia de Brentworth. Só havia esquecido de lhe contar. Na cabeça dele, o problema quanto aos seus interesses conflitantes sobre a propriedade tinha sido resolvido ao trocarem os votos. Ele acharia desnecessário, talvez mesmo fastidioso ouvir que ela planejava percorrer todo o campo em busca de mais provas, quando elas não eram mais necessárias.

Mas precisava delas. Ele pensava que ela fizera aquilo querendo enriquecer. Embora ninguém fosse achar ruim ter um direito de nascença sobre muitos acres de terra, ela também queria saber se a família tinha vivido e pertencido àquele local. Queria saber se aqueles velhos quadros eram de seus ancestrais. Queria traçar a linhagem do pai, não importava a que parte a busca a levasse. Ansiava saber quem era a sua gente.

Subiu no fáeton assim que um cavalariço o trouxe. Ele lhe entregou as rédeas.

— A senhora disse que sabe conduzi-lo? Não é a carruagem com a qual costuma sair.

— Sua Graça me ensinou e disse que eu era muito boa. Não irei rápido.

Ele sacudiu a cabeça, então deu de ombros.

Davina incitou o cavalo a andar e a puxar o veículo. A carruagem parecia muito leve sem Brentworth ao seu lado. Fez o cavalo ir a um trote leve e seguiu a trilha até a alameda. Quando virou a curva da casa, uma figura escurecida a esperava com as mãos nos quadris. Por pouco, ela evitou atropelá-lo.

— É um lugar horrível para ficar — ela ralhou. — Não o vi até estar quase em cima de você.

— É uma posição excelente para agarrar a brida do cavalo. — A mão dele se fechou na rédea enquanto falava. — Onde está Rufus?

— Eu não precisava dele. Nem preciso de você. Não vou atender a nenhum doente.

Ele olhou para baixo.

— Aonde está indo, então?

— Dar um passeio. Testar a minha nova habilidade com as rédeas e o chicote aqui na alameda e na estrada.

Ele rodeou o cavalo e embarcou ao lado dela.

— Irei também, no caso de você achar que não está boa o bastante para voltar para casa. Sob nenhuma circunstância use o chicote. O cavalo vai disparar e, nesse caso, você não tem nenhuma experiência em controlá-lo.

Ele voltou a cruzar os braços. Sua expressão adquiriu um aspecto de magnânima tolerância. Seu lorde e senhor lhe daria aquela indulgência, mas não estava satisfeito.

Que amolação ele era. Nem mesmo seu pai tinha sido intrusivo assim, e desde a morte dele, absolutamente ninguém tinha lhe dito o que fazer.

— Não pretendia dar um passeio? — perguntou quando ela não se moveu por vários minutos.

— Não sei mais se quero. — Ela deixou as rédeas se afrouxarem. — Roberts lhe disse? A posição dele aqui depende de você, então se contou, não posso pôr muita culpa sobre ele.

— Contou-me o quê? Você e ele estão conspirando juntos? Apenas quanto aos jardins, espero. Se ele tiver demonstrado qualquer outro interesse, será uma pena. Ele é um dos homens que eu preferia não ter que matar.

Ela riu daquilo. Ele não.

Entregou as rédeas para que ele as segurasse e levou a mão à retícula.

— É uma lista dos criados dessa casa que agora recebem pensão. Este homem aqui no topo é o mais velho. Pretendo falar com ele.

Davina viu a resposta nos olhos de Brentworth. *Não é necessário. O problema foi resolvido. Discutido. Já lidamos com ele.*

— Onde ele mora? — ele indagou ao invés.

— Harrow Ridge.

Ele suspirou, desceu e rodeou o veículo até estar ao seu lado.

— Chegue para lá. Fica a pelo menos dez quilômetros daqui. Eu nos levarei mais rápido do que ousarei permitir que você conduza. Pode praticar na volta, se houver tempo. — Ele incitou o cavalo a um trote rápido.

— Você está brincando, não é? Sobre matar qualquer homem que demonstre um interesse inapropriado por mim?

— Não estou.

— Não é necessário. Se algo chegar a acontecer, você poderia se divorciar de mim, então escolher outra esposa na próxima temporada para me substituir. Sua reação não seria racional.

— Minha querida Davina, você é insubstituível, especialmente por uma daquelas crianças enfileiradas no mercado de casamento. Só de pensar em perder você, eu vejo tudo preto. Se for por causa de outro homem, não há como dizer o que eu faria.

O breve discurso a surpreendeu, principalmente naquele momento. Era a primeira vez que ele dizia que ela era importante para ele. Ele a achava aceitável, sim. Gostava de sentir prazer com ela, ao que parecia. Tinha dado indicações de que as conversas com ela não o entediavam, mas o ponto mais importante era que ele temia perdê-la. Será que a questão de ele não querer que ela se expusesse a doenças talvez não fosse por causa de qualquer senso de dever e responsabilidade, mas também porque ele não quisesse perdê-la?

Não tinha nada a dizer que não acabasse soando como se implorasse por mais declarações de seu próprio valor. Mesmo sabendo que ia gostar muito de ouvi-las, ela se limitou a se inclinar e a beijá-lo na bochecha.

— Penso que você deveria ficar longe enquanto falo com ele — disse Davina enquanto ele entregava as rédeas para o cavalariço do lado de fora da estalagem em Harrow Ridge.

— Você está se esquecendo da razão para nós dois virmos nessa viagem ao Norte. Ouvimos e vemos o que é descoberto, juntos. — Ele a ajudou a descer.

— Então, por favor, permita que eu faça as perguntas. Sua mera presença já tira as pessoas do prumo, e suas perguntas pontuais não ajudarão em nada.

— Você só está aborrecida por não ter conseguido escapar sozinha.

— Pensei que fosse tentar me deter. O que você teria dito não importa mais.

Ele talvez teria dito aquilo, ou algo parecido. Jamais admitiria algo assim. Se ela estava decidida a revirar cada pedra da Escócia buscando provas, ela o faria, não importava o que ele dissesse.

Já era de tarde. Entraram na pousada e comeram algo leve no salão comum. Ao terminarem a refeição, ele falou com o proprietário pedindo coordenadas para encontrar a casa do sr. Rutherford.

— Ele mora no final da rua. Uma mulher lá aluga alguns dos quartos, mas o senhor não o encontrará lá. Ele estará nos fundos, lidando com os cavalos.

Eric voltou até Davina e disse que o sr. Rutherford devia estar a cerca de trezentos metros de distância.

— Ele trabalha com os cavalos lá? O homem deve ter setenta anos. Oitenta, talvez.

— Alguns homens não gostam de jardinagem. — Ele olhou para os pés dela, feliz por ver que ela usava botas de cano baixo. — Cuidado onde pisa, já que vamos entrar num estábulo.

Rodearam o prédio e encontraram o estábulo, o pátio imenso e o cercado de cavalos logo ao lado. Carruagens de todos os tipos e tamanhos lotavam o pátio. Homens e meninos conduziam cavalos para lá e para cá.

— Aquele deve ser ele — disse Davina. — Parece muito velho.

O homem que ela apontara tinha um cavalo arisco a reboque, um garanhão baio. O ancião não usava casaco nem chapéu, e o cabelo branco soprava ao redor do rosto. Embora mal tivesse metade da altura da cabeça do cavalo, ele segurava a brida com firmeza, puxando a cabeça do animal para baixo e olhando-o firme nos olhos. O cavalo bufou duas vezes, mas parou de bater os cascos.

Davina marchou até ele.

— Olá, é o sr. Rutherford?

O homem a ignorou enquanto mantinha o rosto perto do cavalo. Quase dava para ver que o cavalo se acalmava aos poucos, até parecer dócil. Só então o homem se virou para Davina.

— Sou eu. E quem seria a senhora?

— Eu me chamo Davina MacCallum.

O olhar do sr. Rutherford ficou mais aguçado ao ouvir o nome. Ele deu uma boa olhada nela.

— Estamos vindo de Teyhill. Disseram-me que o senhor trabalhou muitos anos lá.

Ele fez que sim.

— Para os duques. — Ele olhou para Eric. — O seu pai, e o pai dele.

Como Rutherford havia presumido sua identidade, aproveitou a oportunidade para se apresentar.

— Bem, ora, o que o atual Brentworth desejaria comigo? Não vai reclamar que eu ainda estou trabalhando, vai? Nada no acordo dizia que eu não poderia ser cavalariço em outro lugar.

— Nenhuma reclamação. Buscamos informações.

O rosto dele, enrugado e desgastado pelo tempo, não mostrava muito, mas os olhos, as fendas cintilantes que indicavam uma mente arguta, examinavam-nos sem pausa e mostravam alguma impaciência.

— Estava imaginando se, quando o senhor trabalhou lá, aconteceu algo que lhe desse motivos para pensar que o filho do último barão não tinha morrido? — perguntou Davina, chegando à raiz da questão sem maiores rodeios.

Rutherford se virou para afagar o nariz do cavalo.

— Nunca pensei no assunto, mas algo aconteceu que indicava que outra pessoa pensava. — Ele se virou e olhou para Davina. — Apareceu um homem no verão. Ouvi dizer que ele estava na região, fazendo trabalhos estranhos e essas coisas. Nada no que pensar. Só que um dia ele foi até a casa. Eu estava no estábulo, e o homem simplesmente passou por lá, como se soubesse o que fazia. Pela aparência dele, não era nenhum cavalheiro, mas... havia algo na postura que dizia para que o deixasse em paz. Tinha um olhar determinado e andava como se estivesse louco para caçar briga.

— Para onde ele foi?

— Para o jardim, passando pelo portão dos fundos. Não pensei muito no assunto depois do acontecido, só que, mais tarde, ele voltou pelo mesmo caminho, carregando uma caixa grande. Era um ladrão, e um muito corajoso. Era muito maior do que eu, mas eu disse que ele deveria deixar aquilo ali. Se deixasse, eu não diria nada, e ele poderia partir em paz.

— Ele não largou a caixa, largou? — perguntou Eric.

Rutherford balançou a cabeça.

— Ele se virou para mim e disse: *Tenho mais direito a isso do que qualquer um aqui. Um direito de nascimento.* Ele continuou andando. Fui até a casa e contei para o administrador, mas nada foi feito, até onde eu saiba. Ninguém procurou por ele. O magistrado não apareceu. E praticamente ficou por isso mesmo.

— Quando aconteceu? — perguntou Eric.

— Há muito tempo. Bem antes da guerra contra Napoleão. Eu tinha, deixe-me ver, uns trinta e cinco anos. Nem sequer era o cavalariço-chefe na época.

— Creio que o senhor não saiba o que havia na caixa — tentou Davina.

— Nada pesado demais, pela forma como ele a carregava. Ele não se esforçou muito para carregar, então não era o ouro ou a prataria da família. Não era grande demais, nem era um baú. Só uma caixa de madeira de um bom tamanho.

Davina pareceu decepcionada.

— Obrigada, sr. Rutherford. Por seu tempo e pela ajuda. — Ela se virou para Eric. — Acho que vou voltar para a estalagem e me aquecer. — Ele a deixou ir, então se virou para admirar o garanhão.

— O senhor é um deles, não é?

— Um de quê?

— Dizem que há escoceses que têm um jeito especial com os cavalos. Sussurros. Pensei que fosse folclore.

— Sou bom com ele. Sempre fui.

— Se algum dia quiser voltar a Teyhill, será bem-vindo. Deverá haver mais cavalos lá em breve.

— Já me acomodei aqui agora. O lugar me serve bem. Muitos cavalos diferentes todos os dias. É mais interessante. E também tenho uma amiga que pode lamentar a minha partida.

— Também dizem que os sussurros funcionam com as mulheres.

Rutherford sorriu.

— É mesmo? — Ele pegou as rédeas do animal. — Duvido que o empetecado que chegou com ele o venda, mas, se vendesse, o senhor deveria ficar com esse cavalo. O jovenzinho não sabe lidar com ele. Usa demais o chicote. — Ele começou conduzir o cavalo até a entrada do estábulo.

— O senhor disse que, depois de relatar o roubo ao administrador, que o evento praticamente ficou por isso mesmo. O que o "praticamente" quis dizer?

Ele parou e pensou um pouco antes de responder.

— Não estou dizendo que tivesse qualquer conexão, é claro. Foram anos depois. Vinte, mais ou menos, mas o seu pai veio visitar a propriedade, ele era o duque na época, e mandou me chamar e perguntou sobre o roubo. O homem, a caixa. Um pouco tarde demais para começar a se importar, pareceu a mim, mas contei a ele tudo o que lembrava. Então, depois que ele partiu, talvez duas semanas depois, o administrador me disse que eu estava sendo dispensado. Com uma boa pensão, no entanto. Bastante dinheiro, garantido por um fundo fiduciário. Bem, eu não tinha ainda passado da minha melhor idade e até mesmo para os padrões normais fora cedo demais, mas foi o que decidiram, e aqui estou eu.

— O senhor acha que tem alguma ligação? Que foi despachado por causa do que sabia?

— Não faria sentido, faria? Os que possuíam a casa é que foram as vítimas, não os ladrões. Não havia razão para me dispensar. — Ele se virou e levou o cavalo para o estábulo.

<hr />

— Era o meu avô — disse Davina ao voltarem para Teyhill. Ela estava com as rédeas agora e, ao seu comando, eles viajaram mais devagar. — Também era o homem que o padre viu, o que se parecia comigo. Pensei que fosse o meu pai, é claro, mas o meu pai não teria vindo aqui na época que o sr. Rutherford disse que o homem veio.

Eric murmurou concordando enquanto ela pensava no pouco que podiam supor das memórias do sr. Rutherford. Quase todos os seus pensamentos se focavam naquela pensão.

— E meu avô partia de tempos em tempos. Uma vez, por um bom tempo. Foi-se presumido que ele não voltaria mais. Foi para cá que ele veio. Ao que parece, em uma de suas visitas, ele entrou na casa e encontrou o que precisava.

Eric fez alguns cálculos mentais. O roubo tinha acontecido por volta de 1780.

— Brentworth, eu acho que ele pegou a Bíblia. Era o que estava na caixa. Algumas famílias as mantêm em caixas.

— Ela deve ter queimado no incêndio, Davina.

— Ou foi isso ou algo importante que o ajudaria a provar quem ele era. Acho que, seja lá o que meu avô pegou, ele enviou ao rei.

— É possível.

— Só possível? Pode-se dizer isso sobre qualquer coisa. Você acha que eu estou certa, não acha?

— Concordo que foi o seu avô. No entanto, ele poderia ter pegado qualquer coisa. Joias, prataria, qualquer coisa mesmo. Se tivesse se convencido de que era filho do barão, ele teria acreditado que tinha direito a elas, e que não se tratava de roubo.

Ela não gostava daquele ponto de vista.

MADELINE HUNTER

— Não sei o que você esperava ao falar de provas. Quer que alguém saia de um túmulo e diga: *Eu sei que o filho do barão não morreu e que foi mandado para a Northumberland?*

Algo assim seria útil, por mais impossível que fosse.

Ao chegarem em Teyhill, Davina disse que começaria a fazer as malas para voltarem a Londres.

— Não creio que partamos antes do fim da manhã de amanhã — disse ele.

— Presumi que fosse querer partir ao alvorecer.

— Há algumas coisas que preciso resolver esta noite. Tantas que não estarei presente para o jantar.

— Então jantarei nos meus aposentos e o verei pela manhã.

Ela subiu as escadas. Eric, por sua vez, passou direto pela biblioteca e foi até os pequenos aposentos de Roberts. O administrador não estava no escritório, mas saiu do quarto ao ouvir Eric entrar.

— Precisa de algo, Vossa Graça?

— Seu tempo e seus registros. — Ele tirou o casaco e o pendurou em um gancho. — Voltarei no tempo e você será o meu guia. Abra espaço na mesa para nós dois. Ambos faremos a busca se quisermos acabar esta noite.

— Busca, Vossa Graça?

Ele explicou o que queria encontrar. Roberts se virou para as prateleiras.

Ter algo ressurgindo dos mortos não seria a melhor prova, mas uma mensagem enviada de além-túmulo funcionaria tão bem quanto a solução sobrenatural.

Vinte e Seis

Davina estava sentada com as duquesas na mesma sala de visita em que conhecera Brentworth. Nenhum outro convidado viera naquela noite, apenas ele e ela. Com o jantar informal finalizado, os cavalheiros estavam conversando na sala de jantar, e as damas a haviam levado para a sala de visitas.

As duas quase a haviam comido viva com a curiosidade em seus olhos. Tinha sido assim durante toda o jantar improvisado na casa de Stratton, organizado para a noite seguinte ao retorno a Londres. Durante a refeição, Brentworth foi muito bajulado para que compartilhasse informações, e muitos comentários que imploravam por detalhes foram feitos.

— Não nos dirá nada, não é? Vocês partiram daqui como inimigos e voltaram casados? — A duquesa de Stratton (*por favor, agora me chame de Clara*) perguntou.

— Ele a seduziu? — irrompeu a duquesa de Langford, Amanda. — Perdoe-me. Tomei muita liberdade, mas as coisas se desenvolveram rápido demais, e me pareceu que... — Ela corou e, distraída, enrolou os dedos em um dos cachos negros. — É o que Gabriel pensa também.

O que dizer? Não estava acostumada a confiar em outras mulheres, e essas não eram quaisquer mulheres. Davina também não era, oficialmente, embora naquele momento se sentisse muito banal.

— Ela não quer nos contar, Amanda. Tudo bem, Davina. Não precisa. Nossos maridos arrancarão a história de Brentworth, e nós, por nossa vez, saberemos através deles.

— Seria melhor assim — respondeu ela. — Direi que até mesmo quando partirmos de Londres, ele e eu já éramos menos inimigos e mais como duas pessoas que discordavam sobre algo importante. Essa é a diferença.

— Absolutamente — disse Clara.

— Definitivamente — concordou Amanda. — Contudo, há algo que não se encaixa. Espero que não se importe se eu for direta, porque eu e você temos uma amizade. É Brentworth, Davina. *Brentworth*. O inexpugnável, inacessível, esculpido-em-pedra Brentworth. Seja como for, espero que você pense que possa ser feliz com ele.

— Acho que serei muito feliz. — Ela deu um sorriso brilhante quando disse isso, e até mesmo acreditou em suas palavras. No coração, no entanto, um quê de tristeza permanecia. Seria feliz porque escolhia ser e porque só uma tola não ficaria feliz se fosse uma duquesa. Enquanto desfrutassem do frescor do casamento, ela seria muito feliz. Sabia que ele já tinha vivido sua grande paixão com outra mulher. Aceitou que ele voltaria a buscar paixão com outras, em algum momento.

Ao menos, por ele insistir em ser discreto, ela não saberia quando acontecesse. Era capaz de mentir para si mesma por anos.

Algo se passou na troca de olhares das duas mulheres.

— Bem — disse Clara —, há muito a ser feito nos próximos dias. Você precisará de um guarda-roupa digno da sua posição, é claro, e sua própria carruagem e parelha.

— Gostaria de ter meu próprio fáeton.

— Um fáeton, nada menos. Consegue conduzi-lo?

— Comecei a aprender em Teyhill. Brentworth me ensinou.

— Ele parece muito condescendente com suas preferências — observou Clara, lançando outro olhar para Amanda. — Ele lhe deu algo que você queria?

— Não as terras, é claro. Foi por isso que fomos até lá. Lamento não ter descoberto o suficiente para provar a ele, embora tenha descoberto o bastante para mim. Ele, contudo, está reconstruindo a mansão e até mesmo recuperando os jardins, então suponho que esteja fazendo isso por mim. Não penso que tivesse sido a intenção dele fazer esses reparos em outras circunstâncias.

— Você me surpreende — expôs Clara. — Acho difícil imaginá-lo fazendo qualquer coisa que não quisesse. Ele parece quase romântico.

— Tornamo-nos amigos.

— Amigos — ecoou Amanda, com curiosidade. — Amigos — repetiu para Clara.

— Não creio que alguma vez Brentworth teve uma mulher como amiga — observou Clara. — A maior parte dos homens, sim, mas ele não. O duque não vê a nenhuma de nós como amigas. Somos esposas dos amigos dele, o que já é alguma coisa.

Davina deu de ombros.

— Não tenho dúvidas de que eu seja amiga dele, então ele mudou, ao que parece. — Era da única coisa que não duvidava, e se agarrava a essa noção. Se ele amasse essa amiga de outras formas amigáveis, ao menos haveria algum tipo de afeto sendo retribuído.

— Ele lhe deu isso? — perguntou Amanda, pousando o dedo no colar delicado ao redor do pescoço de Davina.

Davina tocou a ponta da pedra que pendia da corrente de ouro.

— Entregou-o a mim ontem à noite. Pertenceu à mãe dele. Ele disse que era meu e que *não era parte do tesouro da família*, seja isso o que for.

— Explicarei tudo, e mais algumas coisas das quais você precisa saber. As lições que recebi de Clara ainda estão frescas — ofereceu Amanda.

— Você se casou na Escócia. Houve um contrato? — perguntou Clara.

— Sem contratos. Só nós dois e as testemunhas. Assinamos o registro da igreja, é claro.

— Sem contratos — murmurou Clara. — Isso não basta. Mais uma coisa com a qual lidar em breve. Pedirei ao meu marido que aborde o assunto com ele. Foi somente um lapso momentâneo, tenho certeza.

— Eu não tenho nada, então não será complicado.

— Sempre é complicado. E extremamente necessário. Pode deixar sob minha responsabilidade. Agora, diga, quer um tempo para se habituar, ou deseja que comecemos a apresentá-la às pessoas? Eu me atrevo a dizer que poderá visitar quem quer que deseje. Ninguém recusaria a visita da duquesa de Brentworth.

— Vou me habituar primeiro, obrigada.

— Nós lhe daremos uma quinzena. Podemos cuidar do seu guarda-roupa nesse meio-tempo, e você poderá pedir o fáeton a Brentworth.

***

Ninguém relegou Brentworth a uma sala dos fundos quando ele entrou no palácio de St. James no dia de visita subsequente. O rei deixou o diplomata com quem conversava, atravessou o cômodo e o cumprimentou como se fossem irmãos. Com piscadinhas e sorrisos, ele o deixou saber que o seu casamento com Davina o agradava muito.

Depois que Brentworth se desvencilhou da atenção do rei, Haversham o puxou de lado.

— Uma solução esplêndida, Vossa Graça. Parabéns pelas núpcias.

— Foi uma coincidência muito feliz eu ter decidido que ela se adequava a mim e eu, a ela. Nada teve a ver com as preferências do rei.

— Não precisamos destacar isso para ele, não é? Ele está feliz. Você está feliz. Tudo está bem. Quanto à reivindicação da sua esposa, não descobrimos nada. No entanto, penso que, se um projeto for apresentado para devolver as terras à família, tendo ela como herdeira, não terá dificuldade de ser aprovado por ambas as câmaras.

— Creio que seria bom se o título também fosse reintegrado.

Os lábios de Haversham se curvaram.

— Isso é mais complicado. O barão era um agitador jacobita. Se ele não tivesse morrido em batalha, estaria entre os executados. Nossa pesquisa quanto ao assunto descobriu evidência *disso*, infelizmente.

— Foi há muito tempo, ninguém se lembra, nem se importará.

— Não tenho certeza, Vossa Graça. Depois da recente Guerra Radical, as emoções podem estar um pouco balançadas quanto a essa questão.

— Haversham, tenho plena certeza de que você pode fazer isso acontecer. Assim que as terras forem devolvidas, ela pedirá a Lorde Lyon na Escócia para reconhecê-la como baronesa, o que, por ser uma baronia feudal com o título revertido para o dono da terra, será concedido. O que acontece aqui será mera formalidade, e causaria desconfortos desnecessários se houver resistência.

Haversham ponderou sobre o problema.

— E mais, enquanto o rei fica sob a ilusão de que vendi a minha masculinidade ao casamento para salvá-lo da desonra, conte a ele sobre as nossas tentativas atuais de retomar a questão do escravagismo no Parlamento. Não espero que ele seja a favor de qualquer projeto. Só peço que não seja contra.

Haversham fez careta.

— Não tenho certeza...

Eric arqueou uma sobrancelha para ele.

— Verei o que posso fazer, Vossa Graça.

Ele se despediu dos bajuladores do rei que agora se aproximavam para bajular o duque de Brentworth. Foi em direção a Mayfair e parou em Bond

Street, subindo as escadas até a modista para a qual Davina dissera que as duquesas a levariam naquela tarde.

— Vossa Graça. — A dona do estabelecimento, a sra. Dove, saiu e fez uma reverência baixa. — Já faz algum tempo.

— Espero que não tenha mencionado à minha esposa que alguma vez já houve um tempo. — Clara e Amanda tinham que escolher *justamente* a loja que ele visitara com várias amantes.

— É claro que não, Vossa Graça. O senhor nunca esteve aqui antes. As damas estão escolhendo modelos e tecidos. Se vier comigo, poderá verificar os pedidos que foram feitos até o momento.

Não duvidava de que Clara cuidaria daquilo com bom gosto e aprumo. Mesmo assim, seguiu a sra. Dove por nenhuma razão além de querer ver Davina.

A esposa se levantou em um salto quando ele entrou na sala e veio em sua direção. As duquesas trocaram olhares insondáveis entre si.

— Que bondade a sua se juntar a nós, Brentworth — apontou Clara. — Prometo que não o levarei à falência, se é isso o que o preocupa.

— Elas estão exagerando — sussurrou Davina. — Perguntaram se você tinha me dado um cavalo e, quando eu disse que não, elas enlouqueceram um pouco.

— Não estou preocupado com as contas, Clara. Só fiquei curioso para ver o que escolheram.

Davina o levou até seu lugar na mesa e mostrou esboços, aviamentos e cores. A animação dela o deixou tocado. Ficou feliz por ter interrompido as compras.

Ergueu um dos desenhos de vestidos para jantares.

— Não essa cor. Amarelo-claro, como as prímulas.

Ela olhou para cima e piscou para ele. Então sorriu.

— Ah, eu me lembro. Amarelo então será.

Ele olhou ao redor do cômodo, cheio de amostras de tecidos e de futilidades femininas. Viu um xale veneziano com uma suave estampa azul e creme.

— Já escolheu o traje de viagem?

— Um. É lindo. — Ela puxou um desenho. Parecia apropriado para Londres ou para os condados do sul, mas não para o extremo norte.

— Davina vai precisar de mais alguns — ele disse a Clara. — Ao menos dois de pele. Arminho para um, porque eu gosto. Capas também. E uma delas de pele.

— Agora *você* está exagerando — murmurou Davina. — Prometo que não pegarei resfriados.

— Não lhe deixarei sentir frio.

— Deixe conosco, Brentworth. Um excesso de peles será encomendado — atalhou Clara. — Amanda, onde está o desenho que separamos? Aquele com o manto de pele?

As duas remexeram nos papéis. Eric aproveitou a oportunidade para dar um beijo em Davina.

— Será a nossa primeira noite sozinhos em casa aqui em Londres. Tenho alguns presentes para você.

— Obrigada, mas isso já é muita generosidade.

— Disparates — interrompeu-os Clara, nem sequer pausando em sua busca pelos trajes de viagem.

— Como ela disse, disparates. — Ele deu outro beijo, deixando os lábios se demorarem sobre os dela. — Irei a Whitehall. Vejo-a no jantar.

NUNCA DIGA NÃO A UM DUQUE

Vinte e Sete

$\mathcal{A}$ sala de jantar da casa de Brentworth em Mayfair abrigaria muito bem um evento de Estado. Davina quase riu quando ela e o marido se acomodaram na mesa com todas aquelas cadeiras vazias. Três lacaios os serviam, e lhe pareceu ter um excesso de dois ali.

— O cozinheiro é de Milão — explicou Brentworth ao serviu uma porção de um arroz estranho no prato dela. — Ele é cheio de vida e manda comprar ingredientes de todos os lugares: Itália, Portugal, França. Certa vez, ao falar com ele, meu pai deu a entender que as contas estavam saindo do controle. Ele ameaçou ir embora. Meu pai gostava de boa comida, então ele ficou e eu pago por coisas que nem sequer sei pronunciar o nome.

— Isso é muito bom. Quem diria que arroz pudesse ser tão saboroso? Os sabores combinados são diferentes de qualquer coisa que já provei. Suponho que eu deva supervisioná-lo ou é a governanta quem lida com isso?

— Ninguém supervisiona Marco Innocenti. Pode tentar, se quiser. De todo jeito, avise a ele sobre as suas preferências por certos pratos.

Ela o salpicou com mais algumas perguntas sobre sua expectativa quanto a ela. O duque lhe contou sobre os projetos dos quais ele cuidava e esperava que fossem aprovados. Ela achava muito nobre da parte dele lutar contra o uso de trabalho escravo nas Índias. A Grã-Bretanha tinha banido o comércio de escravos, e sua marinha até mesmo intervinha com os navios que continuavam a prática. Permitir o uso de escravos nas colônias era uma terrível hipocrisia.

Quando o jantar já chegava ao fim e o vinho fora todo bebido, ele a pegou pela mão.

— Estou feliz que em breve você terá o seu novo guarda-roupa, mas, ainda assim, eu sempre me lembrarei do quanto você fica linda usando trajes mais simples.

— Pretendo ficar com ele, então não precisará contar apenas com a memória. Haverá vezes que desejarei fazer algo que talvez arruíne esses conjuntos elegantes.

— Eu perguntaria a quais atividades você se refere, mas acho que esperarei mais um dia para ouvir sobre elas. Eu mencionei que tinha alguns presentes para lhe dar. Vários. O primeiro, darei agora. Será feita uma proposta no Parlamento para restituir Teyhill a você. O rei tornará público que ele apoia o pedido. Você terá cumprido a sua missão.

Ela deveria estar esfuziante. Estava feliz, de verdade, e demonstrou o sentimento, esperava. Tinha conseguido o que pensou que a família merecia, mas nunca encontrara a prova de que pertencia mesmo a sua família. Acreditava que fosse, mas haveria aqueles que sempre bradariam que ela era uma charlatã que só conseguira aquilo por ter virado a cabeça de Brentworth.

Admitiu que talvez fosse só um passarinho, mas era melhor um na mão do que dois voando, e aceitaria. Talvez um dia ela tropeçasse com a evidência que vinha tentando encontrar. Só preferia que aquilo não fosse um presente, mas um direito.

— Há outros presentes? — perguntou. — Essa notícia seria o bastante por hoje.

— Há vários. Lá no seu quarto, você encontrará dois deles. Gostaria que os usasse hoje quando eu a visitar.

— Espera que eu fique aqui parada por mais tempo conversando quando sei que há surpresas esperando por mim lá em cima? Será impossível. Tudo o que farei é tentar fazer com que você me conte o que são.

— Espero que vá correndo lá para cima para vê-las, assim poderei passar uma noite muito longa ao seu lado. — Ele se levantou e beijou-lhe a mão. — Pensei em pouca coisa além disso durante todo o dia e estou meio ansioso. Vá agora mesmo.

Ela foi dar um beijo nele antes de sair correndo e subir as escadas. No quarto, a criada pessoal já estava preparando a sua cama e separando a camisola. Uma simples e prática. Depois que Brentworth partira mais cedo naquele dia, depois de ela ter presumido que tinham concluído as compras na sra. Dove, Amanda insistiu para que outros itens fossem encomendados para substituir suas peças práticas.

A cabeça de sua criada, Charlotte, que fazia alguma coisa no quarto de vestir, espiou pelo quarto.

— O pajem de Vossa Graça trouxe algo mais cedo. Está aqui dentro.

Davina foi até o quarto de vestir. Era um aposento suntuoso, tão grande quanto o que tinha a cama, com uma enorme lareira e dois divãs estofados com tecido adamascado e um lugar especial para a banheira que ficava em um armário embutido em um dos cantos. Charlotte apontou para um dos divãs. Duas caixas, uma pequena e uma maior, ambas envolvidas em seda, estavam sobre o assento.

— Está se retirando, Vossa Graça? Devo preparar a água para que se lave?

— Por favor, sim. — Ela se sentou no divã e puxou o laço do pacote menor. O tecido caiu e revelou uma pequena caixa de madeira. Ela a abriu para ver o que havia lá dentro: pérolas.

Um cordão de pérolas, perfeitamente combinadas. Lindas. Inestimáveis.

Chamou Charlotte para vê-las. Entregou-as à criada, que lançou um olhar cobiçoso às peças.

— Ora, cada uma delas pode manter uma dama por um ano — disse a moça.

— Deixe-o na penteadeira.

Davina abriu a caixa maior.

Reconheceu o xale na mesma hora. A peça tinha chamado a sua atenção logo que entrara no quarto dos fundos da loja da sra. Dove. Quando, antes de sair, perguntou à dama se podia comprá-lo, a sra. Dove, informou que ele já estava separado para alguém.

Ergueu um dos lados da peça, e a seda fina caiu como água luminosa. Os raminhos azuis sobre o fundo creme ficariam perfeitos com o vestido da cor das prímulas. Ela se levantou e o pendurou no encosto do divã. De todas as compras que fizera naquele dia, essa foi a que mais lhe agradara, porque Brentworth o enviara pensando que ela fosse gostar.

Charlotte começou a cumprir seus deveres. Davina se rendeu, mas se acostumar com uma criada cuidando dela levaria tempo. Isso de ficar deitada na cama até uma mulher vir tirá-la de lá era um pouco de idiotice, e duvidava muito que algum dia se acostumasse com a prática.

Já com o rosto e o corpo lavados, o cabelo penteado, limpa e usando a camisola simples, ela dispensou Charlotte. Colocou o xale ao redor dos ombros. A textura sedosa acariciou os braços nus, e destoou muito da musselina que usava abaixo dele.

Sentindo-se ousada e travessa durante todo o ato, ela tirou a camisola e voltou a colocar o xale. A seda espalhou uma sensação perversa por todo o seu corpo. Ela se sentou à penteadeira e começou a prender as pérolas ao redor do pescoço.

Mãos a pegaram antes que ela terminasse. No espelho, podia ver o quimão de brocado de Brentworth e o V de pele onde a peça estava desabotoada.

Ela passou os dedos pelas pérolas.

— São perfeitas. Lindas. Obrigada, e por esse aqui também. — Ela passou a mão pelo xale.

A mão dele acompanhou a sua, deslizando por seus ombros e sobre os seios.

— Você é perfeita. Joias e sedas são mera decoração.

Ele a acariciou daquela forma, parado às suas costas, as mãos fortes visíveis pelo espelho ao tocá-la através da seda, e o tecido intensificando ainda mais a sensualidade. Observar aquilo, sentir, a deixou hipnotizada. Ela pendeu a cabeça para trás contra ele, mas não fechou os olhos por completo. Continuou observando.

Ele jogou as pontas da seda para o lado e expôs os seios. O pulsar do prazer a fez oscilar contra ele e arquear as costas. Toques suaves, tortuosos, quase a fizeram gemer. Ele circulou e roçou os mamilos, arrancando arfadas dela, lançando-a ao limite, ponto em que o total abandono a reclamou. Sentia a excitação dele, dura e inchada, aquecendo a sua nuca.

Um impulso escandaloso se juntou ao seu estado febril. Um impulso chocante. A ideia se transformou em urgência. Deveria? Atrever-se-ia? Ouviu a voz dele na memória. *Sem regras.*

Ela era sincera em sua paixão. Livre. Ele não resistiu ao que aquilo lhe causava. Como o transformava. O desejo saía do controle quando a via assim.

Ela se esparramou na cadeira naquele momento, pernas abertas, as pontas do xale caindo entre as coxas. Sua cabeça o pressionava e os seios se erguiam, os bicos eretos e mais escuros. Davina estremecia a cada carícia. Com os lábios entreabertos, ela assistia por entre as pálpebras, que não haviam se fechado por completo.

Ele pegou um seio e se inclinou para chupá-lo. Um gemidinho escapou dela, então outro e mais um, o tom ficando mais alto com a necessidade. Ela ergueu o braço para envolvê-lo pelo pescoço e segurá-lo ali. Ele se moveu para a lateral da cadeira, para ter um ângulo melhor.

Só que ela queria mais. Davina segurou sua cabeça e o puxou para um beijo profundo. A língua mergulhou, explorou e exigiu. Ela recusou sua tentativa de se juntar a ela, rechaçando-o de forma agressiva. Ao beijá-lo, ela desabotoou o quimão.

Contente, ele moveu os ombros para tirá-lo. Durante o beijo, ela segurou o membro com as duas mãos. Davina parou de beijá-lo e pressionou os lábios em seus ombros, depois no peito. Ele ficou lá, observando o que ela fazia, equilibrando-se sobre as pernas rígidas para que o prazer não o deixasse de joelhos.

As mãos dela o fizeram cambalear. A trilha de beijos o fez rilhar os dentes. Não tinha como ela saber o quanto aquilo era sugestivo, e o que provocava nele. Estava prestes a pedir, implorar, instruir, quando ela mostrou não precisar de encorajamento. A boca se fechou nele, então o tomou quase que por inteiro. Ele jogou a cabeça para trás e fechou os olhos, e a mente se partiu enquanto um prazer cada vez maior trovejava dentro dele.

Ele a pegou em seus braços e a colocou sobre o divã. Ficou de joelhos, abriu as pernas dela e lhe ergueu os quadris. Encontrou bom senso o suficiente para não arrebatá-la, mas para começar devagar. Logo os gemidos de Davina imploravam por mais, e ele ofereceu o que ela queria, usando a boca e a língua, reivindicando o que era seu, só seu. Os arquejos de surpresa o encorajaram. Ele a fez gemer de desejo, quase chorar, até que sentiu os tremores que anunciavam que ela estava chegando ao fim. O grito potente quase o levou junto.

Quase cego agora, descontrolado por dentro, ele a puxou para as suas coxas, para que as pernas dela o flanqueassem. A cabeça e os ombros de Davina pressionavam o assento estofado, e a seda ainda a envolvia como a uma Vênus. Penetrou-a com força enquanto os tremores do orgasmo ainda a percorriam, revivendo-os, levando-o junto em uma tempestade de proporções cataclísmicas.

Aos poucos, Davina emergiu do êxtase. Ela o sentiu por baixo e dentro dela. Ele se apoiava com os braços estendidos na almofada do divã. Pequenos tremores ainda a atormentavam no lugar onde eles se uniam, como pequenos ecos do que acabara de acontecer. Olhos fechados, paixão saciada, o rosto a poucos centímetros do dela era tão lindo. Quase inocente na ausência da consciência e do pensamento.

Observou-o voltar a si. Eric emergiu mais uma vez, e a mandíbula firme e as dobras na lateral dos olhos encontraram seus sulcos minúsculos. Ele abriu os olhos e olhou dentro dos dela. Reconheceram, de forma tácita, o poder do que acabara de acontecer.

— Esse era um dos meus presentes? — perguntou ela.

— Eu estava prestes a perguntar se era um agradecimento por eles. Se sim, você terá que separar bastante espaço para todos os xales de seda e as pérolas que ganhará.

— Foi um impulso incontrolável.

Eles se desenredaram, e ele se sentou ao lado dela no chão. Ela notou um livro do outro lado dela. Devia ter caído do divã.

— O que é? Você o trouxe?

Ele olhou para lá, e deixou a cabeça se afundar mais uma vez na beira da almofada.

— Trouxe. Queria lhe mostrar algo nele. — Ele se espreguiçou e se levantou. Em sua nudez, ela foi capaz de ver as cicatrizes na parte de trás da perna com muita clareza.

Ele se agachou e pegou o livro, então ofereceu a mão para que ela se levantasse. Juntos, eles foram até a cama. Brentworth moveu a luz para mais perto do leito. Ela se espalhou sobre o colchão, puxando o xale sobre os ombros para conseguir um pouco de calor. Ele se sentou ao seu lado e abriu o livro. Lá dentro estava um papel dobrado, que ele deixou de lado.

— É de Teyhill. Os administradores mantêm diários de bordo, assim como os capitães de navio. Anotam qualquer coisa importante, problemas que surgem, episódios que precisam de atenção. As anotações criam uma história curta sobre a propriedade e as terras. Esse aqui é de cerca de quarenta anos atrás.

Ela virou as primeiras páginas e viu o que ele queria dizer. Não era como o livro-razão que o sr. Roberts lhe mostrara com as contas. Era um registro pessoal.

— Pensei no que o informante nos disse e percebi que, se um roubo aconteceu, ele talvez estivesse no diário. — Ele folheou os cantos das páginas, e virou uma que estava bem mais para a frente para que a lesse. — E foi isso.

Davina olhou para onde ele apontava. O administrador escrevera sobre o roubo.

Hoje, um estranho entrou na casa e colocou vários itens em uma caixa de madeira. Ele dizia ser filho do último barão. Por eu ter motivo para pensar que estava dizendo a verdade, escrevi para o duque perguntando se ele queria prestar queixa ao magistrado ou se eu mesmo deveria fazer isso.

— E isso, dez dias depois.

Sua Graça escreveu dizendo para que eu não incomodasse o magistrado, que o ladrão anteriormente mencionado já deveria estar longe a essa altura.

— Pergunto-me o que ele quis dizer ao escrever que tinhas razões para pensar que o homem dizia a verdade — disse ela. — Acha que o administrador falou com ele?

— Não há como saber. Mas, por alguma razão, o administrador aceitou que o filho não tinha morrido. Na época, ainda devia haver pessoas vivas que sabiam do que acontecera ao filho. Não é o tipo de prova que convenceria um magistrado, Davina, mas é mais uma evidência de que o seu avô estava certo, e que você também estava.

— Não preciso convencer um magistrado, só a mim mesmà.

— E a mim também. Ou, ao menos, era o que você queria fazer.

— Está convencido?

Ele fechou o livro e o colocou no chão.

— Estou. — Ele franziu os lábios ao pensar. — E preciso lhe dizer mais. Acho que meu pai sabia quem o intruso era. Sabia que era o filho do último barão.

— Não creio que haja...

— Foi por isso que ele disse ao administrador para não prestar queixa. E, mais tarde, a razão para ele despachar Rutherford com aquela pensão. O cavalariço sabia que algo tinha sido levado. Se o seu avô dissesse ter provas retiradas da casa... percebe o que pareceria?

Ela percebia, mas relevou um pouco para não insultar o pai dele.

— Não há como saber. Nem deveríamos presumir. E mesmo se você estiver certo, não tem mais importância hoje em dia. — Ela deu um tapinha no livro. — Isso aqui, contudo, tem. Para mim, pelo menos. Era um dos seus presentes? Se sim, creio que foi o melhor de todos.

Eric pegou o papel que pusera de lado e o colocou bem na frente do nariz dela.

— Há mais um.

Ela desdobrou o papel. E de novo e de novo, até que um desenho maior feito em várias folhas juntas se espalhasse sobre a cama. Era um desenho de Teyhill, só que com uma nova ala substituindo a que tinha queimado.

Ela examinou os novos aposentos. No final, perto dos jardins, ela viu uns maiores classificados como *Dispensário* e *Enfermaria*.

— Você irá conduzir o arquiteto quanto a melhor forma de planejar esses cômodos e o espaço. Poderá haver leitos no segundo andar, ou neste aqui, se você decidir levar a ideia a cabo — disse ele. — Só peço que me permita contratar médicos. Que você não tentará tratar os pacientes.

— É claro que precisaremos de médicos. — Os olhos dela marejaram ao olhar o projeto. Teria levado anos, metade da sua vida, para conseguir a metade daquilo.

— Se você... — hesitou ele. — Se você precisa continuar, para que possa ser quem diz ser, rogo para que me conceda a bondade de pelo menos tentar evitar o perigo.

Ela fez que sim. Não teria que atender o tempo todo. Haveria situações em que ela iria querer, no entanto. Tentaria não se colocar em risco tanto quanto pudesse.

— Creio que este, talvez, seja o melhor presente, Eric. — Ela voltou a dobrar o papel. — É um projeto maravilhoso.

Ele afastou o cabelo dela com a ponta dos dedos.

— Pensei que o último tinha sido o melhor.

— Ora, ele foi bom também. — Ela ergueu o queixo para que pudesse mostrar o colar. Em seguida, dobrou a ponta do xale. — Foram todos maravilhosos.

Ele se inclinou e a beijou na nuca.

— Nenhum se compara ao presente que você me dá quando se entrega, Davina.

— Fico feliz por você estar contente. Satisfeito.

Ele a abraçou, então virou para que ela se sentasse em seus quadris, olhando-o de cima. Ela gostava da vista que tinha daquela posição, do peito forte e do rosto bonito. Dos braços e a linhazinha de pelos que desciam pela barriga até o lugar em que estava sentada.

O olhar de Eric captou o seu.

— Estou tanto contente quanto satisfeito, mas também feliz. Esfuziante. — Ele brincou com o xale, passando as bordas sobre o corpo dela, depois se concentrando nas pontas compridas. — Venho sentindo você triste desde que contei sobre o incêndio. Sobre Jeannette. Essa velha história a decepcionou de alguma forma? Você decepcionou-se comigo?

O vazio que ela nutria se expandiu e doeu. Cresceu até se contorcer em seu coração.

— Não com você. Nem um pouco com você.

— De alguma forma, então. — As mãos acariciaram seus ombros e os braços, até segurá-los com um pouco mais de força. — Langford pensa que foi um erro contar a você. Sobre ela. Ele diz que você acreditará que a memória comprometerá qualquer coisa que você e eu vivermos. Que, em meu coração, ela será o meu primeiro e mais querido amor.

Davina sentiu a garganta queimar.

— Talvez ele devesse cuidar dos próprios assuntos e não sair por aí dando conselhos.

— Eu contei a ele. E a Stratton. Depois do jantar daquela noite, ao bebermos o Porto, eu contei. Langford sempre oferece uma opinião, e sempre cuida dos assuntos alheios, então essa não será a última vez. — Ele a olhou dentro dos olhos. — Ele está certo?

— Um pouco — ela conseguiu dizer. — Não é como aqueles homens me perseguindo no teatro, no entanto. Eu não tinha expectativas que foram negadas.

Ele fechou os olhos brevemente, e voltou a encará-la.

— Às vezes, as melhores coisas são as inesperadas. Você está tão errada quanto às minhas lembranças. Sobre o que sinto por você. Eu lhe disse antes que estava faminto de desejo. Minha fome por você é mais do que qualquer uma que eu já tenha sentido por alguém. Quando nos abraçamos, eu me sinto mais livre do que antes. O contentamento que encontro preenche a minha alma. Não sente algo parecido também?

Os olhos dela arderam. O vazio desapareceu com essas palavras, preenchido então por tal alegria que ela mal conseguia conter. A expressão dele ao esperar por sua resposta a deixou tocada. Ele parecia tão sério. Tão incerto do que ela diria.

Ela fez que sim.

— Sinto, e como sinto.

Ele a puxou para a frente, para os seus braços.

— Agradeço a Deus por isso. Por amar você e por não fazê-la viver pelo menos uma parte das mesmas coisas...

— Tudo. Eu perdi meu coração, Eric. Não há mais o que fazer.

Um beijo, então, visceral e doce ao mesmo tempo, tanto cuidadoso quanto feroz. Ele a colocou sentada de novo. Ergueu-a pelos quadris, e a baixou ao se unirem. Eric separou as pontas da seda e pegou-lhe os seios.

— Tome o seu prazer, querida. E, enquanto isso, olhe para mim e veja o meu amor.

310

— Vai enfim me dizer para onde estamos indo? — perguntou Davina enquanto a carruagem percorria a cidade. — Para o sul, agora. Estamos indo para o palácio de St. James?

— Para perto de lá. Estamos saindo em uma caçada. — Eric esperava que fosse bem-sucedida. Fora planejada de forma meticulosa, e toda a lógica dizia que seria, mas nunca se sabia. — Aqui estamos.

— Queen's House? Caçaremos em propriedade real?

— Algo assim. — Ele a ajudou a sair. — Não é só a casa. A Biblioteca do Rei fica aqui.

Ela parecia confusa, mas permitiu que ele a acompanhasse até lá dentro, e parou de supetão assim que entrou.

— Por que todos estão aqui?

— É nossa festa de caça. — Também, no caso de serem bem-sucedidos, suas testemunhas. O grupo que os esperava incluía Stratton, Langford e suas duquesas.

Langford trouxe um homem que se parecia com ele, junto com um cavalheiro muito mais velho.

— Permita-me apresentá-la ao meu irmão, Harold. E também ao sr. Barnard, o bibliotecário real. Ambos conhecem muito bem a biblioteca e aceitaram nos ajudar hoje.

Davina deu um sorriso gracioso, mas ainda parecia confusa.

— Pelo que procuramos? — ela sussurrou para Eric.

Ele a afastou um pouco do grupo.

— Uma Bíblia. A Bíblia da sua família. Talvez não a encontremos. Posso estar errado. No entanto, se foi o que o seu avô tirou da casa, e se foi enviada para o último rei e estava entre os pertences reais quando ele morreu, há uma boa chance de ter vindo para cá, para essa biblioteca. A importância dela para a sua causa não teria sido conhecida ou relevante na época. Quando um rei morre, a criadagem precisa lidar com outros assuntos.

Feixes de esperança apareceram nos olhos dela.

— São muitos "se", mas penso que você pode estar certo. Foi sábio não ter me dito nada antes de virmos. Eu teria andado para lá e para cá impaciente até podermos vir. — Ela foi até o sr. Barnard. — Podemos ir até a biblioteca agora?

O sr. Barnard foi na frente. Eric escoltou Davina, e a comitiva os seguiu até a imensa sala octogonal em que ficava a biblioteca, e que eles logo ocuparam. A expressão de Davina ficou desanimada.

— Deve haver milhares de livros aqui. Jamais encontraremos um em específico.

— Há mais de sessenta mil — informou o sr. Barnard. — No entanto, estão todos organizados para que possam ser encontrados sem muita dificuldade, a fim de que sejam consultados pelos estudiosos. Todas as Bíblias estão na mesma seção, por precedência, é claro, até a que foi impressa por Gutenberg. Venham comigo.

Havia muitas Bíblias. Não só a de Gutenberg, mas também outras mais recentes, tanto manuscritas quanto impressas.

— Quando chegarmos aos anos mais recentes, haverá menos diferenciação nas prateleiras — disse o sr. Barnard. — Nessas aqui estão as de centenas de anos atrás. O último rei comprou muitos acervos, e quase todos tinham Bíblias.

Davina olhou para as diversas estantes.

— Foi bom termos trazido a comitiva de caça.

O irmão de Langford assumiu. Ele os dividiu e distribuiu as prateleiras, dando uma pequena palestra sobre como lidar com livros frágeis.

— Podemos presumir que está em latim, gaélico ou inglês. Quaisquer outras línguas, podem devolver imediatamente para a prateleira.

E todos se lançaram ao trabalho.

Até mesmo a mais bem cuidada das bibliotecas tinha muita poeira. Quinze minutos depois, nuvens dela os rodeavam. Tomo por tomo, Eric removeu as Bíblias e procurou por qualquer uma das línguas citadas. Essas, ele examinava com mais cuidado.

Estavam lá há quase uma hora quando Eric sentiu um puxão na manga do casaco. Clara estava ao seu lado e passou um livro para ele.

— Acho que deve ser esse — disse ela, baixinho. — Você e Davina podem confirmar.

Ele agradeceu a discrição dela. Caso encontrassem a Bíblia, e ela contivesse informação útil, haveria motivo para comemorar. Se não, ou se não tivesse nada de valor para ele, não queria que a reação de Davina fosse pública demais.

Foi até ela e mostrou o livro, depois a levou para longe dos outros. Colocou-o sobre uma mesa de leitura. Limitaram-se a olhar para ele.

— Quase sinto medo de abri-lo — confessou ela.

— Entendo. No entanto, já é hora. — Ele virou a capa de couro macio.

Lá, nas primeiras páginas, deixadas em branco para que suportassem tal uso, estavam os registros dos MacCallum de Teyhill.

Virou duas páginas cheias de registros, então parou na última. Fora preenchida só até a metade. Davina leu a última linha em um sussurro.

1746: James MacCallum, nascido em 1740, foi enviado para Harold Mitchell de Northumberland para salvaguardá-lo após a morte do pai em Culloden.

Logo abaixo, estava a última entrada:

1748: Teyhill foi entregue a um duque inglês pelo rei. Criadagem dispensada.

Ela perdeu o fôlego.

— Minha nossa. Você conseguiu, Brentworth. Encontrou a prova de que eu precisava.

Ele voltou para o lugar de onde Clara os observava e fez que sim. A expressão de Davina mostrava o quanto a caçada tinha sido bem-sucedida. A notícia se espalhou, e a comitiva se aproximou. Clara empurrou o sr. Barnard para a frente.

— O senhor precisa verificar essa descoberta aqui na biblioteca. Ninguém pode afirmar que o *senhor* mentiu por amizade a Brentworth.

O sr. Barnard examinou a Bíblia, então sorriu. Tinham motivos para comemorar, afinal de contas.

— Obrigada, Eric — agradeceu Davina, antes de se esticar para beijá-lo. — Muito obrigada, meu amor.

Epílogo

As flores do jardim perfumavam o ar. Em algum lugar, os pássaros cantavam, mas não podiam ser ouvidos. Em vez disso, o grito e o choro de crianças preenchiam o espaço. Criados corriam para lá e para cá, tentando mantê-los em uma seção do jardim.

Lá da varanda, Langford observava o menino com cabelo negro, cachos rebeldes e olhos escuros. Davina duvidava de que nenhuma outra pessoa, a não ser Amanda, abrisse um sorriso tão caloroso aos lábios do duque.

— O seu herdeiro é endiabrado — disse ela, enquanto o menino escapava de um lacaio e corria para uma árvore. — Pela cara dele, o jovem subirá naquele tronco em dois tempos.

— Ele é um menino sadio, não é? — elogiou Langford, como se ser endiabrado fosse algo bom.

— Ele parece ser forte e saudável — concordou Eric. — E cheio de traquinagem.

— Não tanta traquinagem assim. Nada com o que eu não possa lidar. — Langford virou o foco para as outras crianças, e os adultos em meio a elas. — Stratton e Clara viraram crianças novamente, coordenando as brincadeiras, embora Amanda pareça instigar uma rebelião contra a autoridade dos dois. Os gêmeos deles parecem se dar bem com o seu filho, Brentworth. — Davina viu o brilho nos olhos de Eric enquanto ele observava o filho brincar com os outros. Benjamin não era endiabrado, mas tinha mais liberdade do que o seu pai tivera. *Sem regras demais.* Tinha sido uma das primeiras coisas que Eric dissera quando o menino nasceu. Sabia que ele tinha estabelecido a lei mais para si mesmo do que para ela.

O bebê começou a se agitar nos braços do pai. Deixou Eric tentar acalmá-lo, mas a consternação dele só piorou as coisas. Não suportava ouvir o pequeno chorar.

Pegou o bebê com ele, balançou umas vezes e arrulhou para o rosto rechonchudo.

— Você estará brincando logo, logo, mas terá que crescer primeiro.

Langford apoiou o quadril na balaustrada da varanda.

— Está decidida, então? A questão do título?

Eric fez que sim.

— O aviso chegou ontem. Não foi, baronesa? Ela prefere que a chamem assim agora, Langford. Não é, querida?

Ela riu.

— Posso ser perdoada, eu acho. A Escócia me reconhece.

A decisão de Lorde Lyon em Edimburgo tinha chegado pelo mensageiro enviado por Brentworth com a ordem de esperar a resposta. Porque as terras haviam sido restituídas a ela pelo Parlamento, e porque, com baronias como as de Teyhill, o barão era quem tinha posse das terras, a conclusão fora um precedente. O Colégio de Armas a aceitaria, muito provavelmente.

— Então, estamos todos domesticados e somos apropriados agora — disse Langford. — Da próxima vez que nos encontrarmos no clube, deveríamos sair pela cidade causando confusão. Nem tudo se resume a dever e responsabilidade, e merecemos uma noite de encrenca. Você em particular, Brentworth. Será como nos velhos tempos. Podemos voltar a ser os Duques Decadentes.

— Nem sei se me lembro como — respondeu Eric, com um sorriso suave. O olhar deslizou para Davina, e ela se sentiu corar.

Na noite anterior, ele a convidara a entrar no quinto círculo de atos não típicos e a surpreendera novamente.

— Vou lembrar a você — retrucou Langford aos risos. Ele voltou a olhar para as crianças. — Quem iria acreditar? Casados, todos nós, e cada um com o próprio herdeiro.

O bebê em seus braços começou a se agitar novamente. Uma mão forte se estendeu e um dedo masculino afagou a bochecha do pequeno.

— Tivemos sorte. Devíamos ser eternamente gratos por nossas esposas e herdeiros.

Sim, tudo acabara de forma esplêndida para eles, e para as respectivas esposas, Davina pensou. O jornal e o clube de Clara floresceram, e Teyhill agora oferecia atendimento médico para os fazendeiros e arrendatários da região. Quando ela e Eric iam lá, ela vestia o avental e entrava na ala para ajudar. Amanda continuou com sua campanha antiescravagista junto com os duques. O último esforço não tinha sido bem-sucedido, mas novos estavam surgindo e continuariam até que aquilo acabasse.

E o mais importante: as crianças estavam saudáveis e cheias de amor e alegria. Elas enchiam as casas de caos quando brincavam juntas assim.

Havia muito pelo que todos que estavam no jardim serem gratos. Especialmente ela.

Sorriu para o filho, o próximo duque, depois para a filha em seus braços. O mundo mudava rápido, de uma forma que não poderia ser negada. Quem poderia dizer? Talvez a pequena Godania pudesse se tornar uma médica algum dia, se ela assim quisesse.

Nota da autora

No início do século XVIII, havia mais de duzentos barões na Escócia, muitos dos títulos datando desde a Idade Média. O título na Escócia é um pouco diferente de na Inglaterra, no entanto. Barões escoceses são parte da nobreza, mas não são pares do reino. Não fazem parte do Parlamento Escocês. Na Escócia, o título de barão é um título pouco importante, e fica abaixo dos baronetes escoceses na hierarquia aristocrática.

Historicamente, o título deriva da terra, o que quer dizer que qualquer um que tivesse posse dela e da mansão (ou *caput*) era o barão. Um barão na Escócia é o "Barão de Algum Lugar", não o "Barão Alguém" como é na Inglaterra. Se a pessoa perdesse a posse da terra, deixava de ser barão. O título não seguia linhagens, a menos que a propriedade continuasse na família. Esse elo entre a posse da terra e o título prosseguiu até 2004, quando foi extinto por lei.

As baronias feudais podiam ser compradas e vendidas, desde que a terra pudesse ser comprada e vendida. Se um barão morresse sem deixar herdeiros — e na Escócia uma filha podia herdar —, as terras seriam revertidas para a Coroa, porque a concessão da baronia vinha diretamente da Coroa.

Um barão era e não é a mesma coisa que um *laird*. Como Lorde Lyon deixava claro, *laird* não é um título, mas uma descrição. Era um termo usado para se referir ao dono da propriedade, normalmente aqueles que viviam e trabalhavam lá, em vez de o dono em si. Então, barões também eram *lairds*, mas nem todos os *lairds* eram barões. Embora *laird* seja a palavra escocesa para lorde, um *laird* não é um lorde no sentido oficial da palavra. Um barão, sim.

Entre em nosso site e viaje no nosso mundo literário.
Lá você vai encontrar todos os nossos
títulos, autores, lançamentos e novidades.
Acesse www.editoracharme.com.br

Você pode adquirir os nossos livros na loja virtual:
loja.editoracharme.com.br

Além do site, você pode nos encontrar em nossas redes sociais.

 https://www.facebook.com/editoracharme

 https://twitter.com/editoracharme

 http://instagram.com/editoracharme